JN091066

ヴィルヘルム・ミュラー読本

「冬の旅」だけの詩人ではなかった

松下たえ子

未知谷
Publisher Michitani

まえがき　ヴィルヘルム・ミュラーを探して

「ヴィルヘルム・ミュラー」と言っても、「知らないなあ」というそっけない反応。しかし、ほら、あのシューベルトの「美しき水車屋の娘」や「冬の旅」の詩を書いた人と言うと、「ああ、そう言えば聞いたことがある。そう、歌詞はヴィルヘルム・ミュラーが書いたんだっけ」と何か懐かし気な反応が返ってくる。

これはしかし日本だけの話ではなく、ミュラーの母国ドイツでも事情は似たりよったりのようで、二〇世紀末から再び出版されることになったミュラーの詩の解説者や伝記作家もほとんど例外なく、歌曲「冬の旅」や「美しき水車屋の娘」でヴィルヘルム・ミュラーに出会い、関心を持つようになったと記している。

かくいう私もその一人である。私の場合はテノール歌手の旧友から思いがけない依頼が飛び込んだことが動機であった。彼の長い演奏活動の節目としてのコンサートで「美しき水車屋の娘」を取り上げるので、そのプログラムに歌詞の訳と詩人の紹介を書いてほしいとのこと。有難くお受けした。コンサートはかなり先で、準備期間は十分にあった。何も知らないに等しかったヴィルヘルム・ミュラーという詩人について調べ始めると、プログラムには書ききれない興味深い事柄を次々と知ることになった。

ヴィルヘルム・ミュラー（一七九四～一八二七）は、一八二〇年代ドイツ文学界では注目を浴びた詩人であり文筆家であった。しかし彼の作家活動は三十三歳になる誕生日直前の急逝までの一〇年余でしかない。

一八二六年六月七日ハインリヒ・ハイネ（一七九七～一八五六）はミュラーに宛てた手紙で「ゲーテは別格ですが、あなたほど私の愛する歌謡詩人は他にはいません」と最大級の讃辞を送り、自分の詩もミュラーの詩の影響のもとに生まれたものであると告白している。

ミュラーの詩はシューベルト（一七九七～一八二八）の他、ブラームス（一八三三～一八九七）、ヴォルフ（一八六〇～一九〇三）、レーヴェ（一七九六～一八六九）、マイヤーベーア（一七九一～一八六四）他、当時の宮廷楽団の作曲家たちを初めとする様々な人により付曲され、彼の書いた全七八三の詩のうち、一二三の詩に二四一名の作曲家が付曲し、その数は五三〇曲にのぼるとされる。歌曲として演奏され、鑑賞されるものも、酒宴の歌、逍遥の歌として、様々な機会に歌い継がれて親しまれてきたものもある。ハイネが賞讃したように、その作風は民謡にも似た易しい言葉と歌心にあふれたものであったが故に、多く付曲されたのであろう。

しかし抒情詩人ミュラーは、ロード・バイロン（一七八八～一八二四）の崇拝者で政治的な詩人でもあった。オスマン・トルコの支配に抗するギリシャの独立運動を支援する詩集『ギリシャ人の歌』を出版すると、一夜にして有名詩人となった。『ギリシャ人の歌』はヨーロッパ全土で読まれ、ミュラーは「ギリシャ人・ミュラー」という異名を取った。また彼のイタリア旅行記は旅行記の新しいスタイルを作ったと評された。大学で専攻した古典文献学関連では『ホーマー入門』、訳書では『現代ギリシャの民謡』や中世ドイツ語からの現代ドイツ語訳『中世騎士恋愛詩精選』等があり、晩年には二作の小説も書いた。さらに、ブロックハウス社を初めとする出版社の雑誌に、評論、翻訳、随筆等を定期的に寄稿した他、百科事典の執筆者、編集者としての業績もある。

だが没後は、シューベルトの歌曲が有名になるにつれ、ミュラーは楽曲の陰に押しやられ、詩人としては「二流詩人」と見なされることとなった。楽曲があったから生き延びたとも言えるが、楽曲の魅惑を解き放ち、多岐にわたる彼の作品を吟味すると、どんなミュラー像が現れるのだろうか。

いずれにせよ〈失意・孤独・寂寥・諦念の「冬の旅」〉だけではなかったミュラーの作品と人生。

文学作品を創るのは作家のみならず、読者であると言われる。「ヴィルヘルム・ミュラーの旅」をたどる中で、文学作品とその受容の関係をも探ってみたいとの思いから本書が生まれた。

ヴィルヘルム・ミュラー読本　目次

ヴィルヘルム・ミュラー読本

「冬の旅」だけの詩人ではなかった

Ⅰ　ヴィルヘルム・ミュラーの生涯

一　デッサウに生を受けて（一七九四〜一八二七）

子供時代

ヨハン・ルードヴィヒ・ヴィルヘルム・ミュラーは一七九四年十月七日アンハルト - デッサウに生まれた。

父クリスティアン・レオポルト・ヴィルヘルム・ミュラー（一七五二〜一八二〇）は仕立屋親方（マイスター）で、父の父も仕立屋だった。母はマリー・レオポルディーネ（一七五七〜一八〇八）といい、宮廷錠前師の娘。父母とも、手工業の家系である。

父のファーストネームの一つを取り命名された子は七人兄弟の六番目だった。ヴィルヘルムの生まれる前にすでに二人の子供が死亡、三歳の時には彼しか残っていなかった。生は死の隣合わせであることを常に意識させられるこの時代の現実である。

たった一人残った子供は大切に育てられた。当時は普通に行われていた折檻を受けることもなく、気儘に育てられたという。

しかし両親についても、親戚についても、子供時代の思い出についても、ミュラーはほとんど言及しておらず、家庭生活の暖かさ、楽しかったことなどについての記述も全く残されていない。だが子供時代の貧困の思い出は、兄弟もなく独りぼっちであるという孤独感と共に彼の生涯に付きまとった。

父は腕のいい仕立屋で、一七八八年にはデッサウのシュタイン通りに家を購入し、ヴィルヘルムはこの家で生まれ育った。手工業者の二階建て家屋は、通常一階が工房で、二階に家族が住み、屋根裏部屋に職人や徒弟が住んだ。

1　シュタイン通りの生家

しかし父が長患いをすると、生活は一気に苦しくなり、領主に生活保護の援助を請わねばならなくなる事態に陥ることもあったが、幸いにも父はその後また健康を取り戻し、経済状態もなんとか持ち直した。ヴィルヘルムはフォルクスシューレ（国民学校）ではなくハウプトシューレ（本課程学校）に送られた。大学進学に連結できる学校で、進学を視野に入れた父の決断であった。父はデッサウに最初の図書館や葬儀施設を興すために尽力するなど、社会的な活動に関心を持ち、それに関与した人でもあった。

ヴィルヘルムが十四歳の年に母が亡くなった。すると父は、母の死から一年もたたないうちに裕福な肉屋のマイスターの未亡人と再婚した。彼女は家を一軒とかなりの資産をミュラー家にもたらした。早急な再婚の決断は息子の教育費捻出のためであったと言われている。

父上様

本日は父上への善意と恩恵にまごころをこめた感謝を捧げなくてはならない私の大切な日です。今私は良き母を失い、父上の愛と配慮をとても必要としています。どうぞ私のためにも、父上様、健康に気を付け、元気でいて下さい。神が父上に恵みと慰め、悲しみを乗り越える力を与えて下さいますよう。これは、このとても喜ばしい日に寄せる私の何ものにも勝る心からの願いです。ただ残念ながら、私たちの思い出がこの日を陰らせます。私は、行いによって父上を喜ばせることに絶えず努め、私の名が挙げられるにふさわしいよう振舞うことにより、父上の喪失を和らげることができるようにするつもりです。

父上の、父上を愛する息子　ヴィルヘルム

一八〇八年六月一日、父の誕生日を祝って書いた十四歳のミュラーの手紙である。母の死を悼み、父のよき息子となることを誓う手紙は、申し分なくよくできた手紙である。しかしこの手紙についての伝記作家の解釈は、ミュラーの父への深い愛の表明であるとするもの[1]と、当時の手紙の書き方の形式に則った手紙で、感情がその陰に隠れ、父と悲しみを分かち合う心や父への愛は直截に伝わってこないとするもの[2]に分かれる。いずれにせよ、ミュラーはすでにこの頃から自分の感情表現を控えていたらしい。後になっては、作品の中の人物（遍歴する粉職人、猟師、羊飼い、旅人等々）の陰に隠れて自己表現をするのが、ミュラーの創作の特徴に数えられるようになる。

1　渡辺美奈子『ヴィルヘルム・ミュラーの作品と生涯』三四頁
2　Borries: Wilhelm Müller, S.28

学校に残された記録によると、ミュラーは言語の才のある成績のよい生徒だったが、従順とは言えず生意気なところもあった。

シュヴァープの伝記はミュラーが生徒だった時から、出版すること、書いたものを世に問うことを心に描いていたことを伝えている。十四歳の時にはすでに書き溜めた詩や劇を出版できる形に整えていた。

アンハルト‐デッサウ

ミュラーの生家は侯国アンハルト・デッサウの首都デッサウの市門の外の貧しい人々の居住地にあった。そこには一六七二年からはユダヤ人の居住も許されていた。* 有名な哲学者にして啓蒙主義者モーゼス・メンデルスゾーン（一七二九～八六）もここに生まれたユダヤ人で、十四歳の時徒歩でベルリンに出ると、困苦のうちにも自力で学問を修め、商業的成功も成し遂げた。劇作家レッシング（一七二九～八一）とも長い親交があり、『賢人ナータン』のモデルとなった。モーゼス・メンデルスゾーンは有名になり権力を得た後も、ユダヤ人としての出自を否定することがなかった。今日でも賢く寛容なユダヤ人の典型として言及される人物である。その孫で作曲家のフェリックス・メンデルスゾーン‐バルトホルディ（一八〇九～四七）とはミュラーもベルリン時代に交流があった。

＊　デッサウはドイツを代表するユダヤ人居住地のひとつとなっており、一八一八年のデッサウの人口九、一三六人中ユダヤ人は八〇七人にのぼる。Jablonowski: Wilhelm Müller in Dessau, S. 302

ミュラーの家の建つ地区は社会的にはみすぼらしかったが、しかし自然環境は素晴らしかった。鮭の上ってくる川があり、樫（アイヒ）の大木が生い茂っていた。彼は子供時代その風景をよくスケッチした。しかし彼の文学にはこの美しいデッサウの自然を彷彿させるものはない。歌われたのは恋人たちの樹、村人たちの寄り場の樹である菩提樹（リンデ）で、威風堂々の樫の樹ではなかった。「故郷」はロマン派文学の主要なキーワードであるが、デッサウが彼の詩や小説で歌われることも、デッサウを思わせる記述もないのは、特徴的である。

現在のデッサウは、ザクセン＝アンハルト州の独立市デッサウ＝ロスラウの一部で世界遺産となったバウハウスやデッサウ・ヴェルリッツ庭園公園王国の所在地として知られている。この公園は、一七五八年に領主となったレオポルト・フリードリヒ・フランツ（レオポルト三世　一七四〇～一八一七）がそれまでのバロック様式を廃止し、ジャン・ジャック・ルソー（一七一二～七八）による自然の持つ教育的役割を重視した啓蒙的な公園に造り変えた。一七七八年にはヨハン・ヴォルフガング・ゲーテ（一七四九～一八三二）もこの公園を訪れ、絶讃

した。ミュラーの生まれる一六年前のことである。

啓蒙主義を掲げた領主フランツのさらなる偉業の一つに数えられるのは、教育改革家のヨハン・ベルンハルト・バセドゥ（一七二三〜九〇）をデッサウに迎えたことである。バセドゥはルソーの理念に沿った反権威的な学校「汎愛学院」をデッサウに創設し、この地方の子供の教育に多大な影響を与えた。後にミュラーの妻となったアーデルハイト（一八〇〇〜八三）はこのバセドゥの孫娘である。

出生の秘密

ヴィルヘルム・ミュラーの出生には長年の間、噂が付きまとっていたらしい。エリカ・ボリースは彼女の伝記に「余論」の項を立て、セシリア・クローリー・バウマン著の伝記の記載を例に取りながらそれに言及している。

3　城と教会のあるヴェルリッツ公園

ヴィルヘルム・ミュラーは時のアンハルト-デッサウ公国領主フランツの落胤であるという噂である。二〇世紀になってもデッサウではまだそういう噂が依然として残っていたという。フランツ侯は「父フランツ」と呼ばれ、啓蒙主義を掲げた名君であったが、彼の落胤も多く残したといわれる。

ただヴィルヘルムは母マリーから産まれたのか、親戚の娘が領主の愛妾であったため、彼女の産んだ子がミュラー家に引き取られたかは定かでない。

ミュラーの父が息子に厳しくせず、当時普通に行われていた折檻もせず自由に育てたというのも、バセドゥの教育理念をいち早く取り入れたという先取の気風だけではないのかも知れない。ミュラー家は君主から格別な愛顧を受けたが、それも噂の裏付けとして挙げられる。格別な愛顧のうちには、シュヴァープがその伝記に書いている「ヴィルヘルムは幼少の時から親しい大人に伴われてフランクフルト、ドレスデン、ワイマルなどに何度も旅した」こともそれに数えられる。親しい大人というのは宮廷の役人だったのだろうか。また父は仕立屋マイスターに許されていた数をはるかに上回る徒弟を抱えていたとの事実もある。さらには、父の仕事を継がされなかったのは、当時非嫡子が手工業者から排除されていたことと関連するかもしれない。

いずれにせよ、すべて推測の域を出ない。だがミュラーが成人してからも宮廷から好意的な扱いを受けた事情も、そうすると理解しやすい。領主の孫でミュラーと同い年のレオポルト四世とミュラーは親しい付き合いがあった。

4　レオポルト・フリードリヒ・フランツ候

ヴィルヘルム・ミュラーの文学には父親がいない。導きの人としての父も、厳と聳えて反抗の対象の人としての父もいない。そして母親もいない。母親に関しては、幼少時に母を亡くした作家の場合、母の思い出や思慕が様々な形で現れ、女性像の形成に大きな影響を与えることが多いが、彼の作品には母の姿も母の影も見られない。

「詩人としての偉大さは出自に左右されるものではないし、領主の援助なしでも彼の人生は注目に値する」とボリースは「余論」を結んでいる。それにはちがいないが、しかしそのような噂をミュラーその人はどのように受け止めていたのであろうか。いつ、どこで知ったのだろうか。皆が知りながら誰も公には口に出さない噂。しかし高貴の血をひくということは、封建的な社会にあっては大きな特権でもあったはずである。その意識が人格形成に何らかの痕跡を残さないということは考えられないし、社会的な待遇に何らかの影響を与えなかったとも考えにくい。

二　デッサウを離れて（一八一二〜一八）

大学生活の始まり（一八一二〜一三）

アンハルト - デッサウ公国には大学がなかった。大学進学のためには領国の外に出なくてはならない。

一四世紀からの歴史あるカレル大学、ウィーン大学、ハイデルベルク大学のみならず、アンハルト - デッサウから比較的近い、イエナ大学、ハレ大学も一六世紀、一七世紀からの伝統ある大学だった。しかし一八〇六年、神聖ローマ帝国が崩壊し、プロイセンがフランスに宣戦し破れると、この苦い体験からプロイセン改革が始まりプロイセンの首都ベルリンに、改革派の理念に沿った自由な市民と新しい官吏を養成するための大学が作られた。ヴィルヘルム・フォン・フンボルトらにより創立された、「法学」「医学」「哲学」「神学」の四学部を持つ新制大学は総長フィヒテやサヴィニのもと、「指導と研究の一体化」の実現と「学生の総体的人間形成」を目指し、プロイセンの文化的復興の中心となった。

ミュラーは十八歳を迎える直前の一八一二年六月、二年前に創立したばかりのベルリン大学哲学部に学籍登録した。専攻は古典文献学、歴史、現代英語。大学の講義は秋からだったが、そのままベルリンに留まり、勉学の準備をしつつ都会生活を楽しみ始めた。一八一五年の日記には、友人と連れ立ってしげく酒場通いをし、泥酔した「思い出」が綴られている。デッサウ出身の学生たちとの交流は、学生たる者は世の俗物主義と闘うべしという、その時代の流行理念の実践でもあった。

5 ベルリン大学正門

しかしいざ新学期が始まると、大学は時の政治を巡って大きく揺れ動いた。ナポレオンのロシア敗退の報が入ったからである。フランス軍の敗北はナポレオン支配下に生きる人々の「のろし」となり、ドイツ解放の機運が一挙に高まった。一八一三年二月十日プロイセンのフリードリヒ・ヴィルヘルム三世の解放戦争義勇兵設立のための布告が学生に公布されると、すでにその日のうちに学生集会が開かれ、多くの学生が義勇兵となることを希望し、その日のうちに除籍届けを出した（兵役の義務を負ったのは十七歳から二十四歳までの男子で、学生は徴兵されなかった)。

熱に浮かされたような大学の雰囲気に反し、ミュラーが除籍届けを出したのはその二週間後であった。即断しなかった、できなかった理由は、装備の資金調達の問題の他に、デッサウ出身の彼がロシア・プロイセン軍に志願するについては、デッサウの承認を受ける義務を遂行せねばならないと考えたからだったとされる。デッサウはナポレオン支配下にあった。しかしすでに反旗を翻していたので、ミュラーの解放戦争参戦の是非についてのデッサウへの問い合わせは受理されたのであろう。

兵士時代(一八一三〜一四)

兵士時代の詳細についての多くは不明である。

いくつかの実戦に参戦した。五月二日グロースゲルシェンの戦い、五月二十、二十一日バウツェンの戦い、二十六日ハイナウの小戦、そして最後は八月二十九、三十日クルムの戦い。

これら参戦のなかでも、バウツェンの戦いは壮絶な戦闘であった。ライン同盟国ザクセンの首都ドレスデンに入ったロシア軍は砲撃を繰り広げた。エルベ川左岸からフランス軍に取り囲まれた同盟軍は退却に追い込まれた。

ミュラーは戦場でも詩を書いていた。「追憶と希望——一八一三年五月エルベ川を渡って退却後に」はミュラーがこの時書いた戦争詩のひとつで、最初の詩集『同盟の華』に収められた。

この退却後ロシア・プロイセン同盟軍はバウツェン近郊に結集したが、五月二十、二十一日にフランス軍の包囲殲滅戦にあい、同盟軍は退却した。フランス軍は圧倒的優位で、勝利を収めはしたが、同盟軍より多くの犠牲者を出した。連日両軍合わせて約二万人の兵士が戦死し、バウツェンと近郊の村も燃え、住民虐殺もあったという。ミュラーはこの激戦とそれに続く戦闘も生き延びた。

一八一三年秋、前線から退き、プラハの兵站部隊、その後ブリュッセルの司令部配属となった。一八一三年秋から翌年春頃までに、少尉に任命された。

そして一八一四年十一月十八日ブリュッセルを去っている。

どのような経過を経て、どのような形で軍隊を去ったのかは明らかでない。不名誉な退去であったらしい。後の求職のための履歴書にも、記載すれば有利だったはずの少尉の記載がされることはなかった。禁じられていた占領地の女性との恋愛沙汰が発覚したと推測されている。占領地の女性との交流は死刑にも至る厳罰が課せられる重罪であった。そしてその女性が既婚の場合には姦淫罪が課せられ、刑罰のみか、宗教的、道徳的な非難の対象となった。

それでもミュラーは処罰を免れたらしい。

ブリュッセルからまずデッサウに帰った。その距離約七〇〇キロ程であっただろうか。まだ鉄道はなく(ドイツ最初の鉄道は一八三五年に開業した)、郵便馬車は高価だった。

大半を徒歩で行く〈冬の旅〉となったであろう。

学生生活継続(一八一四〜一七)

しばらくデッサウの実家にいたが、その年のうちふたたびベルリンに戻り、学業についた。復学については大学側からの問い合わせがあり、父が返事を書いた。戦争体験による心身の衰弱のため、軍隊を離れなくてはならなかったとしている。

ベルリンに戻ったミュラーはしかし、勉学に勤しむだけでなく、積極的に教授や友人知人のもとを訪れ、交流の輪を広げた。ヴィルヘルム・ミュラーの修行時代である。

まず画家ヴィルヘルム・ヘンゼルやその家族と親しくなった。ヴィルヘルム・ヘンゼルとはすでに戦争中に知り合っていたが、親交を深めたのはベルリンで再会してからのことだった。

ヘンゼル家に親しく出入りするうち、ヴィルヘルム・ヘンゼルの妹ルイーゼに恋した。敬虔な十八歳の少女への片思いともいうべき実らぬ恋だった。思い込みに支えられた一途な恋で、接吻したのは夢の中だけ。

6　兄ヴィルヘルムの描いたルイーゼ・ヘンゼル

枢密顧問官フリードリヒ・アウグスト・フォン・シュテーゲマンの邸宅で毎木曜日に開かれるサロンに出入りするようになったのもヘンゼル兄妹を通してのことである。そこから後の『美しき水車屋の娘』が生まれた。

古典文献学の勉学では、教授らからいち早くその才能を認められ、嘱望されていた。教授らはミュラーが他の学生と共に、あるいは単独で研究室を訪ねると、長い時間を取って話をし、また自宅に招いてくれた。一緒に長い散歩をすることもあった。しかし親切に助言し、付き合ってくれる教授たちが互いに不仲で、自己宣伝に明け暮れているといった、裏の姿を見ることにもなった。

ミュラーが専攻した古典文献学には、時代の流れに沿って新しい動きが生じていた。フリードリヒ・アウグスト・ヴォルフ（一七五九〜一八二四）教授はその学識をゲーテからも認められた高名の学者で、新しい古典文献学の創始者でもあった。ホーマーの叙事詩は口承による歌であったとする彼の学説は、若い学生ミュラーに学問上のみならず、彼の詩作修行上にも大きな影響を与えた。ミュラーが後に書いた詩、「ギリシャ人の歌」は古典的な文化遺産と、脈々と受け継がれている民間の口承から新しい国民文学を生み出そうとするものであったが、その萌芽はこの修行時代に育まれたと言える。そして彼の叙情詩の通低音ともなった民謡的なものへの傾倒もこの学生時代の勉学から生まれたといえよう。

ギリシャ・ローマの古典を尊重するヴォルフはしかし、ドイツ精神高揚の蔓延する風潮には批判的であった。彼はミュラーの才能を買い、旗色の悪くなった古典文献学を建て直すためにも彼を後継者として育てようとし、援助を惜しまなかった。

それに対しヴォルフの同僚アウグスト・ベック（一七八五〜一八六七）は時代精神に重きを置き、新分野でもあるドイツ語・ドイツ文学（ゲルマニスティック）の道を模索していた。ミュラーは官能的で非道徳的要素を持つギリシャ・ローマの文化に惹かれつつも、ドイツとドイツ的なものへの関心を強めていった。「ニーベルンゲンの歌」や「中世騎士恋愛詩（ミンネザング）」に民族の声を聞こうとした。そしてすぐさまそれらの現代語訳にとりかかった。

そして彼はベックに伴われて「ドイツ語のためのベルリン協会」を訪れ、会員となり、積極的に活動し、自らの考えをまとめ研究発表もし、若年ながら、協会の指導的な役割についた。

しかしヴォルフ教授との接触も持ち続け、教授もミュラーをあとあとまで支援した。

ドイツ語のためのベルリン協会

当時は一八世紀啓蒙主義のあとを受けて近代的な個人主義が強まった時代だったが、ナポレオンによる外国支配により、「ドイツとは何か」、「ドイツ人であるとはどういうことか」という民族的な自意識が呼び覚まされた時代でもあった。

ミュラーはヨハネス・アウグスト・ツォイネ（一七七八～一八五三）によって創設された「ドイツ語のためのベルリン協会」に加入し、毎水曜日の集会に足しげく通った。ツォイネはベルリン大学でも教鞭を取っており、出征する兵士のための携帯用冊子の著者でもあった。そこには「ニーベルンゲンの歌」の現代語訳が載っていた。ツォイネの中高ドイツ語に対する情熱に感化され、ミュラーは彼の講義にも熱心に出席した。

「ドイツ語のためのベルリン協会」には体操の父と呼ばれるフリードリヒ・ルードヴィヒ・ヤーン（一七七八～一八五二）もいて、その弁舌をミュラーは「素晴らしい、真のドイツ的雄弁」と日記に記している。また歴史家クリスチアン・フリードリヒ・リュース（一七八一～一八二〇）教授の中世史の話も聞いている。リュースはこの集会で反ユダヤ主義的思想を披歴しているが、それに対して会員からもミュラーからも反論の声は上がらなかった。

協会の役員選挙で協会理事に選ばれたと日記に書かれているが、ミュラーの若さと熱意ある参加態度が会員たちから支持されたのであろう。
この会で学んだ成果を、ミュラーはいち早くいくつかの出版に結びつけた。

田舎町デッサウの職人の親元を離れて大都会ベルリンの大学生活に入ったミュラーは、全く異なる社会に足を踏み入れたことになる。学友たちの多くは貴族出身であったり、裕福な市民階級の出であったりした。協会やサロンに集う人々も同様で身分と教養ある人々だった。そこでは職人階級の人付き合いとは異なるルールや身のこなし、生活のマナーがあった。ミュラーはそれらを素早く身につけた。大学、協会、サロンには、異なる階層の人々を分け隔てなく受け入れる気運があったのは確かで、ミュラーは行く先々で快く迎えられた。才気ある若者が歓迎されたのは理解できるが、彼自身必死に適応の努力をしたに違いない。

そして彼の民族的な意識形成に大きく関与したのもこの時代であった。学生生活を始めるか始めないうち、解放戦争に義勇兵の名乗りをあげ参戦し、学生生活再開後は「ドイツ語のためのベルリン協会」で積極的に協会活動に関わったことは、その後の彼の思索と行動の基となった。

反動体制に失望した学生たちは学生組合ブルシェンシャフトを結成し、対抗の姿勢を示した。最初のブルシェンシャフトは一八一五年イエナで結成されて、またたくまにドイツ各地に広まったが、ミュラーのブルシェンシャフトへの参加、関心について伝えるものは残っていない。

ベルリン日記

ミュラーは二種類の日記を残した。ライストナーの全集の第五巻に収められた「我が日記」と題されベルリンの学生生活を綴った日記と、「一八二七年ライン旅行日録」と題して収められた最晩年の旅日記である。

「我が日記」は二十一歳になった日から始まる。軍隊を離れ大学に復学してから一年余の間（一八一五年十月七日〜一六年十二月十五日）に綴られたベルリンでの日記で、この間の生活、活動、感情の動きが記録されている。「心情の披歴」と呼べるようなものを残していないミュラーの唯一残された内面の記録とも言える。

最初は毎日しっかりつけているが、年が明けてからはわずかな記載しかない。毎日書かなくなったのは、協会活動の他、作家デビュー（詩集の出版、ジャーナリズムへの寄稿等）で生活が多忙になったためとも、恋していたルイーゼに失恋したためとも考えられる。いずれにせよ若者らしいというか、幼いというか、初々しいというか、他には見られない若きミュラーの素顔を垣間見ることができる。

日記を書きだす前のページには

愛したこと、生きたこと、
苦しみながら励んだこと。

と記されている。

十月七日

二十一歳の誕生日を祝う。もしかしたらこれは自分の人生で最も意味のある日かもしれない。一人前の男になる日、人前に出ても大人であることが認められる最初の日。昔だったら父親が騎士に仕える若者を打って騎士に叙した日、騎士となった若者が大きな誓いを立てた日だ。自分もいろいろなことを約束し、誓った。神の祝福あれと言って、騎士になろうとする若者を打つ父親のように自分で自分を打った。

三人がお祝いの言葉を言ってくれた、というのはここで、口頭でそれを言ってくれた人ということなのだが、ヘンゼルの母とヘンゼルの妹ルイーゼ、それからロット・マッペス（ミュラーの下宿先の娘）だ。自分の父も親戚もこの日をはるか遠くで祝ってくれているに違いない。

一年前の誕生日はブリュッセルにいた。どうやってこの日を過ごしたのかもう分からない。しかしこの日に一通の手紙を書いたのは覚えている。その手紙を読んだ父は涙にくれたはずだ。自分もさんざん泣いた。それにしても何とありがたいことだろう。すべてに片が付いたのだ！　去年ははるか後ろの遠いところ、いや、はるか前方に行ってしまった。それ以来自分は子供から老人になったような気がする、いや、老人から子供になった。

誕生日の夜はヘンゼル家で過ごした。ルイーゼは自作の歌をいくつか書いたのをプレゼントしてくれた。家に帰って寝る前にそれを読んだ。夜中奇妙な夢を見ていた。夢を見ながら泣いていたらしい。

「それ以来自分は子供から老人になったような気がする、いや、老人から子供になった」とは一体どのような体験だったのだろうか。それはまごうかたなき強烈な体験であったに違いないが、具体的に何であったのかは書かれていない。ミュラーの詩作品に多く見られる手法――具体的事実を述べず、抽象化した表現にとどめる――が日記の中にも表れている。

いずれにせよ「すべてに片が付いた」わけではなかったことは、揺れ動く心の軌跡を記すその後の記述に明らかにされるが、後には詩や小説の中にその体験が取り入れられて、彼の作品の核ともなる要素となった。

謎に満ちた記載で始まるこの若き日の日記の中心をなすのはしかし、ヴィルヘルム・ヘンゼルの妹ルイーゼへの熱い思い、彼女から強いられたともいえるが、それでもきっぱりと自らに課した禁欲的な恋心である。しかしその恋は高名な詩人クレメンス・ブレンターノ（一七七八～一八四二）の出現によりあっけなく終わった。

日記にはブレンターノがヘンゼル家やミュラーの下宿にも顔を出していることが書かれてはいるが、ブレンターノに対する恨みや悪口などはない。ルイーゼともそれで絶交したわけではなく、その後もシュテーゲマンのサロンで歌芝居を共演するなど、付き合いは続けられた。

その他日記に書かれているのは読んだ本、書いた詩、そして教授たちとの交流、ベルリンドイツ語協会の活動やサロンについて等で、彼のベルリンでの生活と成長の過程を垣間見ることができる。

出版デビュー

学生としての勉学の日も浅いこの時期すでに、創作や翻訳の出版、さらに文芸欄ジャーナリストの活動を始めた。少年時代からの夢をこの学生時代、二十二歳で実現させたのだった。

まず詩に関しては、従軍中知り合った五名の共著ではあったが、最初の詩集『同盟の華』（一八一六）を出版した。ミュラーの作品には、戦闘を鼓舞する詩、戦争の体験を綴る詩が最初に置かれているが、大半は副題にロマンツェと題された恋愛詩である。

文芸欄ジャーナリストとしての出発は、ベルリンの雑誌「ゲゼルシャフター」から始まった。最初は散文の掲載、その後連載記事を持ち込むことに成功し、オペラと演劇に関する記事を引き受けた。

ヴォルフ教授はミュラーを彼の後継者にしようと援助を惜しまなかったが、ミュラーはこの頃古典文献学よりも、ドイツ的なもの、国民的なものにより強く心を惹かれて、中高ドイツ語からの現代語訳『中世騎士恋愛詩精選　第一集』（一八一六）を出版した。

『中世騎士恋愛詩精選　第一集』には好意的な書評もあったが、ヤコブ・グリムの詳細な書評*は、ミュラーの皆に理解されたいという望みと、学問的でありたいという望みに横たわる矛盾を突いた厳しい書評だった。「ライプツィヒ文学新聞」紙上でグリムは、ミュラーのこの素朴で典雅な分野を多くの読者に伝えようとする態度と、その現代語訳が流暢であることを称讃してはいるが、読者は原典の言葉そのままで理解することを欲しておらず、仲介の言葉を必要としているというミュラーの見解を批判し、原語の無垢と清らかさを犯してはならないと諌めている。

＊　WA　Bd.4, S.437ff

またクリストファー・マーロウの『ファウスト博士』（一八一八）独訳も出した。アーヒム・フォン・アルニムの序文付となった。

勉学の傍らに成されたこのような活動を見ると、才気と野心に燃える若者の姿が浮かび上がる。

しかしミュラーの活動からは、ひとつのことに打ち込んだり、目標を定めて進んだりするのではなく、あれもこれもと興味の赴くままに手を出している感を抱かされる。それについては教授らからも、父親からも注意されていたらしいことは、後に書かれた小説、自伝的要素の色濃い『デボラ』の主人公アルトゥールに投影されている。アルトゥールは意固地なところがあり、思いのままに突き進むが、外からの影響も受けやすく、何かの拍子に簡単に自説をひるがえす。また日記の記載からも、感情過多で、内気である反面、向こう見ずで勇ましく、その結果自分の求めるものや本来の自分とは別の方向に迷いこむといった彼の性格が見える。

ミュラーの心の奥にあった将来の理想像は「偉大な詩人」でありかつ「文学の精髄に通じつつも堅苦しくない優雅な文学者」であった。「あれもこれも」はその理想像への道程を彷徨う姿であったのであろう。

学術研究旅行とイタリア滞在（一八一七〜一八）

まさにそんな活動の最中、突如小アジア学術研究隊の随員として旅立ったのはルイーゼ・ヘンゼルとの恋に破れた痛手からではなくて、あるいはそれだけではなく、ミュラー自身の将来への思惑によったからであろう。詩人であり、かつセンス溢れる文学者。これから先も学問を続け、大学教授の道を選ぶべきか。それとも詩人として、作家として立つべきか。

折しもプロイセン侍従アルベルト・フォン・ザック男爵はギリシャとオリエントへの学術研究旅行を企画し、古典文献学に造詣の深い研究者を探して、ベルリン大学を訪れた。ミュラーを自身の後継者とすることを望んでいたヴォルフ教授は、ミュラーを推薦した。彼がドイツの文学に心を奪われたり、詩を書いたりするのではなく、この研究旅行の成果を学術論文にまとめて、古典文献学研究に専念すれば、学者としての道が拓かれるとの念からであった。また彼が収集し持ち帰るであろう、ギリシャ、パレスチナ、エジプトの古い碑文にも期待がかけられていた。


出発は一八一七年八月二十日だった。まずウィーン経由でコンスタンチノープルに向かうことになっていた。ウィーンにしばらく滞在したのは、当時ウィーンには多数のギリシャの知識人がトルコの圧政を逃れて亡命していたからである。彼らから現代ギリシャ語を習い、今のギリシャの状況についての知識を得、ギリシャで会うべき人物たちへの推薦状をもらい、その先の旅程についても専門的な助言を乞うという課題があった。ミュラーはその課題を果たすべく努力し、多忙で実りある日々を過ごした。しかし夜はせっせと劇場に通い、ベルリンの「ゲゼルシャフター」に原稿を送った。将来の職業選択の決心はまだついていなかった。

十一月六日ウィーンを発ったが、行く先は帰途寄るはずであったローマに変更された。コンスタンチノープルでペストが発生したためである。

ローマ行きの馬車にはウィーンで知り合った画家ユリウス・シュノルが加わった。シュノルは何はともあれローマに行くことを望んでいた。

トリエスト、ヴェニス、フェララ、ボローニアを経由し、十二月半ばにフローレンス着。

ローマ到着は翌年一月四日だった。ユリウス・シュノルは一行を離れた。

しかしミュラーもザック男爵との同行を拒否し、さらなる旅を続けることなくローマに留まった。理由は明らかではない。年齢、経歴、教養、世界観、殊に政治的見解の異なる二人での長旅は、厳しいものがあったに違いない。また、ザック男爵が出来るだけ多くの遠い国々を見て回ることを優先したのに対し、ミュラーはローマ、そしてイタリアに強く惹きつけられたからでもあった。それに加えて、男爵のホモセクシュアルな性向がその理由のひとつとして推測される。約束不履行のままベルリンに戻っても、推薦してくれた恩師との関係が悪くならなかったのも、この推測の裏付けであるとされている。ミュラーの後の小説『デボラ』は、よく似た設定（年配の裕福な男性と若い男性）で、ふたりの間の葛藤が描かれている。

ローマはドイツ人芸術家の憧れの都だった。その頃すでにドイツ人の芸術家コロニーが形成されていて、年配の芸術家から若い芸術家までいり混じって自由な交際をしていた。ミュラーには大変刺激的な場所だった。出会いの中心は〈カフェ・グレコ〉もしくは〈カフェ・テデスコ〉。

経済的庇護者を失ったミュラーを援助してくれる人もいた。出版社から前借し、イタリア滞在記

7　ミュラーを敬愛した画家シュノルの描いたミュラー

「アルバノ便り」を書き送ることもした。旅行作家としての出発である。

ナポリ、ローマ、アルバノ、ローマ、オルヴィエスト、ペルージャ、フィレンツェと廻り、ミュンヘンに帰り着いた時は、十一月になっていた。

三　デッサウでの再出発（一八一八～二七）

職を求めて（一八一八～二〇）

故郷デッサウに戻ったのは十二月だった。学術研究の成果を博士論文や教授資格論文にまとめるという当初の希望は果たせず、父の仕送りももう期待できなくなると、大学をやめざるを得なかった。しかし大学中退ではベルリンでの職探しも難しかった。

父の失望と不機嫌に付き合いながら、以前自分が通っていた学校の高等部の助教員の職に即座に応募した。ベルリン大学での指導教授ヴォルフは期待を裏切ったかつての優等生に失望しながらも推薦状を書いてくれた。大学教授への道を断念して、田舎の教員となることはミュラーにとっても口惜しいことであったに違いない。それでも、いやまさにそれ故であろうが、彼は恭順と自負の入り混じった手紙を大公会議に送り、待遇の改善を要求し、さらに王立図書館が設立されたら、次席司書の職も得られるよう要請し、承諾された。

学期の始まる四月までまだ時間があった。授業は最初のうちは週八時間だけだった。しかし改革されて新制度のもとに置かれることになる学校の校長が決まらず、授業開始は九月からに延期された。予定されている図書館の設立の件もはかどらなかったが、図書館内に一部屋を提供してもらい、そこに住むことができた。

それで、今まで発表したイタリア旅行記「アルバノ便り」をさらに書き足し『都ローマとローマの男女』と改題し、ベルリンの有名出版社からの出版も取り付けた。

「アスカニア」という新しい雑誌出版の企画もし、様々な方面の協力を求めた。

そしてベルリン時代に書いた『美しい水車屋の娘』の詩を、次々と書き足す時間も持てた。

しかし親しい友人たちへ宛てた手紙では、イタリアを懐かしみ、自然は美しいが、退屈なデッサウの生活を嘆いている。領主フランツの時代、デッサウは文化的にも中心的な地位を占めていたが、彼の没後はひっそりとしてしまい、野心的な若者を惹きつけるものに欠けていた。

それでも王立図書館のためにあちこちの別邸に置かれた図書を集める仕事を一手に引き受け、寄贈図書を整理し、本棚の注文、本の輸送手配、何千冊もの本のカタログ作りをやってのけ、短時間の間に「図書館の主」のような存在になっていた。

授業も週二〇時間持たなくてはならなくなった。

そうこうするうち新校長がやってきた。だがこの人との折り合いが悪かった。ミュラーは子供の時

8　レオポルト・フリードリヒ大公は野心的な仕立屋の息子を格別に優遇した

から、人に指示されることが我慢ならなかった。この校長は指示する人だったので、犬猿の仲となった二人は互いに譲らなかった。大公会議への絶え間ない直訴——直訴したのはミュラーだった——により、彼は校長の支配を受けない、特別待遇を勝ち取った。それが最終的に許されたのは一八二三年になってのことであったが、王立図書館の正式な司書の地位はそれ以前の直訴で得ていた。

ブロックハウスとの業務提携

ミュラーの作家としての命運を決めたとも言える重要な出会いがあったのもこの頃である。ドイツ出版業界に大きな影響力を持つライプツィヒの出版社主、フリードリヒ・アーノルト・ブロックハウスが、一八一九年十二月ミュラーに新しい企画の打診をしてきたのがその始まりだった。「出版業界の帝王」とミュラー自身も言っている人との、そして後には彼の息子ハインリヒとの親交は、ミュラーの業績に拍車をかけた。ブロックハウス社出版の雑誌への評論、作品の掲載、著作出版のみならず、百科事典の仕事にも関わることになり、彼は全力を挙げてその業務をこなした。

9　出版社主ブロックハウスはカールスバード条約に抵抗した人でもあった

ミュラーはすでに自分でデッサウの出版社アッカーマンから一八二〇年一月「アスカニア　生活と文学と芸術の雑誌」の発行も始めていた。だがブロックハウスの仕事で多忙になり、この雑誌は六巻までの出版で終わった。

評論活動を通してドイツの精神風土に何らかの関与ができると

いう手ごたえを徐々に得られたのは、一八二〇年代のドイツの出版業界、ジャーナリズム業界の盛隆に支えられたからである。

しかしジャーナリズムの仕事に専念したのは文学的野心からだけではなく、経済的な面からの必要に駆られていたという側面もあった。結婚もした。子供もできた。〈ある程度快適で余裕のある暮らし〉のためには教員と司書の俸給では足りなかった。野心に溢れ、虚栄心の強い若者は与えられた仕事を次々に全力でこなし、新しい提案をした。抑制を知らない、がむしゃらな仕事ぶりであった。

ブロックハウスでミュラーは主として「文学草紙 Literarisches Conversations-Blatt」に記事を書いた。ロンドンやパリの文学状況欄、書評欄、通知欄等を担当していたが、その数は年々増していった。一八二一年には二二本の記事が掲載されたが、その三年後には七一本となった。

そして一八二一年以来百科事典の改訂にも従事した。この頃、百科事典の販売の伸びは目覚ましかった。教養市民層の台頭の現れである。多くの資料を読み込み、適切な解説を書くのは非常に骨の折れる仕事だったが、専門知識を持ち、堅実な仕事を手早くこなすことができたミュラーはブロックハウスの主要な要員となった。

一八二五年にはその成果を買われ、ゲオルク・ハッセルと共に『学問芸術百科事典』の第二部門編集部担当となった。執筆者を選び原稿依頼するのが主な業務ということであったが、自ら執筆した項目が四〇〇以上あるという。生計のためというのは大きな理由であったに違いないが、だからと言って百科事典の仕事をミュラーは嫌々やったとは言い難い。

だが百科事典の仕事を始める一年ほど前に出版した『都ローマとローマの男女』でミュラーは批評

家や百科事典的知識に対して、誇張した例を巧みに使って懐疑的な言葉を発している。

都会人の間ではすでに以前から始まっていた。フランス人女性、貸出図書館、新聞雑誌サークル、教育者、大衆向け哲学者が熱心にこの大衆教育の多面化に磨きをかけてきたが、百科事典の出現でそのような慈善心あふれる努力に拍車がかけられた。

［……］今や我が国の大部分の人々は、煙突掃除夫から井戸清掃夫まで、老若を問わず、純文学については言わずもがな、世界航海者、エジプトのピラミッド、剣法、磁力、そして自然崇拝宗教について読んだり、話したりするのである。農夫さえ、地球は丸くて、太陽の周りを回り、雷や稲妻も電気のもやみたいなもので起こり、神様とは関係ないことだと知っているのみか、アジアとアフリカの地理についても、猿と尾長猿の発生学についても何か知っているだろう。都会的に開けた説教師が村にいたら、あるいは自分でよく町に出かけて行ったら、「鮫肌のジークフリート」や「ティル・オイゲンシュピーゲル」が馬鹿げた本で、我らが主、イエス・キリストは復活したのではなく信奉者たちにより夜中に墓から盗み出されたのだと知ることだろう。*

* WA Bd.3, S.138f

そして、イタリアの庶民は偏狭であっても気ままであっても、仕事や人との付き合いや娯楽をはるかにしっかりとこなしており、彼らの言動は確実で、達者で、鋭く、機知に富み、想像力豊かで、独特である。百科事典やその他教養として得られる知識は、人々の生活の中から生まれたものではなく、異質の「学問的化粧」であるとも言っている。これはこれで、今日の視点からも頷ける主張である。しかしミュラーは、建前と現実や理想と現実の乖離、その矛盾には、拘泥しなかったようである。それのみか、友人たちへの手紙では「さっさと書いて、すぐ払ってもらえる」仕事について面白可笑しく、また自嘲的に、報告したりしている。引受けたくない仕事もあったが、ブロックハウスとしては読者にも好評を博しているミュラーを手放したくなかった。ミュラーの方も、自著がブロックハウスから出版されることを望んでいたので、無碍に断ることもできなかった。

とは言うものの彼は副業として引き受けた仕事からも、本業に益するものを獲得している。『都ローマとローマの男女』の執筆中、ブロックハウスから主要なイタリア旅行記の批判的解説目録の作成を要請され、地域研究や文化史に重点を置いた多くの旅行記を読んで「ヘルメス」に記事を書いたが、そこから自著の成功の鍵となるものを引き出したのもそのひとつだったし、イギリスやフランスの文学事情について書く中で、バイロンやベランジェを読み込んでいくということもあった。また新しいブロックハウスの企画「一七世紀ドイツ詩人文庫」の音頭を取ったのはミュラーで、オーピッツ、グリィフユウス、フレミングなどを集めた詩集が一八二二年から彼の死の年一八二七年までの間に一〇巻出版されたが、例えば『冬の旅』にはこれらの詩人の影響が見られるし、また「寸鉄詩」への関心を高め、自らエピグラムを書くようになったのも一七世紀文学者たちとの交流の結果だった。

一八二〇年、当時ゲーテと並び称される名声を誇っていたルードヴィヒ・ティーク（一七七三〜一

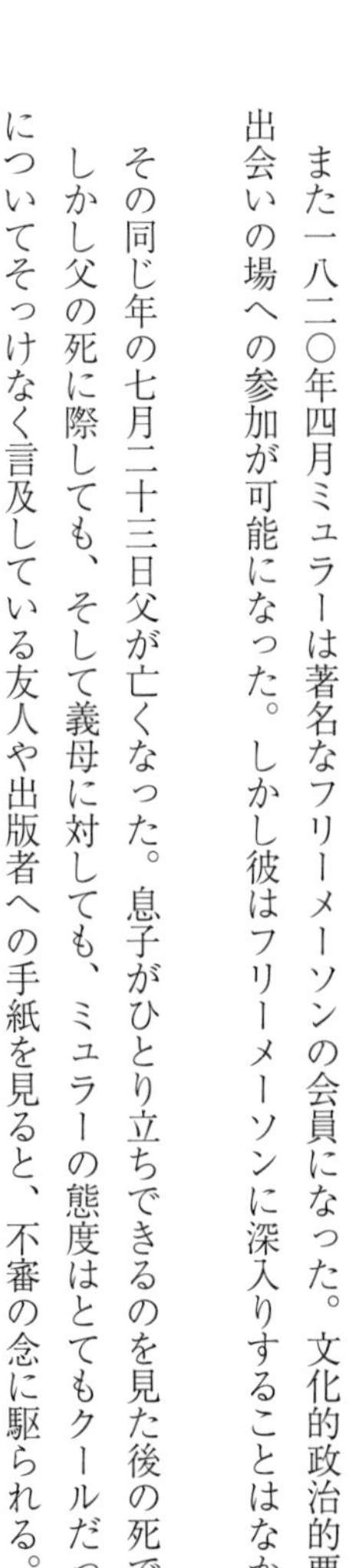

八五五）と出会った。ミュラーはティークの話術に魅了された。その出会いとその際彼から受けた賞讃に有頂天になった。そしてその後足しげくティークのいるドレスデンに通った。

また一八二〇年四月ミュラーは著名なフリーメーソンの会員になった。文化的政治的要人たちとの出会いの場への参加が可能になった。しかし彼はフリーメーソンに深入りすることはなかった。

その同じ年の七月二十三日父が亡くなった。息子がひとり立ちできるのを見た後の死であった。しかし父の死に際しても、そして義母に対しても、ミュラーの態度はとてもクールだった。父の死についてそっけなく言及している友人や出版者への手紙を見ると、不審の念に駆られる。

父の死のしばらく後、ミュラーは婚約した。

10　フリーメーソンの指輪をはめた肖像画。実はまだ指輪は許されていなかった

上昇と成熟の日々（一八二一～二五）

婚約の翌年、一八二一年五月に結婚した。六歳年下の花嫁アーデルハイトの父ルードヴィヒ・バセドゥは、デッサウの枢密院と大公会議の顧問官で、祖父は有名な博愛主義者で教育改革者のヨーハン・ベルンハルト・バセドゥだった。「バセドゥ氏病」で有名な医師カール・アドルフ・フォン・バセドゥはアーデルハイトの兄である。ほぼ一年後に娘アウグステが、次の年

には息子マックスが誕生した。

二人がどこで出会い、どのように結ばれたかは明らかでない。彼らの馴れ初めについては、なぜかどの伝記にも言及されていない。デッサウは皆が顔見知りであるような小さな町なので、どこで出逢っても不思議はないとはいうものの、二人の共通の趣味は歌うことだったから、歌が二人を結びつけたのかも知れない。

一八二一年デッサウに男声合唱団が創立された時、ミュラーはすぐに団員になった。第一テノールを歌い、歌詞も書き、多くの酒宴の歌が生まれた。

アーデルハイトは音楽の才能に恵まれ、歌唱のレッスンも受けており、セミプロとも言うべき歌い手で、マグデブルグ、クヴェドリンブルクなどの音楽会や音楽祭でアルトの独唱部分を歌っている。だがミュラーの結婚は愛からだけであったのだろうか、社会的上昇を狙ってのことではないかと推測もされる不釣り合いな婚姻だった。バセドゥ家はこの婚姻を快く思っていなかったらしい。

アーデルハイトへの愛の詩も恋文も、そして彼女からのミュラーへの手紙も残されてはいないが、彼が旅先から妻へ宛てた手紙は多く残っており、報告や伝達事項の後には家族を思う優しい言葉が書かれている。子供たちに厳しくしないようにと忠告している。スエーデンの友人アッテルボム*への手紙（一八二三年五月二十二日）には「家庭の幸福に勝るものはこの世にない」と書かれている。アーデルハイトは多忙をきわめたミュラーの元で、夫を助け、二人の子を育て、家を守った有能な妻であっ

11　新婚の二人

たことが推測される。

＊ Per Daniel Amadeus Atterbom（一七九〇〜一八五五）詩人。ミュラーはイタリアの旅で彼と知り合った。

またミュラーが一八二六年七月末に湯治先フランツェンスバートからアーデルハイトに宛てた手紙——この手紙は一九九六年に発見された——を見ると、人生の伴侶への隠し立てのない穏やかな関係が浮かび上がる。ミュラーのブリュッセル時代の女性の名前が本当にテレーゼというのかについては長らく疑問視されてきたが、この手紙の断片に「同行した友人の色恋沙汰がブリュッセルのテレーゼの場合とそっくりだ」と書かれていた。ということは、ミュラーはアーデルハイトに彼の愛した女性たちについても打ち明けていたということであろう。

家庭的な安定はミュラーの創作への意欲を高めたのだろうか。幸運の女神が微笑んだのだろうか。ミュラーは作家としての最盛期に入った。雑誌にブロックハウスの依頼原稿を書く傍ら、新しい著作の出版が続いた。

初期の詩を修めた『旅する角笛吹きの七七篇遺稿詩集』[＊]は婚約とほぼ同時の出版だった。結婚した年一八二一年十月『ギリシャ人の歌』が出版されると、詩人ヴィルヘルム・ミュラーの名は一躍知れ渡った。

＊ この詩集には『美しき水車屋の娘』、「ヨハネスとエステル」、「旅の歌」、「田園の歌」、「一二カ月」、「図案集」というタイトルのもとに集められた詩が収められた。

ロード・バイロンについての翻訳を、ブロックハウスの雑誌に載せたが、作品と作家の実生活が密接した同時代の作家であり、従来のモラルや美学では論じることができない矛盾に満ちたイギリス人作家バイロンについては、その後他にも様々なものを書き、本格的な伝記も書いた。

そして『冬の旅』を書き始めたのもこの年で、二二年、二三年には雑誌二誌にそれぞれ一二篇と一〇篇が発表され、それらは二四年に『旅する角笛吹きの遺稿詩集 第二巻』*にひとつにまとめて収められ、出版された。

＊「男性合唱団のための酒宴の歌」、『冬の旅』、「田園の歌」、「逍遥の歌」、「ボンボン各種」がここに取り入れられた。

『ギリシャ人の歌』は、翌年第二巻が出版されたのみならず、続いて『新ギリシャ人の歌』も出版された。さらにその翌年である一八二三年にその続編も出された。同じ年に書かれた「ラファエル・リエゴの死に捧げる歌」は検閲に差し止められた。ミュラーは一八二六年の『ミソロンギ』まで計六巻の「ギリシャ人の歌」を書いた。

『現代ギリシャの民謡』の翻訳（一八二五）もした。

しかしその間も、詩人であり、かつセンスある文学者でありたいというミュラー積年の願望は消えることなく、かつて修めた古典文学研究にも精力的に取り組んでいた。

学校ではラテン語とギリシャ語を受け持っていたが、古典文学者としての業績はホーマーの『イリアス』と『オデッセイ』の成立過程と関連を探る著作『ホーマー入門』である。ベルリン大学の恩師ヴォルフ教授自身の念願でもあったギリシャ古典への入門書をミュラーが書きあげた。彼の集中力を結集した一冊であるこの本は一八二四年にブロックハウスから出版され、ベルリン大学の学長でもあった歴史学者フリードリッヒ・ラウマーを初めとする専門家たちからも讃辞を得た。専門書でありながらその語り口は、古典語に取り組む上級クラスのミュラーの生徒にもよく理解できるものだった。一八三六年には再版された。

『ホーマー入門』の出版に先駆け、この書の特製本が作られて、デッサウ大公に献呈された。一八二四年二十九歳でデッサウ宮廷顧問官に任命された。特製本献呈については義父ルードヴィヒ・バセドゥの助言があったと言われる。

なり振り構わず供される仕事は何でも引き受けはした。しかしその反面、詩を書いてギリシャ人を支援し、楽しい酒飲の歌で暗に政情批判をし、失望、失意の詩『冬の旅』を書いた。ジャーナリズムや文学界での足場を固めながら、自ら書きたいものも書き続けた。

専門的知識を盛り込み、学問と文学を仲介する彼のエッセイは読みやすく、しかも言語的な端正さを備えている。〈趣味のよい文学者〉としての存在の形、つまり学問的であることと、ポピュラーであることを、彼はこれらの仕事の中に見出したように見える。そしてそれは同時代人から高い評価を得て、ミュラーは詩人としての名声のみならず、「文学的な専門知識を持った作家」として一目置かれるようになった。

かくしてミュラーは権威ある文芸評論家となっていた。シュヴァープ、ケルナー、ウーラント、リユッケルト、プラーテン等ドイツの現代詩人の書評のみか、翻訳または原語で読んだ英、仏、伊、スペインの詩人の叙情詩の書評を書いた。またバイロンのすべての新作、当時のベストセラーだったヴァルター・スコットの長篇小説、主要なフランス文学（ベランジェ、ラマルティーヌ）、スカンジナヴィア文学等について紹介しつつ、彼の見解をドイツの読者に示した。つまりデッサウという田舎町に居ながら、コスモポリタン的な立場からヨーロッパ文化の仲介者の役割を演じていた。

そうした若くして慧眼の批評家かつ詩人で作家となったミュラーの元には、（よい書評を期待して）自著を送ってくる作家も少なくなかった。ハインリッヒ・ハイネもその一人であった。

［……］私の小品の韻律が貴方のよく書いておられる韻律と似ているのは偶然でも何でもなく、こっそりつけた私の抑揚は、折しも小品を書いている頃知った貴方の、親愛なるミュラー様の歌謡のお蔭を被ったもの、と白状するのにやぶさかではありません。私はずっと以前からドイツ民謡を取り入れてきました。その後ボン大学で学んだ時、アウグスト・シュレーゲルから韻律の秘儀について教えを受けましたが、貴方の歌に出逢って初めて、私がずっと求めてきた純粋な響きと真の簡潔さを理解しました。貴方の歌謡は何と純粋で、なんと澄んでいることか、そしてそれは全部民謡なのです。［……］はい、私はそれを繰り返し、きっぱりと述べるのを厭いませんし、貴方が私はこれを公言するのをはばからないと思われてもかまいませんが、古い、昔からある民謡形式から、同様に広く人々に好まれる新しい形式を、たどたどしさやぎこちなさを真似ることなく、いかに作りあげることができるのかということを、私は『七七篇の詩』を読んで初めて分

かったのです。貴方の詩集の続巻では、形式はさらに純化され、もっと透明で明晰になっていると思いました。――私は形式についてばかり言っているみたいですが、それよりも言いたいのは、ゲーテを除いてではありますが、貴方ほど私が愛する歌謡詩人はいないということです。[*] [……]

＊ Heine : Werke und Briefe. Bd.8, S.237ff

病に抗して（一八二五〜二七）

自著を書き、翻訳を出し、同時に、締め切りに追われる連載と文芸批評の仕事をいくつも持ち、それも丹念にこなし、かつ学校教員も続けるという生活は、まだ三十歳になるかならないかのミュラーの健康を蝕んだ。小旅行や湯治という処方で凌ぐことが多かったが、健康維持のために仕事量を減らすという選択肢は全くなかった。

ブロックハウスの雑誌に書くだけでなく、別の有名出版社コッタからも声がかかると、その仕事も引き受け、雑誌執筆はさらに増えた。

しかし大きな負担となったのは、それとは異なる二つの課題で、ひとつはブロックハウスの百科事典の改訂新版の文学関連約七〇項目の変更や修正の仕事だった。自ら進んで引き受けたものであったとはいえ、修正が必要と思われる個所に少々手を加えるというようなやり方は彼にとって許し難いことで、徹底的に調べあげた。もうひとつは、「科学と芸術のための一般百科事典」の部局長となったことだった。項目の書き手を決め、調整し、期日までに書いてもらうよう催促し、様々な編集作業をするというような仕事だったが、自ら書かねばならなくなることも稀ではなかった。

そしてそれだけではなかった。雑誌に書評の連載をしていたミュラーは、自らも小説を目指し、一八二五年に『一三番目の人』が執筆され、翌年「ウラニア一八二七」に載った。続いて第二作『デボラ』が書かれ、その原稿は一八二七年二月に発送された（「ウラニア一八二八」に掲載されたのは彼の死後となった）。

さらにその上、演劇にも手を染めた。デッサウ劇場監督依頼を受けると、演出をやり、出演もした。そこには妻のアーデルハイトも歌手として登場した。

過労のためか、体調を崩すことが多くなった。それで保養の旅が何度も繰り返された。一八二五年シュトラールズンドの作家アドルフ・フリードリヒ・フルハウの招きで彼と共にリューゲン島を訪れた。八月七日に妻に宛てた手紙では「健康を取り戻した」と綴っている。しかし翌年、子供たちの百日咳がうつってからまた体調を崩した。大公はルイジウムの離宮〈夏の家〉を提供してくれた。その年、一八二六年七月にはフランツェンスバートへ友人でもある宮廷侍従ジモリンと温泉療養の旅に出た。温泉療法は功を奏したが、仕事ができなかったことを悔やみ、その代償とも言うべく、帰りは回り道をして、ジャン・パウル因みの地ヴンジーデルとバイロイトに行き、それからゲーテのいるワイマルを訪れ、ゲーテに面会した。ワイマルでは多くの友人知人に再会し、彼らから歓待され、気分爽快だった。

デッサウに戻ると、新しい官舎が用意されていた。妻が彼の留守中にその大きな住居を整えてくれたので、人々を招いての催しもできるようになった。ミュラーの胸中にはティーク家の朗読会があった。

一八二七年七月末、ライン川沿いの町をたどる長旅をしたが、これが最後の旅となった。健康状態は悪化しており、旅に出る前の六月頃からはベッドで過ごす時間が増えていた。医師は保養地への旅を薦めたが、ライン川やシュヴァーベン地方への旅が積年の念願だった彼はそれを押し通した。それまでの旅の道連れは詩人仲間や友人だったのに対し、この旅は妻を伴っての二人旅で、大公は期限なしの休暇を与えてくれた。

フランクフルト、ケルン、ハイデルベルク、カールスルーエ、バーデン - バーデン、シュトラースブルクをたどり、それからシュヴァーベンに向かった。シュトゥットガルトではグスターフ・シュヴァープ、ウーラント、ハウフ、マティソン、ハウク、ヴォルフガング・メンツェルらと会った。帰り路ではまたワイマルに寄り、九月二十一日にはゲーテに面会した。そしてその四日後デッサウに帰った。

八週間、郵便馬車で旅し、多くの人に面会し、招待され、見物するだけでも過酷な日々であったに違いないが、百科事典の仕事も持ち歩き、その関連で必要な人々を訪ねもした。

九月三十日、疲労困憊し旅から帰って五日が過ぎた。その日、言うに言われぬほど気分爽快だった。百科事典の仕事がらみの手紙を二〇通書かねばならないとドレスデンの友人カール・フェルスター宛ての手紙に書いた。夫の最期の様子について妻は「それでも早く床につき、大きな鼾をかいた」と書いている。そして夜半に息絶えた。死因は脳出血であったと推測される。七日後に三十三歳になるはずだった。

「両端から火のついた蝋燭のような」というドイツ語の慣用句があるが、短くそして激しく燃えた人生だった。

それにしてもあまりにも突然の死であったからであろうか、デッサウではその死についての噂が何十年にもわたって語り継がれていたという。ミュラーは毒殺されたという噂である。死体は死後間もなく黒い斑点で覆われ、すぐ腐敗が始まったため、解剖すらできなかった、という噂である。宮廷にはミュラーを妬む者がいた。彼が大公と大公妃から受けた格別の愛顧、彼の幸運な生活は、小さな宮廷の中では羨望の的となっても不思議はなかったとも言われた。

出生についても、死亡についても、噂に包まれた一生だった。

Ⅱ　旅するはミュラーの歓び

ミュラーは旅を好み、短い生涯によく旅をした。

「ヴィルヘルムは幼少の時から親しい大人に伴われてフランクフルト、ドレスデン、ワイマルなどに幾度も旅した」とシュヴァープの伝記は伝える。またブリュッセルで軍隊を離れて、ひとりデッサウまで戻った厳しい冬の旅もあった。しかしこれらの旅についてミュラー自身は全く言及していない。

だが後々の旅は、紀行文や詩になってあちこちに発表された。紀行文、そのうちでもイタリアへの旅の書は、ハイネにも影響を与え、紀行ジャーナリズムの始まりを作ったとも言われる。風物、名所よりも、そこで生活する人々の観察に重きが置かれた。約一年に渡るイタリアの旅はミュラーの生涯で一番長い旅となった。

晩年の旅は湯治や療養の旅が多かったが、旅の帰り道には寄り道をして、知人巡りをした。これらの旅でも、異なる風物を見る歓びもさることながら、人との交流、知己との再会の歓びが大きかったように見える。

本章では主要作品の成立順に、ミュラーの実際の旅と想念の旅の中で生まれたそれらの作品の特徴を探ってみたい。

一　イタリアの旅　紀行ジャーナリズムの誕生　『都ローマとローマの男女』

『都ローマとローマの男女』

日本文学でパリを発見したのは島崎藤村だろうか、与謝野晶子だろうか。藤村の「仏蘭西だより」が「朝日新聞」に掲載されたのは一九一三年だった。

ドイツ文学のパリ発見はもちろんそれより早いが、発見者はハイネであろう。ハイネは一八三一年からパリに移住し、ジャーナリストとしてまた詩人として、ドイツに向けてパリを発信した。ミュラーはすでにこの世を去っていた。

ドイツ文学がローマを発見したのはしかしそれよりも早かった。ゲーテは一七八六年から八八年、また一七九〇年にもイタリア滞在や旅行をした。その旅についていくつかの記事が雑誌に発表（一七八八、八九）されはしたが、しかしまとまった旅行記『イタリア紀行』が出版されたのはその三〇年後一八一七年、ゲーテ六十八歳の時である。

その一八一七年、二十三歳のミュラーはザックス男爵の率いる「小アジア学術研究旅行」随行の任

12　ナポリ近郊風景

についていたが、ローマでザックス男爵の元を離れ、一人旅程を変更し、イタリアに滞在した。ザックス男爵から離れたミュラーは旅費を捻出しなくてはならなくなった。友人、知人からの借用もあったが、出版社から前借して、原稿を送ったのが、旅行記作家の始まりとなった。

イタリアには当時すでにドイツ人芸術家村のようなものが形成されていて、多くの芸術家たちが集っていた。そこで交わされる自由な会話、もちろん政治的にも自由な会話が交わされるのを体験したことは、刺激的な出来事だった。

だが旅行記はすぐには書けなかった。一八一八年五月、彼は六週間のナポリ旅行から帰ったが、前借した出版社に送ったのは原稿ではなく、書けなかった原稿の詫び状である。

七月、八月は酷暑を避けてローマ南東の山岳地帯、小都市アルバノに三人のスカンジナビア出身者と一軒家を借りて過ごした。ここでようやく落ち着いて書くことのできる環境を得た。この三人のうちの一人、スエーデンの詩人であり作家のアッテルボムは終生の友となった。四人は日中それぞれの部屋で過ごし、夕方各自の部屋を出ると、広間やバルコニーで会話を交わしたり、一緒に町へ繰り出したりした。集中して読んだり書いたりし、かつ人々と交わってその内容を深めるというのは、ミュラーの理想とするところであった。ただ一人蟄居して書と過ごすというような学者の生活は性に合わないことにミュラーも気付いたに違いない。アルバノ近郊にはリュッケルトも滞在しており、二人は親交を結んだ。

そしてアルバノで書かれた旅行記は、すでにその夏、そしてその後も次々と「ゲゼルシャフター」に掲載された。

本として出版されたのは帰国して二年後の一八二〇年で、『都ローマとローマの男女　ローマとアルバノから親しい友へ　後付の資料を添えて』と題された二巻となった。ドイツにいる虚構の友人に宛てたイタリアからの手紙という体裁をとり、第二巻は虚構の日記を付録とし、アッテルボムへの献辞が付いている。

「芸術や古代に関することは僕の手紙には全然出てこないよ」とその手紙は最初に断っている。何世紀もかけて優れた学者や芸術家が精魂こめてきた分野で、短い期間のうちに何か新しいことや真理を見出すのは不可能だからである。彼の興味は「イタリア人の生活と活動を正確に描写すること」にあり、「イタリアの酒場、人形劇、赤裸々のゴシップ」を逃すことなく観察してローマ人の民族性にできる限り迫りたいが、「網羅的追求が目的ではない。生き生きとした民衆の描写を始めたらきりがないし、自分が持っていない物の埋め合わせに、目新しいものを繰り返し並べたてるのも僕の好みではない。しかし見たり聞いたりしたことのうち、自分たちの誤りを正すべきだと思ったことを述べて、異なる眼や耳で見るとどうなるかを

13　楽しげなイタリア人たち

提示して議論のたたき台としたい」。そして 彼が実際体験したことを通して、〈不道徳な、怠け者の、不誠実な、あてにならない〉イタリア人という、当時ドイツ人が抱いていた偏見が正しくないことを彼と共に見て欲しいとしている。

中世から綿々と続くドイツのイタリアに対する憧憬は、まずはその気候に始まり、経済的、政治的、技術的、宗教的、学問的、文化的と時代によってその対象に変化はあったものの根深いものがあり、ドイツの皇帝、王侯貴族、手工業者、学生、知識階級、芸術家、そしてその後の普通の旅行者に至るまでが、アルプスを越えて次々と南を目指した。しかしイタリアの文化、学問、技術に対する敬意とは裏腹に、イタリア人に対する評価は、〈貧乏、粗野、盗み癖、不正直、不道徳、怠け者、迷信深い、復讐心が強い、陰謀的、淫蕩、不潔、卑怯〉等々どの時代を通しても大変低かった。そういう挙げればきりのないマイナス評価の伝統は、気候地理学や気質生理学などの裏付けに加え、愛国的、教会政策的な見地に立つプロテスタンティズムと人道主義に支えられてきた。

ローマで威勢のいい市の立つ日に僕についてきて、活気に満ちた界隈をピアッツァ・ノヴォナの方へ向かっていろいろな商人たちの間を通り抜けて、歩いたり、店に入ったり、値切ったり、買い物したりしてごらん。商品は品質がよく、安いというだけではだめで、小奇麗に工夫をこらして並べ、飾りつけられている。緑の葉を下に敷いた色とりどりの籠に金色のオレンジがピラミッドのように積み上げられている。その頂上を飾っているのは枝と葉の付いた一番大きなオレンジだ。半分に切ってよく見えるようにしたのがいくつか置かれ、ピカピカのナイフも脇にあって、しっかり実のしまったみずみずしい果実の演出をしている。もちろん店の女は商品がいかに優れているか司祭も顔負けの巧みな弁舌を展開するんだ。*

* WA Bd.3, S.60f

肉、チーズ、野菜、薬草などの多様な品揃えの市はなんと日曜日にも祝日にも開かれている、というのもドイツ人から見たら大きな驚きである。夜遅くまで店には蝋燭や提灯の明かりがともされ、市場は散歩道のようで、市場自体が祝祭のようだという驚き。

ミュラーの筆はイタリア人の気さくな気質、感覚的、視覚的な楽しみ、仕事や時間に対する鷹揚さなどを彼が見たように読者にも感じ取ってもらおうと縦横に動く。これは何か月か前までの彼の態度とは全く異なる、驚くべき変化というか、適応の早さである。

風物だけではない。イタリアの対人関係は取り澄ましたり、堅苦しかったりするものではなく、ドイツのそれとは大きく違っている。

ローマでは愛を告白するのに長い準備もため息もなしで、女性から最高の好意を示してもらえるようにすることもできるんだよ。ローマの女性は、彼女が特に敬意を払われるような地位と名

14　自由で自然な男女の付き合いはミュラーを魅了した

誉を持っていない場合によるが、その男が、他の男よりもっと熱心に彼女に言い寄ると、会話するよりもう少し先のものを求めていることが何らかの形で見えると思うらしいんだ。そして彼女が彼の求愛をよしとすると、愛の告白がなされたことになり、応じられ、そして次の何時間かは若い結びつきを確実にする最高の時になるというわけだ。*

* WA Bd.3, S.198ff

ベルリンで彼はルイーゼ・ヘンゼルと共にゲーテの「ローマの悲歌」を読んでその非道徳ぶりに憤慨していた。その彼も今やゲーテの〈優雅なアバンチュール〉を称讃している。しかし彼自身がどこまでローマの魔術に身をまかせることができたかは分からない。ローマ式恋の駆け引きには、阿吽（あうん）の呼吸が必要とされたが、プラトニックでセンチメンタルな恋の国からやって来た彼はそれをマスターしたのだろうか。例によって自分自身のことについては何も漏らしてはいない。しかし後のアッテルボムへの手紙で当時の生活を懐かしんでいる口調の中に、彼は殻を破ったり、踏み出したりすることができなかったらしいのが伺える。

だが彼の学究魂は「学術研究旅行」を離れた後も健在で、イタリアの伝承歌謡や物語に関しては習慣や風習、経済、そして宗教、迷信、演劇、検閲、出版等についても調べ、民俗学的な資料を付け、脚註もしっかり付けた。ミュラーがローマで収集し、彼の旅行記に載せようとした民謡は、ミュラーの死後二年経ってから出版された。*

* Egeria. Sammlung italienischer Volkslieder, aus mündlicher Überlieferung und fliegenden Blättern,

begonnen von Wilhelm Müller, vollendet nach seinem Tode, herausgegeben und mit erläuternden Anmerkungen versehen von Oscar Ludwig Bernhardt Wolff, Leipzig 1829

しかしミュラー自身にとってイタリア滞在の大きな成果は、イタリア民謡の収集などを進める中で、詩人としてこれからの行く道を発見したことであろう。古くから伝わるものを時代にあった形で表現すること、埃をかぶった博識に別れを告げ、口承され、どの階層の人にも理解される単純で自然な詩を書くこと。

これはゲーテがイタリアで、肉体を縛る道徳から解放され、「再生の歓び」のうちに、ワイマール帰還後は政治から身を引き、全霊をかけて文学に没頭しようとした決心に比べるとささやかな「滞在の成果」だったかも知れない。

しかしイタリアを去るについて両者の悲嘆の大きさは変わらなかった。ゲーテはローマを去る前の最後の三週間、帰還後の来るべき困難を思い子供のように泣いて過ごしたというが、ミュラーにとっても帰還後のショックは絶大だった。

故郷に戻りドイツの現実に再び触れた時引き起こされた嫌悪感と疎外感と嘆きは、ミュラーが生涯にわたり感服し、しかし同時に、何とかして認められようと努力した文学の巨匠のそれと同等のものだった。

ミュンヘンに着いて、カール・フォン・ルモール男爵（ローマで彼はミュラーにお金を貸した）宛ての最初の手紙（一八一八年十一月十五日）では陰鬱な予感を披瀝している。

祖国は私を霜と雪で迎えてくれました。それはまだ我慢できます。しかしこの俗物根性（書生っぽい書き方をお許しください）に圧倒され押しつぶされそうな気分になります。［……］実際ドイツの至る所がミュンヘンのようなら、かつてイタリアに足を踏み入れたことを後悔するか、またはもう一度イタリアに行くためにあらゆる努力をしなければなりません。ここには私の気にいるものは何もありません。

『都ローマとローマの男女』は、印象、逸話、忠告、反省、伝承、歌謡の他、「ドイツの検閲局は旅行記に国家批判があるとは思わなかったのだろう」[*]と後に評されるような、政治的批判眼も含んだ新しい旅行記のスタイルを作り、後のフォイユトンの走りとも言える旅行記となった。フォイユトンとは新聞の下段を指す用語で、政治記事が上段で下段には連載小説や劇評、そして旅の記事が載った。「観光旅行」が俄然、人気を博し始めた時代にあって、読者に向けて地方や外国の景色、風物を紹介する「旅のフォイユトン」は読者に歓迎される読み物になっていった。

＊ Borries: Wilhelm Müller, S.81

「芸術は時代を形成できない、しかし時代は芸術を形成する」と『都ローマとローマの男女』に書かれたコメントは、その後いろいろな所で引用されるフレーズとなった。

書評があちこちに出たがみな大変好評だった。[*]

＊ WA Bd.3, S.482ff

ゲーテもこの作品に言及した。「芸術と古代」（一六巻二号）上で「生き生きとした鋭い観察眼に恵まれたヴィルヘルム・ミュラーはイタリア滞在中、主としてローマとその近郊で二点に関して調査を企てた。一つは考古学であり、もうひとつはイタリア国民の思考と生活の形態についてである。この熱心な試みの成果は書簡体の観察記録となって、一八二〇年『都ローマとローマの男女』と題され出版された」と述べたが、これは一八二八年、ミュラー没後のことだった。

ハイネもこの書を評価したが、しかしそれもミュラーの死後のことになった。

ハインリヒ・ブロックハウスも『都ローマとローマの男女』はミュラーの書いたもののうち最高の作品で、瑞々しさと生き生きとした観察が特徴的で、描写の的確さからもこれを凌ぐイタリア関連のものはないと思うと、一八三三年の日記に記した。

作家として世に出ることになった最初の作品がこのような成功を収めたのは、もちろん彼の若々しい文才によると言えるが、しかしその裏には並々ならぬ努力と精進とミュラー独特の才覚、そしてその才覚を伸ばすチャンスがあったのも見逃せない。*

* ミュラーのイタリア旅行記著述のための努力については以下に詳しい。Hentschel: 'Rom, Römer, Römerinnen', S.19-26

この時代、旅行記は愛好されるジャンルとなっていた。イタリア旅行記だけでも数多く出版されていたが、ブロックハウスはミュラーにドイツ語、英語、フランス語で書かれた主要なイタリア旅行記の批判的解説目録の作成を要請した。骨の折れる仕事であったにもかかわらず、彼はそれを引き受けた。地域研究や文化史に重点を置いた多くの旅行記を読みこなす作業を続けるうち、読者に求められるのは、深い専門的知識ではなく、かと言って単なる旅行案内書でもなく、知識を広めるとともに楽しませてくれる読み物であるとの見解に行きついた。そしてそれが彼自身の旅行記『都ローマとローマの男女』の基準ともなり、この書の成功へと導いたと言えよう。

新しい紀行文学と同時代作家たち

ドイツ文学で遠い外国が現実の世界として身近になるのは、ミュラーの生きた時代、正確にはその前後のことだった。自分の目で見た外の世界の様相を伝えようとする作品の出現である。風景や地方色が発見され、紀行文学が生まれた。

新しい文学の出現には近代化へと進む社会の変化が大きく関与しているが、紀行文学に関しては、旅行の大衆化、教養市民層の台頭、ジャーナリズムの躍進などが挙げられる。大規模旅行代理店の創始者、トーマス・クックの生年は一八〇八年であるが、その一年前にはイギリスの馬車鉄道が開業した。道路の舗装、交通機関の発達により、遠い国々が結ばれ、開かれていった。しかし実際にそれらの遠い外国へ行ける人はまだ限られていた。遠い国々に対する興味、関心を満たすべく紀行文が書かれ、新聞のフォイユトンや雑誌に載り、また単行本の出版ともなった。

たとえばアーデルベルト・フォン・シャミッソ（一七八一～一八三八）は九歳の時革命を逃れて亡命し、プロイセンの将校として祖国フランスと戦うという運命に見舞われた人であったが、後に作家、そして自然科学者として名を成した。

南洋から北西に舵を取りベーリング海峡を通過するロシア海軍の探検旅行に自然科学者として同行した時の日記は『世界周航　一八一五〜一八年』として一八三六年に出版された。――シャミッソはそれより前の一八一四年に小説『ペーター・シュレミールの不思議な物語』で文学界の注目を集めたが、ここには魔法の袋と引き替えに自分の影を悪魔に売り渡して金を得た男の孤独が描かれている。それは亡命者でもあった作者の自画像ともいえる。ミュラーの『冬の旅』がよそ者として共同体からの離反の孤独を描いているのに通底したテーマであることは興味深い――

シャミッソとミュラーの外国旅行記の違いは、シャミッソが、あるいは多くの古典的外国旅行記作家が、異国の風物、景観、様相を伝えることをその主眼としているのに対し、ミュラーはイタリアの自然や景観の観察や描写にはあまり関心がなかった。そうではなく、彼の紀行記は古い文化と歴史を温存させていると彼の信じる今のイタリア庶民の暮らしぶりや気質、彼らの中に残る古い民謡を読み解いて、彼らの姿がドイツに広まっているイタリア人像とは異なるものであること、そこには今のドイツにはない自由で闊達な生の姿があることを伝え、ドイツの現状を暗に批判するというメッセージを内蔵するものだった。

紀行文学にこのような文明批評、時局風刺のメッセージを込めるスタイルをさらに押し進めたのは、ハインリヒ・ハイネである。『旅の絵』（一八二六）にはハールツ地方への旅やイタリア旅行の記録が収められているが、旅行記の衣を被った社会批判はドイツ各地で発禁処分を受け、この時からハイネとドイツ官憲との戦いが始まった。

ミュラーの新しさというか、特徴は他にもある。彼は逍遥（Wandern）の詩を多く書いたが、その逍遥とは、他のロマン派詩人たち同様、主として野山を徒歩で行くことだった。逍遥としての徒歩の旅や散歩・散策は詩歌のみならず、ドイツの日常生活の中にも（今日に至るまで）根強く残ったが、しかし時代は街中の大通りや裏道のそぞろ歩きを楽しみ、ぶらぶら散歩する方へと流れていた。ヴァンデルンというよりもフランス語のフラヌールである。ミュラーの散文作品『都ローマとローマの男女』はこの潮流にいち早く乗ったものと言えよう。

フラヌールと言えばもちろん、ジェラール・ド・ネルヴァル（一八〇八〜五五）の『東方紀行』*（一八五一）が想起される。ミュラーよりも十四歳若いこのフランスの作家はゲーテの『ファウスト』の仏語訳（一八二八）や仏語訳『ドイツ詩選』（一八三〇）を出したが、ミュラーへの言及はしていない。

＊ 訳書『ネルヴァル全集 Ⅲ 東方の幻』。その解説・解釈は橋本綱「ネルヴァルの旅」と、野崎歓『異邦の香り』に詳しい。

しかし『東方紀行』の次のような記述は、先に引用したミュラーの「芸術や古代に関することは僕の手紙には全然出てこないよ」とそっくりで、ミュラーはネルヴァルよりもはるか以前に文学のなかにフラヌールをとりいれている。また友人への手紙という形態を取っているのも共通している。

旅行案内記の順番どおりに名所旧跡を見て歩くなどというのは、私がこれまでもいつも注意深く避けてきたことです。どんな記念建造物や芸術品があるのか、ほとんど気にかけず、ある町に着いたら偶然に身をゆだねます。そうすれば必ずや、遊歩者としての私の意に沿うだけのものに出くわすこと間違いないのですから。[*]

＊　野崎歓『異邦の香り』三一頁

二人の共通点は実は非常に多く、ネルヴァルもトルコ軍によるキオス島の虐殺（一八二二）、それに続くイラ島の虐殺（一八二四）への怒りを表明し、バイロンの翻訳をし、ベランジェの詩選集を編纂し、ベランジェへの献辞詩も書いている。また「ヴァロアの民謡と伝説」では古いバラードを引用し、次のように結んでいる。

願わくは、現代の優れた詩人たちが、われわれの祖先の素朴な詩興を活用し、異国の詩人たちがしたように、過ぎ去った時代の善良な人たちの記憶や生命とともに日々失われてゆくささやかな傑作の群れを、われわれに取り返してくれることを。[*]

＊　ネルヴァル全集　旧版Ⅱ　一八四頁　稲生永訳

ここで「異国の詩人がしたように」とネルヴァルが述べている異国とはイギリスやドイツで、そのドイツの詩人とは、ミュラーが範とした、ゲーテ、ビュルガー、ウーラントである。

そしてミュラーにしてもネルヴァルにしても外国旅行記を書いたそもそもの理由は、生活の糧を手易く得るためであった。

ただ執筆動機は同じであったものの、ネルヴァルにはやみがたい異国憧憬があった。ミュラーは異国的なものに憧れたエキゾチズムの作家とは言えないだろう。まだ見ぬ世界、遠方の文化に惹かれ旅に出たとは言えない。切れ目なく続く旅の躍動といったものもそこにはない。同じ紀行文学作家ではあるが、夢と幻想の国を胸中に抱いて旅したネルヴァルとは、そこが大きく異なる。

ミュラーはその後も旅はしたが、遠い外国への長旅に足を運んだのはこれが最初で最後だった。しかし彼の詩作のその後の世界「ギリシャ人の歌」には、あたかも自身の体験の如く、その時代のギリシャとギリシャ人の生活が歌われている。ギリシャ人・ミュラーと命名された所以であるが、この〈なりすまし〉の創作態度は、多くの作家が従来採ってきたもので、詩人や作家の想像力は〈異国〉の作品を生み出すために必ずしも実際の〈旅〉を必要とせず、言語を駆使することで、現実よりはるかに鮮やかに〈その地〉を描き出すことができることを証している。

『冬の旅』でミュラーはどこまでも続く放浪を歌った。しかし実生活で放浪に身を任せることはなかった。

二　ロマン派の旅

ロマン派の衣装をまとって『美しき水車屋の娘』

ドイツ歌曲（リート）と詩

『美しき水車屋の娘』は、気のよい一途な粉職人が粉屋の娘に恋をしたが、娘が力も財力も勝る狩人に心を奪われたのを見て、入水するという悲恋の物語で、ミュラーの詩のうちでは初期に書かれた連鎖詩篇（ツィクルス）である。ツィクルスとは円環で、あるテーマやモチーフを巡り物語が展開され、複数の詩が連なっていく。後の『冬の旅』も同様にツィクルスという形式をとっている。

この二作品、『美しき水車屋の娘』と『冬の旅』はシューベルト（一七九七〜一八二八）作曲により広く後世に伝えられることとなった。

ドイツの音楽が詩と特別密接な関係を結んだのは一八世紀半ばからのことである。ゲーテやシラーらの叙情詩と取り組んだ作曲家たちはその芸術性を尊重する音楽性の高い歌曲を生み出して、それまでの誰でも歌える有節形式の歌曲（章節ごとに一番、二番と同じメロディーで繰り返す）とは異なり、演奏に歌手の力量が必要とされる「ドイツ歌曲（Lied）」と呼ばれる音楽のジャンルが生まれた。多くの場合詩人と作曲家は面識がなかったが、詩と歌曲の作曲には深い交流と協働的な力が働いている。こ

15　詩人と作曲家が同等に扱われた「美しき水車屋の娘」楽譜表紙

の時代の詩が作曲に適し、音楽が詩的であったからであるとも言われるが、シューベルトとシューマン（一八一〇～五六）の出現によって、ドイツ歌曲はさらにその名声を高めることとなった。ドイツ歌曲は「軽快で快活であると同じくらいにまたしばしば悲しく重々しく感動的だ」と言われるがそれはミュラーの詩にも当てはまる。

しかし、この時代の詩が作曲に適し、音楽が詩的であったとは言うものの、詩には詩の、音楽には音楽の法則がある。共鳴する領域は広く大きいとはいえ、それぞれに原語の異なる世界である。

まずは『美しき水車屋の娘』の成立までの道筋をたどり、音楽との共鳴の傍らにあった隔たりと、ミュラーがこのツィクルスに託した思いについて見てみたい。

ミュラーの詩作の作法と信条

ミュラーは日記に「詩は私の中で完成する（es vollendet in mir）」と、彼にとって詩は一気呵成にできあがるものとも読める記載をしている。ミュラーは早書きの人だった。そうでなかったら短い生涯にとてもあれだけの仕事を残すことはできなかったであろう。ことに書評など時間の制約が大きいジャーナリスティックな仕事では早く仕上げることは重要な要素だったし、翻訳も短期間にものにしている。

しかし詩に関してのミュラーの創作態度は全く異なる。多くの作品は完成までに推敲に推敲が重ねられた。一八二七年二月十九日ハンリッッヒ・ブロックハウスへの手紙では「原稿の段階で見落としてしまうような些事は印刷されてから気づくものなので」最終稿の校正は自分にやらせて欲しいと申し入れている。

『美しき水車屋の娘』と『冬の旅』ではその推敲のあとがよく見える。虚辞（省略しても文の意味に変更をきたさぬ語）の入れ替え、母音連続の除去、流行りの擬古的表現の除去等を繰り返し、文のリズムを可能な限り話し言葉の自然な抑揚に近づけようとしている。よりよい韻律のために古い形の語尾変化を新しい形に変えている場合もあるし、別の個所ではよりよいリズムのために古い語尾変化を復活させたりもしている。

ミュラーはゲーテを模範的な「ドイツ的自然詩人」とし、ルートヴィッヒ・ウーラントの叙情詩は「形式が簡素、歌うような韻律、言語と表現が自然、深い内面性」ゆえ、最も美しいドイツ民謡と呼べると賞讃している。理論でも実作でもミュラーは「純粋な」民謡調を重視した。そこから、難解ではない自然な響きを持つが、しかしナイーヴでも単純でもない詩が生まれることとなった。

評論においても、彼の同僚とも呼べる詩人、ケルナーやシュヴァープらに対して、彼の考えるドイツの民謡詩の理想の実現を要求し、厳しい批評をつきつけている。

『美しき水車屋の娘』成立まで

（1）シュテーゲマンのサロン

サロンとは宮廷や貴族の邸宅を舞台にした社交界で、主人（女主人である場合も多い）が、文化人、学者、作家らを招いて知的な会話を楽しむ場であった。ベルリンのサロンとしては一九世紀ロマン主義の時代に開かれたラヘル・ファルンハーゲン、ヘンリエッテ・ヘルツなどユダヤ系の女性サロンが有名である。

ミュラーはヴィルヘルム・ヘンゼルに誘われて、枢密顧問官フリードリヒ・アウグスト・フォン・シュテーゲマンの邸宅で毎木曜日に開かれるサロンを訪れるようになった。サロンの中心はシュテーゲマンの十六歳の娘ヘートヴィヒで、ルイーゼの友人だった。

ある時そのサロンの余興で歌芝居が演じられることになった。種本はその頃、と言っても一七九四年以来ベルリンでよく演じられていたイタリア歌劇、ジョヴァンニ・パイジエッロ（Giovanni Paisiello）の「水車屋の娘（La Molinara）」だった。この歌劇はゲーテも観ていて、非常に感激し、そこから触発されて「貴公子と水車屋の娘（Der Edelknabe und die Müllerin）」、「若い職人と水車のある小川（Der Junggesell und der Mühlbach）」、「水車屋の娘の裏切り（Der Müllerin Verrat）」、「水車屋の娘の後悔」（Der Müllerin Reue）と題したバラードを書いた。

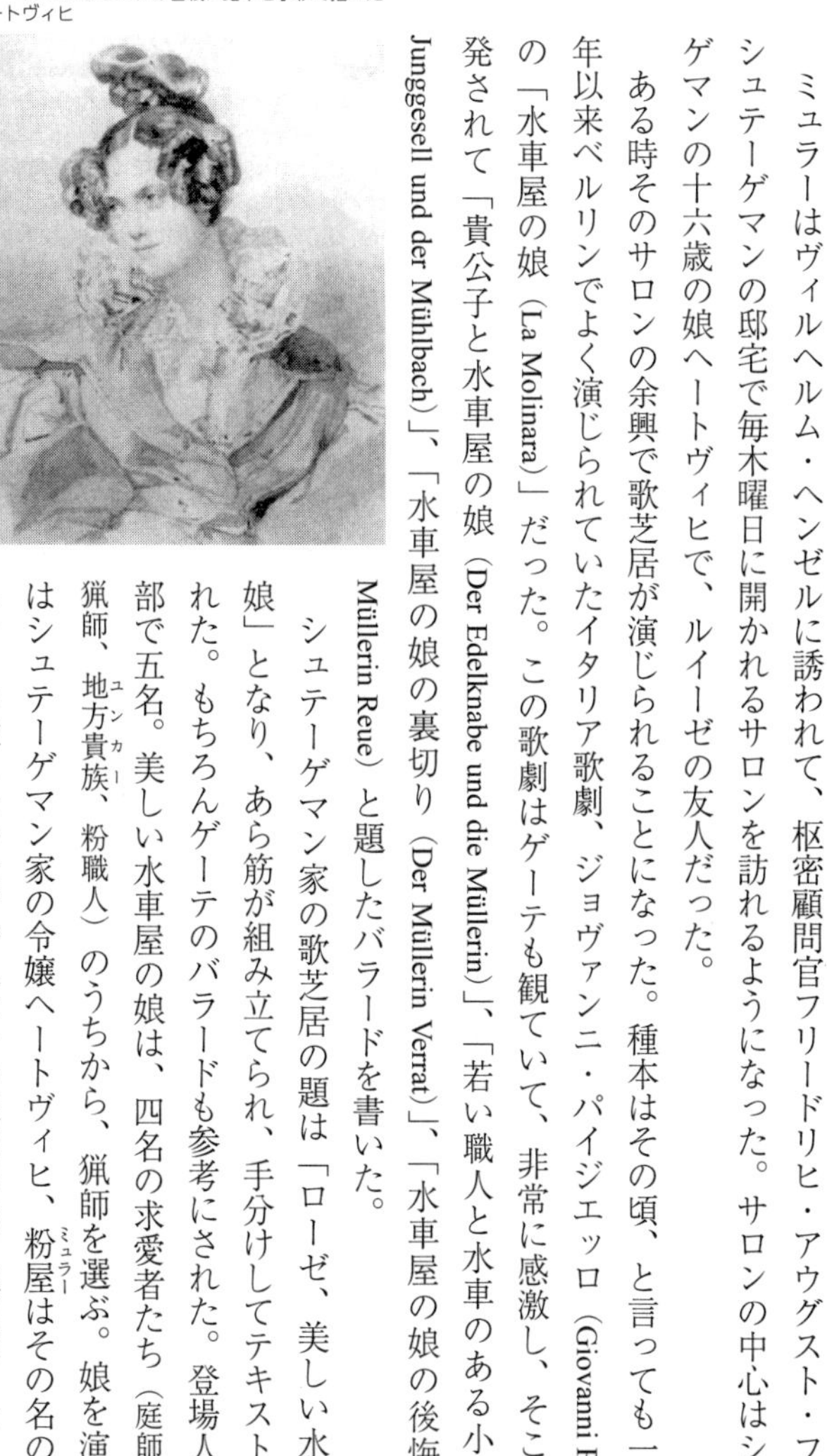

16　ヘンゼルがピンクの台紙に鉛筆と水彩で描いたヘートヴィヒ

シュテーゲマン家の歌芝居の題は「ローゼ、美しい水車屋の娘」となり、あら筋が組み立てられ、手分けしてテキストが書かれた。もちろんゲーテのバラードも参考にされた。登場人物は全部で五名。美しい水車屋の娘は、四名の求愛者たち（庭師の息子、猟師、地方貴族（ユンカー）、粉職人）のうちから、猟師を選ぶ。娘を演じたのはシュテーゲマン家の令嬢ヘートヴィヒ、粉屋（ミュラー）はその名の通りミュラーの役となった。狩人はその後高名な肖像画家となりフェリックス・メンデルスゾーン・バルトホルディーの姉ファニーと結婚したヴィルヘルム・ヘンゼル、庭師の息子はルイーゼ・ヘンゼル、ユンカーを演じたのは大学講師で雑誌編集者のフリードリヒ・フェルスターだった。

この歌芝居には一〇篇のテキストが書かれたが、ミュラーがこの時書いたテキストは五篇で、これが後のツィクルス『美しき水車屋の娘』の基となった。作曲家ベルガー（彼はフェリックス・メンデルスゾーン・バルトホルディーの師であった）が曲を書いた。それは『歌芝居「美しき水車屋の娘」からルードヴィヒ・ベルガー作曲　ピアノ伴奏付』として一八一八年に出版された。ベルガーは付曲にあたり、「歌われる」ということを強調してミュラーたちのテキストに注文をつけ議論を交わした。

ミュラーはその後、このテーマで詩を書き継ぎ、一八一七年から種々の雑誌に二篇、三篇ずつ発表したが、一八二〇年に出版された『旅する角笛吹の七七篇遺稿詩集』に全二五篇となって収録された。サロンの歌芝居の登場人物は五名だったが、ミュラーの作品では娘、猟師、粉職人の三名に絞られ、粉職人の目で語られるモノドラマとなっている。サロンでの社交劇から、孤独な個人の心を扱う、綿密かつ意識的に考えあげられた心理ドラマが仕立てられた。

全二五篇のうち二〇篇が一八二三年にシューベルトにより作曲され、歌曲集 D795 に収められた。ミュラーはその後の一八二六年詩集再版の際、詩に手を入れたので、詩集と歌曲テキストに若干の違いが生じることとなった。

（2）ルイーゼ・ヘンゼル

ルイーゼはミュラーがベルリンで学生生活を再開した時期に心を奪われた女性であるが、『美しき水車屋の娘』のモデルというわけではない。しかし失恋した粉屋の中にはミュラー自身の振る舞いと苦い思いが反映されていると同様、このヒロインの姿の中に、ルイーゼの面影を見ることができる。

ルイーゼはヴィルヘルム・ヘンゼルの妹で、ミュラーは兵士の時彼と知り合った。ベルリンに戻ってからはヘンゼル家をよく訪れ、彼の家族と親しく交り、デッサウの実家では味わうことのなかった家庭の暖かさを初めて知った。十七歳のルイーゼは読書好きな、自分でも詩を書く美しい娘で、キリスト教に深く帰依したドイツ的純潔の申し子のような少女だった。

17　ミュラーはルイーゼを「キリスト教に帰依した純潔なドイツ的処女」と崇拝した

不満な気持ちで床についた。朝になると爽やかになった。自分の愛は完全なる断念、地上の喜びや所有を求めないものだ。それで「奇跡の花」という詩を書いたが「修道院の歌」という題に改めた。（十月二十日）

ミュラーはルイーゼに倣い、定期的に教会に行き、少年の頃のように再び福音書や使徒書簡を読んだ。

彼女への愛の中で自分は神を愛し、神への愛の中で彼女を愛した。（十二月三十一日）

そして自らの欲望との戦いを悪魔との闘いとみなした。ブリュッセルの恋愛の贖罪ともとれる振る舞いである（日記に書いた性的な記載は息子マックス・ミュラーらによって削除された）。

書いた詩をルイーゼと交換し、彼女の愛を確信しながらも、彼女に愛の告白をすることはなく、夢の中でのみ彼女に接吻した。思いのたけを告げることがなかったのは拒絶を恐れたからだった。恋はすべて彼の思いこみの中で進行したかのように見える。思い込みにすべてを賭け、そして一晩にいくつもの詩を書いた。恋の歌よりも、遍歴の歌が多かった。

ヘンゼル家を訪れても真摯な会話はせず、子供っぽい言葉遊びやルイーゼの妹を交えてのゲームをした。ルイーゼが彼の真剣な恋心にどこまで気づいていたかは不明であるが、彼の初心な振る舞いをおもしろがっていたような気配はある。彼女が自分の求愛者、崇拝者たちのことを時々話題にしたのは、無邪気さ故だったのだろうか。しかしミュラーはその度嫉妬に苦しんだ。

ルイーゼの求愛者は、作家のクレメンス・ブレンターノ、作曲家のルードヴィッヒ・ベルガーなど芸術家のみならず、裕福で地位のある男性も多かった。しかし彼女は結婚を迫る男性をすべて退け、正しい信仰を求め続け、生涯独身を貫いた。

18 『少年の魔法の角笛』第二巻のタイトルページ

ブレンターノはある日シュテーゲマンのサロンにふらりと現れ、自作の詩を朗読し、歌い、集まった人々を魅了した。彼はすでに二度結婚しており、ルイーゼより二十歳年上だった。ブレンターノがルードヴィヒ・フォン・アルニムとの共編で出版した『少年の魔法の角笛』（一八〇六～〇八）をミュラーはもちろん愛読していた。古代の歌謡から大道歌にいたるまで、素朴な歌が集められた民謡集で、ドイツ民族が持っていた自然な力、健康な趣味を回復させようという願いが込められていた。韻やリズムなど新鮮な要素を含め、ミュラーの詩作に大きな影響を与えた書であった。ブレンターノとルイーゼの親交は、それは魂の交流とも言うべきもので、ブレンターノはルイーゼとの愛に宗教的な秘跡が呼び起こされることを期待していた。しかしミュラーは深く傷ついた。

ブレンターノは恋敵ミュラーを意地悪くからかうような作品を書いたが、ミュラーはそれに対して「そのモデルは自分ではない」という生真面目な言明を雑誌に載せさせたのみで、ブレンターノを誹謗するような言動はしなかった。

ルイーゼも詩を書き続け、詩人としてのルイーゼ・ヘンゼルは一九六一年出版されたフリッツ・マルティニの文学史にもその名を留めている。

サロンで歌芝居が演じられた頃、ルイーゼの心はすでにブレンターノに囚われていたが、ミュラーとベルガーは失恋の痛みをこの歌芝居に没頭することで紛らわしたのかもしれない。立ち直りの早いのはミュラーの特徴のひとつである。

『美しき水車屋の娘』の主人公は粉職人である。このツィクルス冒頭、粉職人は遍歴の楽しさを称えて陽気に登場するが、マイスター（親方）制度のもとでの職人の遍歴の現実には厳しいものがあった。

（3）マイスター制度と遍歴する職人たち

中世以来、手工業の発展に伴い、ツンフト（中世ヨーロッパの手工業者の同業組合）が整備され、ドイツでもこの制度が確立した。この世界に入るためにはまず「親方（Meister）」の家に住み込み「徒弟（Lehrling）」として修業（無給で年期は普通二〜七年）の後、職人検定審査を受け、一定期間の年季奉公（通例三〜四年）」を終えなくてはならなかった。修了式と職人組合加入札を経て、「職人（Geselle）」に昇進すると、職人組合の一員として迎え入れられた。職人となった若者は親方の家を出て各地を遍歴し、異なる親方の家で修業する義務を負った。すでに一五世紀頃から遍歴がほとんどの職種において義務化されたが、これはツンフトの閉鎖性を強化して、親方の増加を抑えるための措置だった。

遍歴には「遍歴記録帖（Wanderbuch）」を携帯しなくてはならなかったが、そこには氏名、職種、出身地、生年月日、身長、髪の色、顔・目・口・顎の特徴、本人の署名、滞在した場所と日付の証明等が記載されていた。

地域や職種にもよるが、職人は三年以上の遍歴が義務づけられ、一か所の滞在期間は三ヵ月から半年ほどで、故郷に近寄ってはならなかった。異なる地域での修業で、技術や人情の地域性を知って人生経験を積み、広い見識を持つことが期待された。

しかしこのような苦しい修行をしても、親方資格と市民権を得るには高額な料金が必要で、親方の息子でなかったらほぼ不可能であるという厳しい現実があった。親方資格と市民権を得た後ようやく結婚する資格も得られた。不可能を可能にする道は親方の娘か寡婦と結婚することだったが、職人の多くは、親方となることを断念し、日雇いなどになって定住の機会を窺うか、長期間の遍歴を続けるほかなかった。

一八〇〇年頃のデッサウはアンハルト - デッサウ公国の首都ではあるものの、まだ工業化以前の人口八五〇〇人ほどの小都市で、すでにあらゆる分野で職人は供給過剰となっていた。仕立屋組合も定数の削減に努め、仕事が一人の親方に集中しないよう、雇える職人の数を制限していた。しかし抜け道もあった。*

＊ 一八〇〇年初頭のデッサウの状況については以下に詳しい。Jablonowski: Wilhelm Müller in Dessau, S.33ff

ミュラーは子供ながらこの業界の苦しい内情を見て育った。

『美しき水車屋の娘』 詩と付曲の相違点

シューベルトの音楽がいかにミュラーの詩を理解し、その意味を存分にくみ取り、ピアノ伴奏部分との共演により詩の精神を高めているかについては、多くの音楽家の研究や解説がある。しかしここでは、シューベルトが省略したミュラーの詩に注目して、歌曲と詩の隔たりを見てみたい

（1）ロマン的イロニー

シューベルトはミュラーのツィクルス二五篇のうち二〇篇に付曲した。付曲されなかったのは「プロローグ」「水車屋暮らし」「最初の痛み、最後の冗談」「忘れよ草」「エピローグ」である。これら五篇のうち、「プロローグ」と「エピローグ」を除く三篇は他の二〇篇の恋物語と連なる。付曲されなかった詩は非常に長かったり、省略しても筋の進行に変化はなかったりするものである。

作曲家は詩に音楽を付ける時、詩と歌という異なるメディアを一致させるために、詩を「二次加工」することがよくある。たとえば同じ行、あるいは同じ節を繰り返す。または語を加えたり、変えたり、取ったりすることもある。音楽の自立性を確保するための作曲家によるやむを得ぬ歌詞の改編である。

しかし連作歌曲「美しき水車屋の娘」と連鎖詩篇『美しき水車屋の娘』に改編や加工以上の大きな隔たりができたのは、「プロローグ」と「エピローグ」により作られた枠構造の有無である。その「プロローグ」と「エピローグ」について詳しく見てみたい。

タイトルの『美しき水車屋の娘』には（冬に読むこと）という副題がついている。そして「詩人プロローグとして」という最初の詩は、

見目麗しきご婦人方　賢明なる殿方

良き物を見たり聞いたりがお好きな皆さまを
ピカピカ最新スタイルの
ピカピカ新品のお芝居にご招待いたしましょう

と「呼び込み」のように始まる計四八行の長い詩である。今は冬だと念を押してから、花咲く春へ導き入れる。そうしておいて、実はその春は見せかけだけの作り物だと打ち明ける。そして次のように締めくくられる。

そんなわけで　多くの歌がお耳ざわりであろうとも
飲み屋に居てもそんなものだと御観念
しかれども　水車場で何がいちばんきれいな物か
そこのところを一人芝居でお伝え申す
私の口から言ったなら　彼の出番がありません
ご機嫌よろしゅう　それではどうぞごゆるりと

そしてエピローグは

終わりはきっちりした数でという良俗にのっとり

最後二五番目の詩といたしまして
つまり一番賢いことを述べるエピローグといたしまして
もう一度満場のホールに私の登場とあいなりました
しかるにすでに小川が濡れた調子で弔辞を読んで
私の仕事をぞんざいに片付けてしまいました
あのような甲高い水オルガンの響きからは
各人それぞれ寓意を汲むのがよろしかろう
私は諦め　この件で仲たがいはなしといたします
反論は私の仕事ではございません

と始まり全二六行のエピローグは「若死した粉屋に愛をお与えください／皆さまの胸の中で末永い喜びをお与えください」で終わる。要するに演じられた芝居（＝詩）は作り物であると手のうちを明かしている。

ミュラーは時の文学界の潮流に敏感であった。多くを読み、評論を書いていた人としては、当然だったであろう。『旅する角笛吹きの七七篇遺稿詩集』が出版されたのは一八二〇年であるが、これは文学史的には後期ロマン派[*]の時代である。

＊　初期ロマン派（一七九七〜一八〇〇）とその後の後期ロマン派のふたつに分けられるドイツのロ

マン主義は、古典主義と基盤をともにした理想主義の一翼を担う面もあるが、無限を追求し、空想性に富み、個性的、内面的であることを特徴とする。夢の世界、意識下の世界を発見し、詩的省察でその多様性を統べようとした。その詩的省察をフリードリヒ・フォン・シュレーゲル（一七七二〜一八二九）は「ロマン的イロニー」と呼び、芸術家の創造的意識態度の中核に置いた。この「あらゆる現実的観念的考慮から身をふりほどき、描かれるものと描くものの間を詩的省察の翼に乗って漂い、この省察をますます深め、また無限の合わせ鏡にうつしだすように増幅することができる」という。ロマン的イロニーについてはさらに「作品の内部において、すべてを見渡し、有限なもののうえに自由に飛翔することであり、自己をも自己の対象とする自由にほかならない。この遊戯の精神によって有限は有限と認識され、有限と無限との弁証法的緊張関係が生み出される」と解説されている（藤本敦雄他『ドイツ文学史』東京大学出版会　一九九五　一二四頁）。

シュレーゲルの提唱した「ロマン的イロニー」はこの時代多くの作家から支持され、この文学理論を踏まえた作品が数多く書かれた。

ミュラーがこの文学理論を『美しき水車屋の娘』に取り入れたことは、この作品の構成からも明らかである。プロローグ、エピローグに置かれた「詩人」の言葉は、詩人自らが創造した「若い職人の悲恋」という叙情詩の世界が、個別で経験的な現象であり、それ自体は無価値な仮象にすぎないと否定する。「ロマン的イロニー」の理論に従えば、これによって芸術家は、自己の創造した美しい作品に対してすら、囚われることなく、常に無限なる普遍的理念に到達する自由を獲得することになる。

ドイツ文学史上「ロマン的イロニー」を代表する作品としてはE・T・A・ホフマンの『マドモア

ゼル　スキュデリー』が挙げられるが、『美しき水車屋の娘』でその手法が用いられていることに対して特に好意的な論評はなかった。

シューベルトが付曲に際し、この部分を省略したのは理解できる。彼の関心はロマン的イロニーよりも、本題の恋物語にあったにちがいない。

プロローグとエピローグを付してミュラーはまだ自分の音色を模索していた。『冬の旅』で確固とした音色に決まり、ロマン派の終焉をも意味することになるその音調は、『美しき水車屋の娘』ではまだロマン派の響きの中に留まっていた。

（2）借用からの構築

独自の詩的世界を作る素材として、『美しき水車屋の娘』には「ロマン的イロニー」のみならず、この時代の文学動向と文学作品そのものからも様々なものが取り入れられている。

まず用語については、ドイツロマン派の常套句である、遍歴（さすらい）、角笛、自然、森、青い花、小川、水車、せせらぎ、月、星、太陽、等々が散りばめられている。

このツィクルスが収録された『旅する角笛吹の七七篇遺稿詩集』という詩集のタイトルがすでに常套句で成り立っている。そしてここに収められた詩は過去に書かれたものであるという枠組みともなっている。

個々の用語のみならず、他の作品のテーマやフレーズの借用も数限りない。ゲーテの「貴公子と水車屋の娘」はもちろんであるが、ブレンターノの『少年の魔法の角笛』からはその民謡調と共に個々の詩から様々なものがとりこまれた。他にも同時代の詩ではフケーの狩人の歌の辛辣で皮肉な調子を初め、ノヴァーリス、アイヒェンドルフ、ウーラントらの詩句やテーマが挙げられる。借用と呼ぶべきか剽窃（パクリ）と呼ぶべきか、と考えてしまうが、この時代、模倣に対して人々はかなり鷹揚であったらしい。模倣の対象の作者の心と一体化することで、「私」を超えて、新しい創造の道が切り開かれたのであろう。

そしてその上ミュラーは英語、フランス語、イタリア語に長けていただけでなく、記憶力抜群で一度読んだ詩から軽々と情景、観念、そしてフレーズを借用した。かつそれはその時代の詩のみならず、古典からとったことが明らかな場合もある。日本語読者には解説なしには気付かない借用の数々である。

ミュラーのツィクルスはしかしそれら実証される借用にもかかわらず、通俗的でも、陳腐でもない、独自のスタイルを生み出した。独創性に富んでいるとは言えないが、独創的なものを作り上げている。古いものを取り入れても古臭くない。推敲を重ね、月並みなものに陥らないよう心掛けた跡が見える。たとえば民謡であるが、民謡がいにしえの庶民の歌であるようにミュラーの配役詩の人物は今生きている庶民である。その際ミュラーはその人物の感性を描くことに心を砕いた。そしてそこに自己の体験を投入した。しかし閉鎖的で恥ずかしがり屋の彼は、自己の体験を自己の体験として作品に書くことはなかった。ことに激しい感情の発露には、自我を託すことができるように配役された人物が必要だった。粉屋の娘と粉職人の関係――相手に打ち明けることなく永遠の愛を誓い、たかぶった心で彼女から愛されていると思い込み、天にも昇る心地から引きずりおろされ、嫉妬と自殺願望——は、「ベルリン日記」に書かれたルイーゼ・ヘンゼルへの恋心と彼の取った行動（結末の入水を除き）ほとんどそのままである。しかし民謡的な配役詩が異化効果をもたらすメディアとなり、曖昧模糊と自分の経験を語ることを可能にした。

ロマン派の衣装をまとって

「遍歴」「いずこへ」「止まれ」「小川への謝辞」と始まる『美しき水車屋の娘』はゆったりとそのドラマへ導入され、いくつかの妨害を経て、それでも上昇へと展開し、最高潮（「俺のもの」）に達した後、第二部とも呼ぶべき破局へ向かって、反抗、嫉妬、不安、悲しみ、無力感、諦念、そして死へと、劇的なテンポで進む。

プロローグ出演の詩人は、「素朴に技巧をこらし／無造作に仕立てあげ」と自らの作品を揶揄しているが、この作品は、借用に始まる様々な技巧をこらして素朴な分かりやすさを演出しつつ、その裏に二義的であったり、反語的であったりするものを隠し持っている。

ということは『美しき水車屋の娘』は単なる失恋の歌ではなく、ミュラーはこのツィクルスに失恋の歌の装いを施し、そこにあれこれとロマン派的装飾を凝らしつつも、彼の作品創造の道を探っていたと見える。

装いの衣の下には何があるのだろうか。ミュラーはこの作品を「いずこへ」導きたかったのだろうか。

作品中に散在する隠喩、皮肉で現実的な眼差し、そして政治的メッセージに注目して、ミュラーの意図したもの、彼独自のものを、ロマン派的枠組みとのせめぎ合いのうちに探ってみたい。

（1）小川と粉職人

この作品では小川、緑、狩、花等の語句が隠喩として背後に意味を託されている。ここでは「水車屋」というタイトルと密接な関係を持つ小川（水）に注目して、テーマの展開を見てみよう。

陽気に旅立った「ロマンティック」な主人公は、どこへ向かうかを理性で決めず、「無意識」に導かせる。その詩「いずこへ」で語られるように旅の杖に従い、下へと降りてゆく。下には小川が流れている。「下」と「小川」がここに既に悲劇の伏線として現れる。

小川には逆らい難い吸引力があり、サラサラという素晴らしい水音で彼をとりこにする。――「サラサラという音をたてる（rauschen）」は秘密に満ちた自然の謎を解こうとするロマン派のシグナル的役割を果たす語のひとつである――粉職人は、自然の水音に身を任せることに最初はそれでも躊躇していたが、しかし徐々に慣れ、とうとう水車屋にたどり着く。――ロマン派の代表的詩人の一人アイヒェンドルフの詩では二人の若者がやはり「自然」に導かれて旅をするが、アイヒェンドルフの自然の先には神がいるのに対し、ミュラーの自然にはそのような神は登場しない――。

水車屋には娘がいるにちがいない。そうだ、自分は娘を探していたのだ。粉職人は娘のところに導いてくれた小川に感謝し、小川を友と呼ぶ。水車屋に受け入れられた粉職人は、他の職人たちとは特に親しくはならず、小川を友とし、小川に語りかけたり、小川に助言を求めたりする。粉職人の小川との信頼関係は、疎外された自然と再び一体化したいというロマン派の人々の憧れを具現しているようでもある。

そして水はエロスの象徴でもある。水の中には妖精も住んでいる。水というメディアで恋人と隠喩的に結ばれるというのはロマン派に限らないが、この連作詩では現実の恋人を得られなかった粉職人は最後に小川と死の結合を果たす。

小川は比喩的には、時の流れ、人生の流れ（その果てには死がある）を意味する。そしてそれは彷徨うことのモチーフと繋がっている。

そして自然との関係であるが、粉職人は小川との親交、つまり自然との親交によって、孤独からの救済を望む。「言ってくれ　小川君　彼女は俺を愛しているか」しかし小川は答えない。「狩人が　緑の狩人が／彼女の腕の中にいる［……］おい　小川　おまえは陽気にサラサラいってる」。人間の喜怒哀楽と関わりなく、自然は動いている。

最後の方の対話「粉屋と小川」で粉職人は自分と小川（自然）との決定的な隔たりを表現する。「ああ　小川　愛しい小川／俺のことをそんなに思ってくれている／ああ　小川　でも分かっているか／愛というものの行く末を」

万物の中で孤立している、という悲しみの言葉と共に自然の冷酷さ、無関心がところどころに表現されている。しかし『冬の旅』では排除された田園詩的な色彩は、花、鳥、粉屋の娘の庭などとの交流の中にまだ濃厚に残されている。

（2）皮肉で現実的な眼差し

ミュラーがこの作品を書いた時代には、水車、水車のある小川、不実な粉屋の娘、小鹿（即ち若い娘）を追う狩人、といった語彙は、ロマンティックかぶれの民謡調の詩であまりに多く使われ、陳腐そのものだった。すでにあり、よく知られたものに新しい命を吹き込むためミュラーは創造的な工夫をこらした。

たとえば現実の物と比喩的な意味を担う物が行き交う構図を作り、そこで新しい視点を開こうとする。小川のほとりの青い花、勿忘草（わすれなぐさ）（Vergißmeinnicht）を例にとるなら、粉職人は恋人の窓辺に勿忘草を植えようとする。現実の勿忘草と恋の担保のシンボルとしての勿忘草。そしてその勿忘草を、恋に破れた粉職人は、下界の果てに咲く黒い「忘れよ草（Vergißmein）」に変えてしまう。青い花咲く水車屋の娘の庭は、黒い花に覆われた水底の庭園に通じている。

さらなる工夫は、粉職人の感情の波や揺れを、色彩の変化と音調の抑揚で表現したことである。「俺のもの」という歓喜の叫び、「枯れた花」の悲哀などがツィクルスの幅を広げている。同じ一つの詩の中でも、揺れ動く粉職人の感情は、明暗、緩急、哀歓の中を行き来する。

そのような詩作上の工夫を越えて、強いアクセントとなっているのが、現実を理想化することなくリアルに、あるいは皮肉に見る目である。ミュラーはロマンティックな夢見る人ではなかった。あるいはそれだけではなかった。それが顕著であるのは、「涙の雨」の「あの娘（こ）が言った　雨になるわ／

さよなら　わたし帰る」という結びであろう。

粉職人は娘と涼しい榛（はん）の木の木陰に並んで坐り、さらさら流れる小川を仲睦まじく見おろしていた。彼は月も星も見ないで、水に映った娘だけを見ている。

すると空全体が小川の中に
沈んでいくようだった
そして俺を一緒に下へ
小川の底へ引き込もうとした

すると雲と星の上を
小川が元気よく流れていった
そして歌と響きで呼んだんだ
職人さん　職人さん　ついておいで

その時　俺の目に涙があふれた
鏡の中に波がたった
あの娘（こ）が言った　雨になるわ
さよなら　わたし帰る

このリアル。牧歌的ロマンチズムをさっと吹き消す幻滅。後にハイネがさらに効果的かつ辛辣に使った「仮想の感情対陳腐な現実」の構図がここに先取りされている。

この「仮想の感情対陳腐な現実」は粉職人の恋の成就の歓喜にも表現されている。娘に恋した粉職人は娘に直接働きかけることはしないで、自己のなかで恋心を上昇させてゆく。二人が互いの目を見つめ合うことはない。粉職人は与え、与えられる喜びを知らなかった。粉職人の恋の成就は「俺のもの」となっている。

小川よ　せせらぎの音をとめてくれ
水車よ　轟々鳴るのはやめてくれ
おまえらみんな　森の元気な小鳥たち
大きいのも小さいのも
おまえらのメロディーは終わりだ
今日はひとつの歌だけが
森の中いっぱいに
響き渡れ
水車小屋の愛しい娘は**俺のもの**

俺のもの
［…………］

ロマンティックな恋の至福を所有欲の充足とさせたミュラーの皮肉と醒めた目。そしてミュラーの皮肉は嘲笑的なものにまで行き着く。「誠実はここにあるのです／私のところで寝ていなさい」と小川は生きることをやめた人に子守歌を歌う。つまり人間たちの居るところには誠実な愛などない、誠実の愛があるのは死の中だけだと小川が告げる。

（3）政治的メッセージ

民謡的に現代詩を書くということは、現代人が直面する社会的、政治的な問題からも目をそらさないということであった。カールスバード条約後の政治的弾圧の中をいかに生きるか。『美しき水車屋の娘』の底流にはこのテーマが流れている。――この苦しみはシューベルトも深く味わっていた。ウィーンで彼は常に監視されていた。一度は拘留もされた。それに加え失恋の苦悩と、梅毒という病魔を抱えていた――

腕が千本あったなら
腕千本を使えたら
水車をごうごう

回せるのに
［………］
ああ　なんとひ弱な俺の腕！
［………］

と「仕事を終えて」で製粉職人は嘆く。ミュラーはこの詩の主人公である製粉職人にこの時代のこの世代の代弁者の役を負わせた。精神史的革命と技術的革新の時代でありながら、政治的停滞から抜けだすことのできない時代の若者たち。陽気に遍歴の旅に出た製粉職人が、瞬く間に味わわなければならなかった幻滅は、この時代の姿を映している。

製粉職人の闘いのエネルギーの欠如や自尊心の薄さは旧体制復活の時代の普通の市民を特徴づけるものであろう。市民の抵抗や反抗心は、その発動以前に国家権力により摘み取られてしまった。「仕事を終えて」だけでなく、「朝の挨拶」でも、「いやな色」でも、「忘れよ草」でも諦めが歌われている。挫折した希望に対する市民の反応は諦めだった。そんな市民へ向けたミュラーの思いが、政治的メッセージとして低くつぶやかれることになる。

プロローグでミュラーは「詩人」に「時は冬」と言わせているのは、国家や官僚が絶対的な力を持つ凍てついた社会的気候の隠喩である。『美しき水車屋の娘』にはタイトルの後に（冬に読むこと）という注意書きのようなものがついている。

検閲の網を潜り抜けるためには、ヨーロッパの政治的動向に対する苦悩の表現は隠喩のベールを掛けなくてはならなかった。たとえば粉職人が入水した時のことであるが、「粉屋と小川」は粉職人と小川の掛け合いとなっており、(「粉屋と小川」に続く「小川の子守歌」はモノドラマとしての形態からはずれ小川が語っている) そこで小川は言う。

それでも　愛が苦悩から
身をふりほどくと
星がひとつ　新しい星が
空に輝きます

その時　バラが三輪ぱっと開きます
半分赤で半分白いバラの花
棘の枝から咲き出して
もう枯れることのないバラが

すると　天使たちは
翼を切り落とし
毎朝地上に
降り立ちます

「半分赤で半分白い、もう枯れることのないバラ」とは何であろうか。これを、それ以前の詩に出てくる勿忘草の青と合わせて、フランスの三色旗の色とし、革命を経て獲得された自由の暗喩とする（ちょっと苦しい）解釈もある。

このツィクルスを今我らが置かれている「冬に読むこと」。その意味は、「冬の時代」にあっても、解放と自由への希望を失わないこととしよう、ということなのであろうか。

三　ユダヤの旅　オリエンタリズムの先駆け「ヨハネスとエステル」『デボラ』

ミュラーとユダヤ人

デッサウの町は市門と市壁にかこまれていた。ミュラーの生家は市門の外のシュタインシュトラーセにあった。貧しい人々の居住地で、一六七二年以来はユダヤ人も住むことが許された地区である。モーゼス・メンデルスゾーンの生家やシナゴーグがミュラーの生家のすぐそばにあり、多くのユダヤ人、異なる風貌と異なる様相の人々がそこに出入りするのを幼少の時から目にしていた。

ミュラー自身は多くのロマン派の詩人とは違ってキリスト教に距離を置いていたが、広義ではもちろんキリスト教徒であり、キリスト教社会に生きていた。

ミュラーの研究者や伝記作家は、ミュラーは幼い時から異教徒であるユダヤ人、ことにユダヤ女性に惹かれたのではないかと推測している。子供時代からユダヤ人を目にして、異質の文化や異なる人々に興味や憧れを抱いたのはむしろ自然なことであろう。

「ヨハネスとエステル」のうち最初書かれた何篇かの詩は一八一九年デッサウの幼なじみの若き弁護士である友人の誕生祝いに献じられた。また、ティークも同席した朗読会の後、ミュラーは「ヨハネスとエステル」はある友人の恋を題材としていると別の友人に述べたという。

しかし「ヨハネスとエステル」も、実は友人の恋というよりは、後の小説『デボラ』に描かれた女性がテレーゼ（ユダヤ人であったと推測されている）であるように、彼自身のテレーゼ（ブリュッセルを去ることになった原因であるとされる女性）体験によるものではないか、との推測もなされている。さらに後述するミュラーの初恋の女性もユダヤ人だったのではないかという説もある。

「ヨハネスとエステル」の出版された一八二〇年頃にはキリスト教徒とユダヤ教徒の婚姻はまだ厳禁され、忌み嫌われていた。だがユダヤ人のパートナーが改宗すれば結婚することはできた。

ザクセン‐ワイマールの法律がキリスト教徒とユダヤ教徒の婚姻を認めたのは一八二三年であるが、生まれた子供はキリスト教徒として洗礼を受け、キリスト教徒として教育されねばならなかった。宗教的差別が取り払われ、ユダヤ教徒が市民として国民として同等の権利を得たのは一八九六年のドイツ帝国の法律によってであった。

ヨハネスとエステル

この連作詩のタイトルとなっているヨハネス（ヨハネはドイツ語ではヨハネスとなる）は一二使徒のひとりであるヨハネと同名で、ヨハネはユダヤに対抗する福音史家である。エステルは旧約聖書にある歴史物語『エステル記』の主人公で、ユダヤ民族の救済者であり、ユダヤの女性のうちでは一番敬愛された女性である。* 「ヨハネスとエステル」ではキリスト教徒の男性がユダヤ教徒の女性に恋をするという設定である。すでにこのタイトルから不幸な結末が予測される。

19　エステルと養父

＊　エステルは旧約聖書「エステル記」に出てくるイスラエル捕囚民の娘であるが、クセルクセス王の寵愛を受け、高慢なワシュティに代わって王妃となった。彼女の養父モルデカイも廷臣だが、権力者ハマンは不遜な彼を憎み、ユダヤ人殲滅の命令を、王に知らせることなく、王の名の元に下した。モルデカイはこれを王に訴え阻止するようエステルに伝言する。彼女は夫とはいえ絶大な権力者である王の前に命を賭して進み出て、ハマンの陰謀を暴いた。王はエステルの嘆願を受け入れた。しかし一旦王の名において出された命令の撤回はできず、ハマンが「ユダヤ民族殲滅の計画実行の日」と決めた日、ユダヤ民族はエステルとモルデカイを先頭に果敢に戦い、この日を「勝利の日」に変えることができた。これを記念する祭りが「プリム祭」である。

一八二〇年出版の『旅する角笛吹の七七篇遺稿詩集』に収録され、

『美しき水車屋の娘』の次におかれた「ヨハネスとエステル」は、一〇篇から成り、一貫したストーリーとテーマを持っている。『美しき水車屋の娘』の（冬に読むこと）という注意書きのような副題のようなものは、「ヨハネスとエステル」では（春に読むこと）となっている。どちらも悲恋を扱ったこの二作品、『美しき水車屋の娘』では貧しい粉職人ではなく裕福な狩人が娘を得るという社会的条件が悲恋の原因となっているのに対し、「ヨハネスとエステル」の方は宗教的条件から二人は結ばれることができない。

『美しき水車屋の娘』がロマン派の様々な衣装で飾り立てられているのに対し、「ヨハネスとエステル」はそのような濃厚な飾りたてのない、素直で素朴な作品となっている。

そしてこの二作は登場人物に役割を託した「配役文学」ではあるが、『美しき水車屋の娘』に比べると「ヨハネスとエステル」は、より現実的、より時事的なテーマとなっていて、その際の作者の自覚的な内的関与の強さがしのばれる。

まず「クリスマス」とそれに続く「クリスマスの夜の祈り」で、キリスト教の最大の祝祭が取り上げられ、キリスト教徒の祝日の歓喜にユダヤ人の普通の日が対処される。

その次の「統合」では何世紀にもわたって宗教が人間関係を損なってきたことが示されるが、愛する者たちが互いの眼差しを交わすことができるようにと切望される。

四番目の詩「パッションフラワー」は復活祭がテーマで、救済の問題が中心となる。

キリスト教の祝日の後、ユダヤ教の祝日が歌われる。女王エステルのユダヤ救済の活動を讃える

「プリム祭」では、ヨハネスはエステルと結ばれたいという望みが叶えられるのではないかと思う。「彼女の窓の前で」で、ヨハネスはエステルをうっとりと見つめて二人の共同の神に望みを託す。「ラウバーヒュッテ」はエステルの世界に最も近寄り、この連作詩の最高潮であり転換点でもある。ユダヤの祝祭が宗教的敬意と感動で綴られる。

こんにちは、優しい人よ
緑のテントの中にいるあなた
ここであなたが花開くのだとようやく分かった
ここであなたの世界の花が咲くんだ

ぼくは、まるで
約束の地に踏み込んだ気分だ
時の歩みの向きが変わり
逆戻りしたかのようだ
[……………]

「ラウバーヒュッテ」をオリエンタリズムの先駆けとする説もある。[*] ゲーテの『西東詩集』は一八一九年、「ラウバーヒュッテ」が収録された『旅する角笛吹き』の出版はその翌年であった。ミュラーもゲーテ同様、エキゾチックなモチーフや詩節の取り込みには禁欲的である。そのかわり自分の世界の中にある「純粋に東方的」なものを探り、それを素朴な民謡の節に作り上げている。

＊ Hartung: Müllers Verhältnis zum Judentum, S.205

ヨハネスの高揚した恋心とユダヤへの関心はしかしここで、二つの世界の隔絶を認めざるを得なくなる。

［…………］
この魔法の場所にいては
あなたはぼくの言わんとすることが理解できないだろう
［…………］
どんよりと曇った冷たい空気の中に入って
あなたはどうやってぼくについてこられるのだろうか
熱と光と香りに満ちた
あなたの祖国を出て

そしてそれ以後はカトリックへの傾斜となる。北国の〈どんよりと曇った冷たい空気〉を嘆きながらもヨハネスはカトリックに戻っていく。しかし「真珠の冠」に見られるように彼女への想いがますます強くなっていくなかで、彼女のキリスト教への改宗を強く望むようになる。続く「マリア」では

マリア　とあなたに挨拶したい
ぼくの心はいつもあなたをそう呼んでいた
澄んだ小川の流れを見ると
ぼくは川辺にそっと腰をおろす
マリアだ　さらさらと波の音が言う
彼女の名前はマリアでなくてはならない
［………］

とヨハネスはエステルを求める。しかし改宗がエステルにもたらす幾多の問題を考えると、踏み留まらざるを得ない。ミュラーはユダヤの娘エステルを彼女の世界に留めた。

最後の詩「ヨハネス君へ」は『美しき水車屋の娘』におけるプロローグやエピローグと同様の仕掛けで、作者が作品中に登場し、主人公への呼びかけを行い、読者に手のうちを見せて、読者を現実社会に引き戻すという設定である。

『美しき水車屋の娘』とのさらなる共通点は、この恋も一途な恋ではあるが、片思いの恋であることだ。タイトルでは「ヨハネスとエステル」と並記されてはいるものの、ヨハネスの独白のみ、エステルからの語りかけは全くない。

学生時代の「ベルリン日記」、テレーゼに言及している十月十五日記載の終わりの部分には初恋についての思い出が書かれている。


自分はもう何度も恋をしたが、愛されたことはあまりない。自分の心は燃えあがっていても大抵は内気に我慢しているうちに、ちょっとしたことで、何の手立てもしなかったその炎が消えてしまう。そんな愛で思い出すのはごく幼い頃、多分自分の倍ぐらいの年の子にこの気持ちを抱いたことだ。彼女を見る度真っ赤になって、彼女の姿が見えると隠れたことを覚えている。少年期も終わる頃、もう大人の女性になった彼女の前を通り過ぎたり見かけたりすると妙に胸苦しくなったが、彼女と口をきかなくてはならないとしたら、今でも赤くなるだろう。


初恋の女性をユダヤ人だったのではないかとする推測は、その恋心が「ヨハネスとエステル」の色調と重なるものがあるからであろう。

「ヨハネスとエステル」はユダヤ人の置かれた境遇をリアルに描きながら、しかし異なる宗教と異なる文化に対し、敬意をこめ控え目に対応している点で後の『デボラ』とは異なる。

「ヨハネスとエステル」は『旅する角笛吹きの七七篇遺稿詩集』の中でも、「エステルの輪舞は叙情詩の祝祭だ」と文芸誌の書評で紹介されるなど、評価が一番高かった作品である。

ルードヴィヒ・ティーク（一七七三～一八五三）はミュラーが朗読会で『美しき水車屋の娘』に続き「ヨハネスとエステル」を読んだ時、「ヨハネスとエステル」の方を称えた。

フリードリヒ・ド・ラモット・フケー（一七七七～一八四三）は一八二一年三月十八日付けの手紙で「ヨハネスとエステル」を「非常に魅力的、非常に敬虔、純潔」と絶讃し、後その評は文芸雑誌にも収録された。

グスタフ・シュヴァープ（一七九二～一八五〇）はミュラーより二歳上で文学界の大家であるティークやフケーよりもずっと若い批評家であったが、一八二二年彼の書評で『旅する角笛吹き』を取り上げ、やはり「ヨハネスとエステル」を絶讃した。『美しき水車屋の娘』は、感傷的なものと省察的なものの間を無意識に歩き回っている失敗作だと厳しい批判を下し、それに対し「ヨハネスとエステル」は民謡ではない、正真正銘の詩であり、歌の中で深い感情が霊感のように完璧に表現されていると讃えて、ミュラーは民謡の束縛から自由になるべきであると提言している。*

＊ Leistner: Wilhelm Müller und Gustav Schwab, S.12f.

『旅する角笛吹き』で、特に「ヨハネスとエステル」が評価されたのは、ユダヤ教という異なる宗教と、その掟の中にいる人に対する寛容な態度を優しい口調で語っているからであろう。自らの宗教であるキリスト教を最良のものとして押し付けないというのは、特筆すべき特徴である。宗教的不寛容はこの時代においてのみならず、今日に至るまでドイツでもヨーロッパでも、そして世界各地に蔓延する疫病で、そこから生まれる憎しみが紛争や戦争の火種となっていることを考えると、ヨハネスのこの寛容な態度は爽やかで優しい風のように人々の心を捉えたのだろう。

ミュラーはこの後、「ギリシャ人の歌」を書き、異教徒支配下のギリシャを支援した。そこでは流血も誹謗も厭わず歌われた。熱し易く、直情的なミュラーの一面である。しかしミュラーの知人、友人たちがミュラーの性格として語っているものを読むと、異口同音に彼は穏健で公正な人であったと言われている。「ヨハネスとエステル」はそのような彼の心を素直に表現した詩篇と思われる。

デボラ

ミュラーは詩人として詩作を続ける傍ら、彼にとって新しい分野である演劇にも手を広げ、書き始めた最初の部分を雑誌に発表したが、ティークの助言もあって、続きを書くことを断念した。しかしノヴェレ（日本語では小説と訳されている）を書き始めると、二作を完成させた。一八二六年最初のノヴェレ『一三番目の人』が、そしてその翌年に『デボラ』が書かれた。

ノヴェレは一九世紀のドイツでとりわけ興隆した文学ジャンルで、散文の中篇物語である。クライスト、アイヒェンドルフ、E・T・A・ホフマン、ハウフ、ゲーテ等多くの作家がこのジャンルに手を染めている。中心に置かれたテーマは新しくて物珍しい話を語ることであった。

ミュラーのノヴェレはどちらもブロックハウスから新書として出版された。ドイツでは一九世紀、読書人口の増加に伴い、厚表紙ではない新書が出回りだしていた。

『一三番目の人』は出版社との文通から、一八二四年十月から翌年の十二月までに書き上げられたものであることが知られる。自分は一三という数に呪われている信じ、その結果身を亡ぼす男の物語である。「E・T・A・ホフマンの後継者の出現である」と評されるなど、次作が期待されて、最初の作品として幸先のよい出発であった。ミュラーの元にはあちこちの新書出版から執筆依頼がきた。彼はそれをもとにブロックハウスと原稿料値上げの取引をしたが、ブロックハウスはそれには応じなかった。

次作『デボラ』は一八二六年から二七年にかけて書かれたが、出版は彼の死と同時期になった。あらすじは次の通りである。

アルトゥールはベルリンに住む医学生で枢密顧問官の未亡人の娘ファニーに思いを寄せている。しかし求婚者として扱われていないことを悟り、その失望と怒りからある侯爵の誘いに乗って彼の同伴者としてイタリア旅行に出る決心をする。

この侯爵はフランス革命で家族と財産を失った。それ以来革命を憎み、貴族の服装や習慣を守り続けていた。しかし宗教的には啓蒙主義的で「教会の教義に信仰告白しない理神論者」であった。彼は美しいユダヤの女性デボラと知り合い、恋に落ちる。デボラは律法に従うユダヤ人商人アロンの妻で、娘を出産したばかりだった。侯爵は彼女がカトリックに改宗して彼と結ばれることを夢見ていた。しかしデボラはキリスト教徒を愛の媚薬で惑わしたと中傷されて、牢獄に連れ去られ拷問によって獄死した。

デボラの死を知った侯爵は一夜にして白髪になった。それ以来彼は小さな祭壇を持ち歩き、デボラの肖像画に毎晩祈りを捧げていたが、卒中で倒れて死ぬ。

アルトゥールはゲットーにデボラの娘で、デボラという彼女の母と同名の娘がいることを知る。彼はデボラが祈っている姿を壁の隙間から見て、そこに彼の初恋の女性ミンナ、ローレライ、マリアが一体となっているように感じ、デボラをキリスト教に改宗させて妻とすることを決心する。しかしデボラは祈っているところを父に見つかり、ナイフを投げつけられた。搬送された修道院病院で聖餐と聖油を授けられた後、息が途絶えた。アルトゥールはカトリックに改宗し、修道僧として瞑想の日々を送ることになった。

魅惑的なユダヤの女性の虜となった二人の男の恋物語であるこの小説は、『一三番目の人』とは趣を異にして、ミュラーの自伝的要素が盛り込まれた作品である。

まず登場人物は、初恋の女性がミンナに、ルイーゼ・ヘンゼルがファニーに、テレーゼがデボラに、そしてプロイセンの侍従ザックが侯爵に等の配役となっている。

ここで興味深いのは、ミュラーが自らの欠点と自覚している性格をアルトゥールに背負わせていることで、彼の自分自身に向けられた醒めた目を見る事ができる。例えば、主人公アルトゥールは兄弟皆が幼くして死んでしまうという不幸の中、甘やかされて育てられたので、我が儘で、自己の能力を過大評価し、我が強い反面、理性的になるべき時も、情に駆られて行動する。あるいは、アルトゥールと侯爵は異なる価値観を持ち、それがもとで彼らの間では論争が絶えないが、弁舌に長けたアルトゥールはどちらかというとその時の流行に与する考え方に支配されているので、理論的に侯爵を論破しても、侯爵の強い信念の力には抗することができないと感じている。また、アルトゥールは彼の「真の感情」が生じた時には、得意の弁舌も役に立たず、意気消沈し黙り込んでしまう等々。

そして年代も性格も考え方も違う二人、侯爵とアルトゥールは、美しいユダヤの女性デボラと出会うと、まるで人が変わったかの如く、デボラの虜となる。侯爵のデボラも、アルトゥールのデボラも当然の如くユダヤ教の律法と距離を置き、密かにキリスト教に帰依している。デボラを失った侯爵はデボラの（携帯用）祭壇と共に生きたが、アルトゥールは医学者としてのキャリアを放棄し、改宗もし、修道僧となる。

本作の最後に置かれたカトリックの扱いであるが、この時代、メンデルスゾーン一家、ラヘル・ファルンハーゲン、ハインリヒ・ハイネといった多くの有名ユダヤ人が便宜的な理由もあって、カトリックに改宗している。そしてミュラーの友人である肖像画家のヴィルヘルム・ヘンゼルも彼の妹ルイーゼも、文学関係者では、シュレーゲルやブレンターノもカトリックに改宗した。ミュラー自身はプロテスタントで、このような動向を「上品な宗教的流行」と彼の書評欄で揶揄したりもしている。しかしこの小説の結末は、啓蒙的な時代精神とも、「ヨハネスとエステル」に見られたような異文化への配慮ともかけ離れている。ユダヤのゲットーや復讐心に駆られたアロンの描き方は「宗教的寛容」を欠き、反ユダヤ主義的である。「ヨハネスとエステル」執筆から「デボラ」執筆までの数年の間に社会が変わったのであろうか、ミュラーの考えが変わったのだろうか。それともこれは「カトリックに改宗」という時の流行に合わせたのだろうか。いずれにせよ後述するシャンソン詩人メランジェのように人生に「筋を通す」ことをミュラーはしないので、その真意は分からない。

ミュラーがユダヤ人の女性に惹かれたのは確かであるとしても、彼自身は親ユダヤ主義とも反ユダヤ主義とも言えない。それらについての言及もなく、無関心の如く見える。ベルリンでの学生時代「ドイツ語のためのベルリン協会」で反ユダヤ主義的な講演を聞いた後でも、それについての何の記載も感想もなかった。それに対し、他国の支配からの解放や自由の希求、啓蒙思想は彼の書いた手紙などからも読み取れる信条である。だがことユダヤ人になると、思考停止したような感がある。ゲットーから解放され、ドイツ民族の文化と言語の中に生きるようになった隣人ユダヤ人の「よそ者」としての疎外感にミュラーは気付いていなかったようである。

一八二二年から二三年に発表された『逍遥の歌』がライストナー編のミュラーの全集第一巻に収録されているが、そこに置かれた六篇の詩のうちの最初の詩は「永遠のユダヤ人」と題されている。永遠のユダヤ人、彷徨えるユダヤ人というのは、一三世紀頃できたと言われるキリスト教伝説で、刑場へ引かれるキリストを侮辱した罰として死ぬこともできず、永遠に世界を彷徨うユダヤ人のことである。ヨーロッパ各地に永遠のユダヤ人をテーマとした絵画や文学が見られるが、ミュラーの時代にはゲーテやブレンターノも言及し、シュレーゲルの詩作もある。

ミュラーの「永遠のユダヤ人」は各四行で一一節あるが、最初の節と最後の節は以下の通り。

休息もなく安らぎもなく彷徨う我が身
目的地に続く道がない
どこでもよそ者だというのに
どこでもみなに知られている

［………］
おい　そこの人　走るのを止めて
涼しい夜へと歩みを進めている人
目を閉じる前に私のために祈ってほしい
わたしがただ一時間でも休息できるようにと

中世伝説をミュラーの言葉で歌ったこの詩を、フケーは一八二一年十一月ミュラーへの手紙で、「貴方の『永遠のユダヤ人』は傑作だ」と賞讃した。

「永遠のユダヤ人」の苦しむ疎外感が共有されることはあっても、「隣人あるいは恋人のユダヤ人」の苦しむ疎外感に対しては、ミュラーのみならず人々はまだ目をつむっていた。

ユダヤ人の人権や解放についての議論が起こったのは、プロイセンではミュラーの死後、一八四〇年代になってのことであった。

『デボラ』は好評だった。理不尽な情念に翻弄される男たちの物語はノヴェレの題材として適していた。

『デボラ』は一九〇三年に出版された『ドイツのノヴェレの宝庫』の六巻にも収録された。*

* Heyse / Kurz（Hrsg.）：Deutscher Novellenschatz. Dritte Serie, sechster Band. München 1903, S.1-148

四　ギリシャの旅　ギリシャ人・ミュラーの誕生　「ギリシャ人の歌」

『同盟の華』

ヴィルヘルム・ミュラーの詩が載った最初の詩集『同盟の華』は一八一六年ベルリンで出版された。祖国解放の闘いに参戦したヴィルヘルム・ヘンゼル（後の肖像画家、ミュラーの肖像も複数描いた）、ゲオルク・グラーフ・フォン・ブランケンゼー（後の法律家、プロイセンの侍従）、アドルフ・カール・グラーフ・フォン・カルクロイト（後の著作家）、ヴィルヘルム・フォン・シュトゥドゥニッツ（後の詩人）らとミュラーは復学後連絡を取り、書きためた詩を持ち寄っての出版となった。音頭を取ったのはミュラーのようである。

その出版予告のためミュラーは「予告の詩」を書いた。しかしそれは検閲にかかり、「予告の詩」は取り下げを余儀なくされた。ミュラーとヘンゼルは当局に抗議に出かけ、その理由を質した。自由という言葉が多すぎるという。しかし解放戦争は国王が自由のために召集したのだと反論すると、その答えは「それはあの当時のこと」であった。[*] ミュラーの最初の検閲体験となった。

＊　WA Bd. 5, S.63

『同盟の華』に収められたミュラーの詩は一九篇で、そのうち三篇は戦争体験からの詩であるが、残りはロマンツェと副題のついたものなどいわゆる若書きの詩篇がならんでいる。

「戦闘初日の朝の歌」は、タイトルが示すように、まずは戦意をかき立てようと自らを鼓舞する従軍の朝を歌っている。初めて闘いに出る十代の弱気な青年には自らの戦意をかき立てるため、このような、あるいは似たような、当時巷に溢れていた語句――フランス人の骸骨から飲もう／われらドイツ人の飲み物を――が必要だったのであろう。今日の読者には、戦争というものの残酷さを突き付けられるような語句である。

次の詩「思い出と希望　一八一三年五月エルベ川を越えての退却」では前の詩の勇ましさはもうない。それに続く「わが友ルードヴィヒ・ボルネマンの墓石」は、一八一三年に戦死した同級生の死を悼んだもので、勇敢に戦い没した友に反し、自らは悪魔の誘惑に屈した者となっている。ブリュッセルの事件を暗示していると思われるが、自省の詩ではあっても、政治的な意味合い、まして戦闘的なものはかき消されている。

『同盟の華』はいくつか書評で取り上げられはしたが、特に好評というわけではなかった。初めて公にされたミュラーの詩には、偉大な詩人を予感させるような天才的煌めきは認めがたい。政治的詩人の萌芽のようなものも詩作の方向性も、まだ見えない。しかし自己保存願望とナショナリズムへの傾き、若々しい抒情は、後の詩作に受け継がれたといえる。

それに対し、第二番目の詩集、彼の単著であるということでは最初の詩集となった『旅する角笛吹きによる七七篇遺稿詩集』（一八二〇）には詩人ミュラーの大きな進展が見られる。

『ギリシャ人の歌』は『旅する角笛吹き』の出た翌年に出版された単独の詩集で、ミュラーのナショナリズムへの傾倒が全面に押し出されている。

政治的詩人ヴィルヘルム・ミュラーの誕生

ギリシャ独立戦争

ビザンツ帝国滅亡（一四五三）後、ギリシャの地はオスマン帝国の支配を受けてきた。しかしフランス革命の後ナショナリズムが台頭し、蜂起や反乱が発生し、民族運動の高まりから、一八二一年三月二十六日ギリシャ独立戦争が始まった。

ヨーロッパでは一八世紀後半以降、古代ギリシャが再評価され親ギリシャ主義（フィルヘレニズム）が台頭した。それに伴いギリシャへの旅行も行われるようになった。ミュラーの同行したザックス男爵の学術研究旅行もこの流れに沿うものである。このギリシャへの情熱は、ギリシャ住民は古代ギリシャ人の末裔であり、彼らが異民族に支配されている状況は異常な状態である、ギリシャ人を異民族の手から救い出し、古代の栄光を取り戻させるのは、古代ギリシャ文化の恩恵を受けたヨーロッパ世界の責務であるとする考えと連結した。

20　ギリシャ独立のアレゴリー

変革の時代の子ミュラーはナポレオン率いるフランスからの「解放戦争」に参戦したが、その結果はウィーン会議（一八一四～一五）、カールスバード条約（一八一九）に見られる如く、解放からはほど遠い、統制強化の自由のない社会であった。

そんななかでのギリシャの独立戦争は、ミュラーや多くの同時代人の目には外国で起こった戦争というよりも、自らの自由の希求のためにも戦うべき出来事と映った。支援の動きは特にドイツで強かったが、スイス、フランス、オランダ、スカンジナビア諸国、そしてアメリカ合衆国でもその広がりを見せた。古代ギリシャ文化傾倒のみならず、キリスト教徒としての思い入れ、人道的配慮、政治的利害などがないまぜになった連帯意識が育っていった。ドイツの大都市ではギリシャ支援団体ができ、義援金を集めたり、義勇兵を募ったりした。

「ギリシャ人の歌」

一八二一年三月ギリシャ独立戦争が始まった時、ミュラーは『冬の旅』に取りかかっていた。この〈冬物語〉にどのような決着をつけるのか悩んでいたに違いない。しかしこの〈冬の時代〉に燃え上がったギリシャの火、ギリシャ独立戦争の勃発は彼の心に火をつけた。『冬の旅』と並行するようにして、燃えるような情熱で支援の詩を書き始めた。ここでは彼の態度は明白だった。そしてすでに十月には一〇篇の詩を修めた『ギリシャ人の歌』が小冊子として出版された。

詩集最後に置かれた「ギリシャの望み」は以下のように始まり、自分たちの利益のためだけに神の名を口にし、キリスト教徒であるギリシャを見殺しにしようとする領主や神聖同盟を批判している。

同胞（はらから）よ、外国人の庇護を求めて遠方に目をやるな
しかと見たいと思うなら、君たちの心の中と自分の家だけを見るがよい
そこにいる君たちの自由のために聖なる保証が見つからなくとも
今後も決して　同胞（はらから）よ、保証は外からは決してやっては来まい

この詩集は二週間で品切れになるほどの売れ行きを見せた。多くの書評が即刻彼の詩を称讃し、ミュラーは一夜にして有名詩人になったのだった。

『ギリシャ人の歌』に引き続き第二巻（一八二一）が書かれ、その後『新ギリシャ人の歌』（一八二三とあるが実際には一八二二）、その第二巻（一八二三）、さらに『最新ギリシャ人の歌』（一八二四）、『ミソロンギ』（一八二六）と計六冊の「ギリシャ人の歌」が生まれた。詩篇は総計五〇篇以上に上る。彼に続いてギリシャ独立戦争を歌った詩人は多いが、彼ほど打ち込んで、かつ文学的に価値ある詩を書いた詩人はいないと言われる。

次々と出版されたミュラーの「ギリシャ人の歌」も、売れ行きは最初のものほどにはいかなかった。ギリシャ戦争に対するドイツやヨーロッパの熱狂は長くは続かず、すでに翌年にはハイネも「ベルリンからの手紙」の中で「ギリシャの火はかなり下火になった」と書いている。しかしミュラーは「全身全霊で」、「キリスト教精神、人道主義、自由を擁護する。異教世界、蛮行と暴政に抗する」と友人

たちへの手紙にも書き、その支援に打ち込んだ。自ら詩集の宣伝に努め、出版社のブロックハウスやコッタ、グービッツなどの雑誌にまず部分的に発表したり、広告や書評を載せるよう要請するなどした。最初の二冊は『同盟の華』を出したベルリンの出版社アッカーマンからであったが、三冊目からは大手の出版社であるブロックハウスに移した。

時が経つにつれて政治的かつ社会的情勢の変化はあっても、ミュラーの思い入れは変わらなかった。しかし一八二六年四月になると人々は再び親ギリシャ主義の炎を燃えたたせた。最後のギリシャ兵士たちが城塞の町ミソロンギもろとも彼ら自身やその家族を爆破した時のことである。ミュラーは自費で三篇の詩を載せた冊子『ミソロンギ』一二五〇部を出版した。それは数日で完売した。その売り上げをドレスデンのギリシャ協会に寄付した。

『ギリシャ人の歌』はフランスを初めとするヨーロッパ諸国でも翻訳された。ドイツでは『ギリシャ人の歌』を背嚢に入れ、義勇軍に加わる人々がいた。ミュラーの学校時代の友人の中にも義勇軍に加わり戦死した人もいた。[*]

＊ ギリシャ解放戦争を支えようとするドイツでの動きは広大で、各地で支援協会の設立が相次ぎ、支援金募集、武器調達、支援兵派遣の他、日常生活や大衆文化の話題として取り上げられ、大道芸人が手回しオルガンの伴奏で語り歌うトルコ人の残虐な物語等、様々な場面に繰り広げられた。

Polaschegg: S.232-275

ミュラーは詩篇によりギリシャ独立支援運動や親ギリシャ主義に関わったばかりでなく、人々の新しい政治意識の高揚にもかかわることとなった。

検閲と闘う戦闘の歌

ミュラーの政治詩は検閲を逃れるために外国の衣装をまとってはいるが、その中には自己の見解と感情が詰まっている。蜂起者がギリシャ人民に話しかけるという設定ではあるが、偽善的な同盟大国（ロシア、オーストリア、プロイセン）の策略——ヨーロッパの安定と平和を打ち立てようとするのは人民のため云々——に対するミュラーの失望と怒りの声を内蔵している。神聖同盟の連帯政策は君主の権力を維持するためだけのもので、同盟加盟国はすべての市民的、国民国家的なものを脅かす不穏な動きに対し互いに助け合う義務を負っていた。正義と愛と平和というキリスト教の精神に則り、イタリアとスペインの市民蜂起が弾圧されたが、それは国民的自由を求めるギリシャを弾圧するトルコを間接的に支援するものとなった。しかし公式にキリスト教とは相いれないオスマントルコを支持することはできないので、意図的にゆがめられた報道をする、国内の検閲をより厳しくするなど、様々な手口が使われた。ミュラーの失望と怒りはかつての一八一三／一四年の解放戦争で味わった失望と怒りに重なっている。

ミュラーが「ギリシャ人の歌」を書き始めてからの年月には、政治状況も変化したし、バイロン卿

21　戯画「思想家クラブ」猿ぐつわをはめられながら集会と弁論の自由を求める人々

の死など思いがけない出来事もあった。それに合わせて、ミュラーの詩にも変化が見られるが、初期の「ギリシャ人の歌」はそれらの原型ともなるものである。同志、老人、若い女性、母親、闘士、亡霊などギリシャの様々な人が語る。

マニの女

七人の息子に我が乳房から乳を飲ませた
七人の息子に聖なる剣を手渡した
我らの信仰と自由と名誉と正義のための剣を
万歳　息子たちはもう誰も下僕ではない
喜び勇んで戦に臨んだのだ
万歳　息子たちにはまだスパルタの血が流れている
息子たちが別れを告げた時　わたしの心は重くはなかった
言ってやったものだ　自由になって帰っておいで　自由でないなら帰るには及ばない
マニの母親たちよ　集合だ　探しに行こう
スパルタの廃墟に手がかりがあるかも知れない
そこで石を集めよう　我らの手に合う大きさの石を集めて
最初に会った臆病者の下僕に厳しい挨拶をしてやるために

血を流すことなく　傷つくこともなく　勝利して帰ってくる輩だ
奴の母親の家には花輪なんてかけてやるまい

当時の書評はミュラーの詩を「美しく、高貴で、深遠」とも「誰も冷淡で無関心ではいられなくなる」とも「より高い力に鼓舞されて甘美に戯れる筆の運び」とも「これまでなかったような男性の胸からの声」とも称えた。*

＊　書評に関しては以下に詳しい。
Leistner: Der publizistische Wiederhall der Griechenlieder von Wilhelm Müller, S.179ff

それに対してエリカ・ボリースは彼女の伝記で「マニの女」を引用した後、「このような語調が当時の人の心から湧き出し、心に届いた、というのは今日の感覚では受け止めがたい。それどころか、ミュラーの〈男性の胸からの声〉は私たちの息の根を止める。［……］二回の世界大戦と根本的な再教育の結果として、ドイツでは（今のところ）好戦的な戦争の叫び声を厳禁することになった。当時禁じられていた市民の自由を当然のこととして享受している私たちが一九世紀初頭の抒情詩のどぎつい調子に驚くのはあたりまえなのかもしれない」と書いている。*

＊　Borries: Wilhelm Müller, S.193

その頃ドイツでは、ミュラーに先駆ける、あるいは同時代の詩人、エルンスト・モーリッツ・アルント（一七六九〜一八六〇）、テーオドール・ケルナー（一七九一〜一八一三）等の解放戦争の詩が広く人々に愛唱されていた。悲愴、激越、荘重な口調がその時代には親しまれ、ごく普通に受け入れられていた。

そしてミュラーのその後六冊まで出版された「ギリシャ人の歌」には第一冊目の「私たちの息の根を止める」とエリカ・ボリースの言うような詩歌よりもさらに過激になり、残酷な、野蛮ともいえる表現――最初の詩集『同盟の華』の「フランス人の骸骨から飲もう／われらドイツ人の飲み物を」を想起させるような詩句――が多くみられるようになる。ミュラーの参戦体験、ドイツの自由の希求とトラウマともなった戦場での体験を彷彿させる表現である。


しかし詩人や作家たちは書評だけでなく日記や手紙でミュラーの「ギリシャ人の歌」を賞讃した。

「この事（ギリシャ独立戦争）について歌ったドイツの詩人は多くはないが、最優秀賞は、ミューズの友と人間の友の全員一致で、勇敢なデッサウの詩人ヴィルヘルム・ミュラーに贈られる」*（カール・アウグスト・ベッティガー）

* Ebd., S.192

「私は涙もろいわけではないが、この美しい歌を涙なしには読めなかった」*（ルードヴィッヒ・ティーク）

* Ebd., S.192

「彼の最初のギリシャ人の歌を読んだ時、何か新しいもの、純粋なもの［……］を読んだ時の常として、精神を揺すぶられた。大変感動したのだが、その後弱気になり落ち込んだ。私にはこういうものは書けないと思ったからだ」*（グスターフ・シュヴァープ）

* Ebd., S.192

検閲に関しては『ギリシャ人の歌』はベルリンでは広告禁止となった。三冊目の『新ギリシャ人の歌』は発禁となることが察知され、原稿を入れ替えて出版にこぎつけた。検閲はドイツ語圏でもそれぞれの領区で厳格さが異なった。デッサウは比較的寛容であったと言われるが、ミュラーの詩は時を経るに従い鋭さを増し、同盟国やその大臣に対する厳しい批判を含むものとなった。本として出版する前の雑誌発表の段階で発禁となった作品は「ギリシャ人の最後の歌（遺稿より）」として彼の死後、一八四四年にブロックハウスから出版された『新ギリシャ人の歌　決定版』に収録され「ギリシャ人の歌」が完結した。*

＊　WA Bd.2, S.324

ジャーナリスト　ミュラー

一八二一年『ギリシャ人の歌』から一八二六年の『ミソロンギ』まで書き続けられた「ギリシャ人の歌」は、ギリシャ人の解放戦争の支援を歌いつつ親ギリシャ主義（フィルヘレニズム）の衣の下にドイツの自由を希求するという一貫したテーマを持っている。だが戦争の様相とそれを取り巻く列強との政情は刻々と変化した。

ミュラーは情勢の観察を怠らなかった。異なる日刊紙、ドイツ語のみならず仏語、英語の新聞に目を通し、種々の雑誌に親ギリシャ主義関連の解説記事や翻訳を載せるというジャーナリストとしての仕事も精力的に行った。* そしてそれらのジャーナリストとしての仕事と並行して、現実の政治状況や新聞記事に材を取り、詩作に取り入れた。

＊　ミュラーの書いた親ギリシャ主義関連の報道記事、翻訳のリストは以下に詳しい。Hillemann / Roth (Hrsg): Wilhelm Müllers publizistischer Philhellenismus, S.174ff

君は我らを煽動者（エンペーラー）と呼んだ　これからもそう呼んでくれ
高み（エンポーア）へ　ギリシャ人解放の言葉は　永遠にそれだ
君にはその甲高い響きは全く受け入れられないかも知れないが
生ある限り塵埃の中でずっとこの世界を観察して欲しい

『ギリシャ人の歌』の七番目に収められた「ギリシャ人よりオーストリアオブザーバーへ」という詩はこのように終わっているが、〈君〉と呼びかけられた〈オーストリアオブザーバー〉はウィーンの実在した新聞で、一八一〇年から一八四八年まで刊行された反動的な新聞である。ライストナーの全集に付された解説にはミュラーの詩作との関連が説明されている。

「ギリシャ人の歌」理解には古代ギリシャの歴史や文化への知識のみならず、その当時の日々の政治への知識が必要とされる。同時代人の読者には、ミュラーの詩が意味したり、暗示したりしたことは自明のことであり、手を打って同感するようなアクチュアルな反応や感動を呼び覚ましたと思われる。しかし時代を経て、歴史的記憶が消えると、その内容の理解が困難になる。例えば『ギリシャ人の歌』の九番目の詩「イギリスに向けてアテネの廃墟が語る」に出てくる〈高貴な貴族（ロード）〉はコンスタンティノープルのイギリス大使であるとか、〈ある偉大な貴族も来〉て、美術品を持ち帰ったというのはイギリスの外交官で美術品蒐集家トーマス・ブルースであるとかはライストナーの解説で分かるにしても、それだけでは十分理解できたとは言えない。

時と共に「ギリシャ人の歌」が忘れられ、ギリシャ人・ミュラーもそしてヴィルヘルム・ミュラーも忘れられていった軌跡が見える。

親ギリシャ主義は、ギリシャ独立戦争支援にのみ表現されたわけではなく多方面に渡るものだった。ギリシャの民謡集が出版されると、ヨーロッパ各国で翻訳されたのもその表れである。ミュラーは民謡を、現代の民衆の生活の中に生き続ける国民的な文化遺産の有力な伝承の形であると捉えていたので、その紹介にも力を傾けた。ミュラーの各種雑誌への寄稿は、日々の政治に関するジャーナリスティックなものと並んで、ギリシャの民謡集についても数多い。フランス語、ドイツ語、英語訳の紹介や書評、ミュラー自身の翻訳等。

ゲーテも「芸術と古代（Über Kunst und Altertum）」誌に二、三篇の現代ギリシャ民謡の翻訳を載せたが、ミュラーはその翻訳が、現代ギリシャ語の知識を欠いた几帳面な訳であるとハレの「アルゲマイネツァイトゥング」で書評した。[*] 詩聖とも言うべきゲーテに対しても、自説を通そうとするミュラーの意気込みである。

* ゲーテの翻訳とそれに対するミュラーの批判に関して、またその批判の正当性についての論評は以下に詳しい。Hillemann: Wilhelm Müllers publizistischer Philhellenismus, S.165

ゲーテは民謡を翻訳する中で、そこにギリシャ的国民性の特性を見るのではなく、時空を超えた人間的なものの総体を明らかにすることに重点を置いていた。彼の考える〈世界文学〉の表象として民謡を捉えていた。訳語の選択はそのような視点から行われたにちがいない。

それに対しミュラーは、現代ギリシャの民謡を独自の国民性と新しいギリシャの地方性で捉えることに固執した。彼のイタリア滞在で生まれた『都ローマとローマの男女』がそうであったが、今そこで生きている人々の生活と感情に彼の関心が寄せられた。今あるギリシャ民謡の紹介により彼の心は、今ギリシャで生きる人々の心と繋がろうとしていた。

22　バイロン卿。ギリシャ独立戦争の英雄

バイロン卿

ミュラーは「ギリシャ人の歌」を書く傍ら、ジョージ・ゴードン・バイロンの生涯と作品にも関わってきた。

一八二一年一月三十一日ミュラーはフリードリヒ・アーノルト・ブロックハウスに雑誌「ヘルメス」に「ロンドン　マガジン」の一月号に載ったイギリスの詩人バイロン関連の論文の翻訳を載せるよう提案している。この翻訳は翌年、「バイロン卿」のタイトルで「ヘルメス」ではなく「ウラニア」に、翻訳であると明記されることなく掲載された。この翻訳の載った「ウラニア」はオーストリアでは発禁となった。ミュラーはそれ以後も雑誌にバイロンについて多くの寄稿をした。バイロンの生活、バイロンに関する噂話、バイロンの手紙、バイロン作品の解説等々。それはまだバイロンの生存中のことだった。

しかしバイロンは没した。一八二四年バイロンは私財を投じて結成した義勇団を率いて、窮迫したギリシャ人のこもるミソロンギの要塞へとやって来た。ギリシャ独立戦争を支援しようとする人々が義勇団を募り、諸国からギリシャに向かった中で、イギリスの詩人バイロンは彼の美しく偉大な〈自由讃歌〉を行動に移したことでギリシャ独立戦争の英雄となり、華々しく迎え入れられた。だがほどなく没した。戦死したのではなく、マラリアでの病死であった。ミソロンギ防壁からは若くして命を落とした詩人の栄誉のために三七の追悼砲が打たれ、その州では二一日間の服喪となった。

ミュラーは長文のバイロン讃歌を書いた。イギリスはギリシャに対して、その言行により範を示したバイロンの死を無駄にしてはならないというメッセージが込められている。この墓前の歌は『ギリシャ人の歌』が再版された時、一一番目の詩として収録された。

その前からブロックハウスの要請によりミュラーはバイロンの伝記『バイロン卿』に取り組んでいた。ブロックハウスにバイロンに関するできる限りの資料の収集を要求し、労も時間も惜しまず筆を進めた様子が、交わされた手紙の中に読み取れる。一八二六年出版にこぎつけたその伝記には特にミソロンギ遠征の様子が詳しく叙述された。

天才的な詩才と戦闘的勇気を合わせ持つ人というのは当時の男性の最高の理想であり英雄だった。バイロンに惹かれたのはもちろんミュラーだけではない。ゲーテも『ファウスト』の〈ヘレナ〉の場でオイフォリンにバイロンを投影している。またバイロンに手紙も書いた。

ミュラーはスエーデンの友、アッテルボムに宛てた長文の手紙（一八二二年五月二日）の終わりのところで「自分が独身なら、自分も武装してギリシャに居たかもしれない」と述べているが、これは熱しやすく直情的という一面を持つ彼の真情だったと思われる。「ギリシャ人の歌」も蜂起者と同志という役割を振りあてた詩になってはいるが、役割分担劇を抜け出した詩人の心が伝わってくる。

アッテルボムへの手紙の最後にはさらに深くミュラーの気持ちが表現されている。ミュラーと同郷で同じ学校で学んだ男性が部隊長としてギリシャに赴いているという手紙がデッサウの新聞で紹介された。その手紙にはミュラーの『ギリシャ人の歌』がギリシャにいるドイツ十字軍の間ではよく知られていることも書かれていた。ミュラーはアッテルボムに、多分それにより自分はギリシャ人の眼と心に触れることになるのだろうと述べている。

「詩人の真情は行為と同等の作用を及ぼす、作品は行為である」とミュラーは考えていたと思われる。彼が『都ローマとローマの男女』の中で「芸術は時代を形成できない、しかし時代は芸術を形成する」と書いたことは先述したが、「芸術が時代を形成する」ことへの願望が「ギリシャ人の歌」には強く感じられる。

実際ミュラーは作品のために闘った。フリードリヒ・アーノルト・ブロックハウスとの文通はそれをつぶさに伝えるものである。一度は燃え上がったギリシャ独立戦争支援の声が早々と冷めると、ブロックハウスは出版社主として経営上の理由から「ギリシャ人の歌」のさらなる出版を渋り、ミュラーの懇願を聞き入れず、「〈大変魅力的な反故〉を印刷することはできない」と原稿を送り返した。それはミュラーを深く傷つけたが、彼はそれに対し毒づいたりせず、しかし非常に率直に、傷ついた自分の気持ちを述べ、そして再度、再考を促した。* ブロックハウスの方としても、信頼がおけ、筆が早く、多方面にわたる仕事のできるミュラーのような人材は欠くべからざるものであったので、謝罪し和解の手を差しのべた。

＊ WA Bd.5, S.269ff

他の機会でも、他の人々とも、ミュラーはいざこざを恐れず、率直に自分の気持ちを伝え、譲歩するべきところは譲歩しているが、これも彼の一面だった。

ゲーテの酷評

「ギリシャ人の歌」でミュラーはギリシャ人・ミュラーという別名を取るほどポピュラーになったが、ゲーテは「ギリシャ人の歌」を全く評価しなかった。ゲーテが評価しなかったという「評価」は後々まで多くのミュラー関連の著作で取り上げられた。そしてこれも「ミュラーは二流詩人」という評価の一因となったかもしれない。

しかしゲーテはこの評価を自ら公言したのではなかった。テレーゼ・フォン・ヤコブ（一七九七〜一八七〇）という女性作家が、ウィーンの宮廷図書館司書に宛てて書いた手紙の中でゲーテから聞いた話として述べているものである。

ゲーテはくだんのギリシャの歌を全然だめだと言うのです。彼を打ち殺せ！　打ち殺せ！　月桂樹をよこせ！　血だ！　血だ！　などというものは、まだ詩とは言えないと言ったのです。彼の評価が正当なものかどうか、私には何とも言えません。私はその作品を知りませんから。*

* Roth: Mit scharfen und mit zerbrochenen Zithern, S.19

ミュラーの「ギリシャ人の歌」に「彼を打ち殺せ！　打ち殺せ！　月桂樹をよこせ！　血だ！　血だ！」とその引用通りの詩があるわけではない。しかしゲーテの不快感を的確に表す引用であろう。ゲーテはこの時七十五歳であった。彼は戦争に対する熱狂には関心がなかった。老齢の時のみならず、若い時からそうであった。

しかしここでは関心の在り処の違いよりも詩に対する理解の違いが問題である。彼が「まだ詩とは言えない」と言う時、政治的な詩、戦争の詩、革命の詩は「詩」に対する挑戦ではあるが、彼の「詩」の理解とはかけ離れたものであることを明らかにしている。ミュラーが新しく切り開こうとした詩の地平はゲーテの「詩」の世界を外れていた。

ミュラーはもちろんゲーテの考える「詩」の世界を知っていた。それを範にとり詩を書きだしたミュラーである。彼のそれまでの詩は古典、現代を問わず、あらゆるところから引用、借用を重ね、学習を重ねてきた。『美しき水車屋の娘』をはじめとする多くの詩はゲーテのみならず、ロマン派の衣で飾られている。新しい著作はゲーテの元に送った（返事は貰えなかった）。

そしてこの時代ゲーテを範としたのはもちろんミュラーだけではなかった。ゲーテはその時代の詩人の中では最高位に立つ人で、彼の詩とその精神が詩の規範ともなっていたと言える。『角笛吹き』第一巻に対し、フリードリヒ・マティソン（一七六一～一八三一）は「若い詩人のうちで一番ゲーテの精神が感じられるのはあなたです」とミュラーに手紙を書いて、賞讃の言葉としている（一八二一年七月五日）。

しかし「ギリシャ人の歌」には流血や粗野で野蛮な表現があるだけではない。例えば「戦の前の歌[*]」（『新ギリシャ人の歌』第二巻）は三六行から成る詩であるが、そこには禁句であるはずの自由という語が何と二一回使われている。

* WA Bd.1, 258f

自由のために戦いそして果てる人　彼の誉は咲き続ける
風が自由な空気の中を自由に吹くかぎり
木々の葉が緑の森で自由にざわめくかぎり
川の大波が海に向かって自由に泡立つかぎり
鷲の翼が雲間を自由に飛ぶかぎり
自由な息がまだ自由な胸から昇るかぎり

とこの詩は始まり、そのあと二四行の後、最後はまたこの六行が繰り返される。

ミュラーは「ギリシャ人の歌」で古典的かつロマン派的な詩の世界を抜け出し、自らの主張を、検閲との距離を測りながら、自分の旋律で歌った。そして多くの同時代人がそれに感嘆し呼応した。ゲーテとその讃同者たちを除いては。

「ギリシャ人の歌」の現代における意義

ギリシャ独立戦争はミュラーの死の二年後、一八二九年に終わり、ギリシャの独立は達成された。解放を求めた人々の勝利というより、イギリス・フランス・ロシアがバルカンに対する利害からこれを支援したからであった。一八三〇年のロンドン会議で列強の承認を得た。

「ギリシャ人の歌」は政治と経済とイデオロギーで動く社会の中で、詩が詩の力により、時代の先鋭な批評の眼、予言の言葉を持ち、時代を揺り動かした例である。カールスバード条約の後、優れた政治詩を書いた最初の詩人としてのミュラー。彼の詩はドイツが政治的な眠りから目を覚まし、自由な理念を促進することに手を貸し、ひいては一八四八年の革命に寄与したと言える。

その寄与に対し、ギリシャ人側は末長くミュラーを偲んだ。一八九四年のミュラー生誕百周年の記念行事にはギリシャから大理石がデッサウに届けられ、ミュラーの記念碑が建造された（バイロンに対しても同様のことが行われた）。二〇世紀になってもギリシャ共産党の代表団が東ドイツ（DDR）のミュラーの墓を訪れ、花輪を捧げた。

しかし今日ではギリシャでも、「菩提樹」はドイツ民謡ということになっており、「ギリシャ人の歌」やその作者ミュラーを知る人はあまりいないという。*

＊ Hillemann / Roth (Hrsg): Einleitung, S.10

従来の研究は、ミュラーの「ギリシャ人の歌」の文学的評価にのみ関心を示してきた。しかし新しい研究の動向としては、彼は詩作によってだけではなく、ジャーナリスティックな活動によっても、また具体的な経済的支援によってもギリシャ独立戦争を支えようとしたことに注目するようになった。さらには彼の詩がヨーロッパの他の国にも影響を与えたことで、親ギリシャ主義の視点から政治的詩人、アンガージュマンの詩人としてのヴィルヘルム・ミュラーを読み直す流れが起こっている。＊

＊ 二〇一三年の国際ヴィルヘルム・ミュラー学会のテーマには「ヴィルヘルム・ミュラーと親ギリシャ主義（フィルヘレニズム）」が選ばれた

五　ワイン王国の旅　政治的シャンソン　メード・イン・ジャーマニー「男声合唱団の酒宴の歌」

男声合唱団（リーダーターフェル）と酒宴の歌

（1）リーダーターフェル

デッサウの男声合唱団（リーダーターフェル）誕生は一八二一年、作曲家フリードリヒ・シュナイダー（一七八六～一八五三）がライプツィヒを去り、デッサウの宮廷楽団長に就任したことに端を発する。シュナイダーは「一九世紀のヘンデル」とも呼ばれる教会音楽の作曲家であった。ミュラーはこのリーダーターフェルの創立にも関わり、初代の書記を務め、その後も引き続き死の年まで積極的にその活動に参加した。彼の書いた多くの酒宴の歌がシュナイダーによって、そして他の団員たちによっても作曲され、歌われた。ミュラーがこの場で新しい詩を朗読することもあった。ミュラーのデッサウでの生活を考える時、このリーダーターフェルとの関わりは欠かすことのできない意味を持つ。*

* Nickel: Wilhelm Müller und die Dessauer Liedertafel, S.109-124

そもそもリーダーターフェルはこの時代独特の存在意義を持ち、その社会的、文化的、そして政治的意味について多くの論文が書かれている。

リーダーは歌、ターフェルは食卓である。歌を中心に集まったその地方のエリート男性の親睦団体である合唱団がリーダーターフェルで、一般的な意味での男声合唱団（メナーコーア）とは少し異なる。一八〇九年まずベルリンにリーダーターフェルが誕生したが、その後一八一八年以来、ほとんどの主要な都市にリーダーターフェルができ、他の地方のリーダーターフェルとの交流もあった。

23　歌好きなエリート男性の親睦団体リーダーターフェル

まず団員であるが、デッサウのリーダーターフェルは一二名で構成され、大半はデッサウ名門の子息であり、なかにはすでに社会的に高い地位の人もいて、いわゆる上層階級の集まりであった。団員の一人はミュラーの妻アーデルハイトの長兄フリードリヒ・バセドゥで、彼は後にアンハルト・デッサウの行政長官の任に着いた。法律家や官僚たちが大半を占める中、音楽家がフリードリヒ・シュナイダーの他にもう一人いた。ミュラーは王立図書館司書兼詩人としての入会であった。ミュラーがフリードリヒ・シュナイダーと親しかったことも、彼の入会のみならず、合唱団の創設に寄与したと言われる。シュナイダーはリーダーターフェル創立以前の一八一七年にデッサウに声楽アカデミーを開いた。リーダーターフェルの団員の中にはそこで学んだ人も多かった。

特徴的なのはそのようなエリートたちの多くが解放戦争に参戦した体験を持っていたことである。ナポレオンに対抗する戦線に立ったことは、彼らのその後の政治的立場や信条を決めることともなった。

この合唱団の活動の記録は第二次世界大戦の戦火を免れ、今もアンハルト州立学術図書館に残されている。この図書館にはアンハルト・デッサウ出身者の著作が集められており、ミュラーの遺稿もここにある。

一八二一年十月のデッサウのリーダーターフェル創設の日、ミュラーは書記に選出された。任期は三カ月。彼の晩年にあたる一八二六年十二月から一八二七年二月にも再度この任につき、記録を残した。書記の他には会計がいて、会費と罰金の徴収がその仕事であった。罰金は遅刻者の他、後の「飲食の部」で下手なジョークを飛ばした人、「合唱の部」がまだ終わらないのに「飲食の部」を期待するあまり楽譜を大急ぎで片付けようとした人等が支払うことになっていた。集まった罰金は慈善事業などに寄付された。

合唱曲の選曲にはシュナイダーがあたった。ミュラーの詩にシュナイダーが作曲したものもあるし、他の団員が作曲したものもあった。クロイツァー、ウーラント、ウエーバーのオペラの合唱曲が選ばれることもあった。あるいは他の地方のリーダーターフェルの歌集からのものも歌われた。

規約もあって、その大半は以前シュナイダーが率いていたライプツィヒのリーダーターフェルの規約を範として作られた。例会は月一回で二時間、その時各自、詩を発表したり、歌を披露したりすること、そしてその後食事を共にすることが決められていた。団員資格としては品行方正な市民であり、よき社会人であることの他に、詩的かつ音楽的な歌の才があることが望まれた。つまり独自に詩を書いたり、作曲したりすること。しかし公的な発表会は催さず、団員の集まりの中だけで行うことも規約に書かれている。

24　マグデブルクのリーダーターフェル歌集に載ったミュラーの「一緒にやろう」

Spricht ein kluger Mund,
Wein sey nicht gesund,
Ey! so trink' er keinen.
Doch mir will es scheinen,
Der den Geist erfreut,
Thut dem Leib' kein Leid.

Mancher Medicus
Trank sich aus dem Fluss'
Flüsse in die Glieder.
Wein und frohe Lieder
Heiss't mein Recipe
Wider jedes Weh.

Und muss einst es seyn,
Sterb' ich doch an Wein'
Lieber, als an Pillen.
Vor dem letzten Willen
Leer' ich erst mein Fass
Bis auf's letzte Glas.

2. Geselligkeit.

W. Müller. F. Sch

Ich bin nicht gern allein
Mit meinem Glase Wein.

Mag allein der Geizhals fasten
Neben dem verschlossnen Kasten;
Mag allein an finstrer Mauer
Stehn der Dieb auf seiner Lauer.
Ich bin nicht gern allein
Mit meinem Glase Wein.

Ich bin u. s. w.
Mag allein der finstre Weise
Brüten, bis er wird zum Greise,
So zu leben, so zu lieben,
Wie's die Schule vorgeschrieben.
Ich bin u. s. w.

Ich bin u. s. w.
Mag der Mönch in seiner Zelle
Einsam ringen mit der Hölle,
Die mit ihrem Bratenhauche
Nachstellt seinem feisten Bauche.
Ich bin u. s. w.

Ich bin u. s. w.
Wenn verdorben ist mein Magen,
Will ich nach dem Tranke fragen,
Den man muss aus kleinen Flaschen
Ganz allein mit Löffeln naschen.
Ich bin u. s. w.

音楽や文化の研鑽と育成、そして合唱（三部合唱が主で、ミュラーは第一テノールを歌った）もさることながら、合唱団の目的は主として団員相互の親睦にあった。例会第一部の終わりには「お腹がへった、はらぺこだ」という歌が（音楽的に美しく！）合唱されて、第二部の宴席となる。楽しい飲食の後には、ジョークの競演が始まる。このような男声合唱団の終了を歌った歌「全員勘定払ったよ／下品な歌を歌う者いない／乱暴狼藉する者いない／みんなお家に帰ります」もある。

なんとも楽しそうな集まりで、ミュラーが好んで参加したのがよく分かる。彼がこの男声合唱団に入ったのは社会的地位の向上のためであるという主張もあるが、たとえそのような動機は否定できないとしても、しかしそこは居心地の良いところであったにちがいない。

概観的なことを述べるなら、リーダーターフェルは一八世紀後半以降全ドイツに目覚ましく発展した市民的・公共団体のひとつである。ミュラーがベルリンの学生時代に積極的に参加していた「ドイツ語のためのベルリン協会」もそのひとつだった。この時代、次々と設立されたこれらの団体の多くは協会（フェライン）と名付けられたが、学術協会、芸術協会、各種慈善福祉協会、合唱協会、体操協会、歴史協会、読書協会等々として、ひろく社会に浸透していった。このような団体は、家と家族を社会の構成単位とし、身分制的、即ち階層的に編成された「古い世界」の中で、解放された個人の自発性に基づき自由に、特定の目的のために設立されたものだった。当時の教養市民層がイメージした「市民社会」を体現するもので、貴族と市民が全く対等に、一定の資格（対象への関心と会費納入、即ち教養と財産）を前提とした関係を築いていこうとするものだった。

それらの中ではリーダーターフェルは特権的色彩が濃いが、それでも「自由・平等」は共通の認識であったにちがいない。

（2）酒宴の歌

ここ　我らリーダーターフェルは
自由な歌の連盟で
立派に構成されている
我らを統べる権利のためには
頭と襟に粗野な一撃くらっても
全員揃って耐えられる

どんな称号も信仰も名誉でも
逆らえぬのが
この国流行のこの掟
富める者　貧しき者　大物　小物
ラインのワインを飲むのが義務である
まるで王様の命令のように*

＊　WA Bd. 2, S.184ff

ミュラーの書いた「我らの憲法」という題の一〇節からなる詩の最初の二節である。彼の「酒宴の歌」の多くはまず雑誌に掲載され、その後「男声合唱団(リーダーターフェル)のための酒宴の歌(ターフェルリーダー)」として『旅する角笛吹きの遺稿詩集　第二巻』に収録された（本書にはその三一篇のうち九篇を訳出した）。検閲の恐れ等により、この詩集に入れられなかったものは、ライストナーの全集（第二巻）に収められている。『酒宴の歌』は「ワイン王」で始まる。

我こそは忠実で勇敢な英雄で
我の仕える王様は
神の統べるこの世での
最も偉大な王様だ

我が従うその旗は
緑の枝だ
我が王国で
酌する度にひるがえる

我が顔色は
王様色

襟や袖のことなどは
我らの王は見ていない

しかしミュラーのワインの歌は政治的な破壊力が込められていた。彼や仲間たちにとってリーダーターフェルは「お楽しみ」だけの集まりではなかった。

ミュラーは言葉の裏にいろいろな意味を隠したが、「酒宴の歌」という性格上面白おかしく他愛ないものとして検閲もそれほど正確には見なかったのであろう。地酒、ライン河畔のワイン、即ちドイツのワインを褒めたたえる郷土愛やナショナルなロマンチックを裏打ちする飲み歌は他にも溢れるようにあった。この時代人々は飲めば歌い、散歩で歌い、仕事でも、家事でも、歌った。

先にあげた「我らの憲法」に歌われたのはミュラーや後期ロマン派の人々が心に抱いていた「ドイツ統一」の理想としての立憲君主制である。家柄、称号、教会での高位の官職に限らず、王もまたそれに従うべきである、全員のためのひとつの「掟」としての憲法。強くて愛国心に満ちた君主は、たとえばリーダーターフェルに集う臣下たちと一緒に歌い飲むといった、国民との密接な関係を保つ人でなくてはならなかった。

そしてミュラーが多くの「酒宴の歌」で「ドイツ」のラインワインと「ドイツ」を強調したのにも政治的意図が込められていた。ラインは解放戦争でフランスから守ろうとした〈聖なる川〉で、ドイツの川に他ならなかった。ラインは多くのロマン派詩人により、国民的偉大さとその過去を表すシンボルとして褒めたたえられた。ミュラーもラインとラインワインに、考えられる限りのあらゆるドイツ民族性を付与した。男らしさ、実直、誠実、真実を愛する心、堅実。そしてそれらが悪しき時代精神により、政府から組織的に抑圧されている様を描いた。国家を害する煽動家追放の法律は、その結果悪質な煽動家探しや密告者を生んだ。メッテルニヒの警察国家的統治制度は市民に追従、偽善、疑心を強制した。そういう風潮に順応しないインテリの眼には、そんな二日酔いのような政治的雰囲気が苛立たしかった。

ワインの中の自由

よりよい所があるならば
この世からはおさらばだ
やれやれ誠に　居場所というものが
どこにもないのが　この時代

望遠鏡ではるか彼方
天体をぐるりと眺めまわし
どこかの星に
葡萄の木がないものか

［……………］

兄弟たちよ　兄弟たちよ　頼むから
フラフラと出て行ったりしないでくれ
最良の自由な国家はすぐそばにある
我らの飲み屋の中だ

そこの地下室に逃亡だ
地下室は爆撃できない
いまいましい世の中だ　嵐をおこそうものなら
我らは反抗するぞ

［……………］

葡萄の木に花が咲く度
自由はまだ若いワインの中で発酵中
すると精神は束縛から解き放たれようと
グラスの中で赤く燃える

その泡立ちの中で
荒々しい推進力が荒れ狂う
純粋な精神　それは言い負かされることがなく
激しい論戦で勝利を収める

さあ　兄弟よ　栓を抜こう
そしてワインを自由にしよう
ワインの自由な精神が我らの口の
自由な歌の幕開けだ

政治的制度への不満が、得意げな悪ふざけを装って、検閲の眼を潜り抜けた例であろう。「酒宴の歌」はミュラーの〈政治的な民衆詩〉であり、〈時代の詩〉でもあった。ワインの産地を「ワイン自由王国」とし、ワインに「新煽動家」という隠れ蓑を着せ、政治的な意味あいを含み、専制的君主らへの挑戦が歌われた。

この時代、酒とバラを歌った有名な詩にはフリードリヒ・リュッケルトの「東方のバラ」がある。彼が範をとったのはゲーテの『西東詩集』であるが、リュッケルトは気分の滅入る現実から彼の想像の国である東方の酒場に逃れ、バラの園亭でオットマンに腰を下ろし「酒と女と歌」を楽しむ。

それに対しミュラーの酒の歌には女の姿がない。リュッケルトの想像の酒場に対し、現実の酒場に坐って、愉快な男たちと美味いワインを飲んで気炎をあげている。ワインに酔いしれ愛の歓びに激情をかき立てられるディオニソス的快楽とは無縁である。バラの薫りのような華やぎもない。多分ミュラーは官能的な快楽に対しては自由ではなかったのであろう。

しかし彼はワインを真に愛していた。旅先からの妻への手紙でも、良いワインを飲んだ歓びが綴られているが、ワインが彼の過酷な日常を支えていたことは否めない。そしてこの男性合唱団が彼のデッサウでの生活を豊かにし、耐えられるものにしていると、スエーデンの友、アッターボムにも書き送っている。

政治的シャンソン

ミュラーの撞着、あるいは揺れ動く心はデッサウの男声合唱団内でのことだけではなかった。

彼がこの男声合唱団に入ったのは一八二一年のことであるが、彼を一躍有名詩人にした『ギリシャ人の歌』が刊行されたのもこの年の十月である。「ギリシャ人の歌」はその後も書き続けられていたが、「男声合唱団（リーダーターフェル）のための酒宴（ターフェル）の歌（リーダー）」と「冬の旅」は他の詩集と共に一八二四年に出版された『旅する角笛吹きの遺稿詩集　第二巻』に収められた。戦闘的であり、政治的メッセージの込められた「ギリシャ人の歌」と諧謔的ではあるが政治的意図を隠し持つ「酒宴の歌」。これら自由への希求を勇敢に、また面白おかしく歌う詩と、救いのない「冬の旅」の世界をさすらう詩はほぼ同時に、並行して書かれていたことになる。闘う心と失意の念が彼の中では常に往来していたのだろうか。

この両極性はミュラーの創作態度として、かつまた生き方として、特徴的であるが、ここではもうひとつ、彼の創作の推進力ともなる「範」に関して浮かび上がるものがある。

「ギリシャ人の歌」を書いた時、導きの手ともいうべきだったのはバイロンの存在であった。実は「酒宴の歌」にもそのような先達がいる。その人はフランスのシャンソン作家ピエール＝ジャン・ド・ベランジェ（一七八〇〜一八五七）である。

ミュラーは自身の酒宴の歌を政治的シャンソンと呼んだ。後に批評家もミュラーの酒宴の歌をそのように解釈した。確かに内容的にはそう呼べるであろうが、そこにはドイツとフランスの文化的社会的な相違点があった。

25　シャンソニエ以外の何者にもなろうとしなかったベランジェ

ベランジェは今日の仏文学史ではほとんど言及されることがない詩人で、その点でもミュラーと類似しており興味深い。ベランジェは一八二〇年代から三〇年代にはフランスの偉大な詩人としてヴィクトル・ユゴーやアルフォンス・ド・ラマルティーヌとならび評された詩人であった。そんな受容史的な経過に加え、この二人は、恵まれない出自（ベランジェは仕立屋の祖父母の家で生まれた）から詩人として身を立てたことを筆頭にいくつかの類似点と、いくつかの大きな相違点のある同時代詩人である。

ベランジェはシャンソン（替え歌）という、文学的には二流のジャンルに属する作品を書いて、これを「詩（ポエム）」として人に認めさせ、詩とシャンソンの垣根を取り払い、シャンソンも文学史上の正統なジャンルであることを明示した詩人であった。

そしてベランジェのシャンソンの特徴は風刺だった。彼は文学の効用のひとつが風刺であることを知り、反体制のシャンソンを書いて復古王政の打倒に寄与した。彼は、ユゴーやシャトーブリアンのように実際の政治の現場に身を置くことはなく、作品で政治に関与した。妥協することなく二度の投獄をも体験し、反体制の姿勢を貫くことで政治参加した。

ベランジェが彼の故郷で一八〇七年友人たちが作った〈サン＝スーシ修道院〉という「食べて飲んで歌って」楽しむ集まりで次のようなシャンソンを作って〈修道院〉の設立を祝った。ミュラーの「我らの憲法」とよく似ている。

修道院が新たに生まれようとしている、
楽天家修道院が。
兄弟たちよ、多くて十二人、
少なくて六人必要だ。
　飲みながら、修道院の規則を
　宣言しよう。（リフレーン）

この厳格な規則に従って、

生きていこう、まずは、
酔っぱらう場所を、
修道院だけときめよう。
（リフレーン）

鏡もなく、鈴もないが、
新しいシャンソンで
我らの祝典を堂々と、
信者に伝えよう。

［…………］

娘達を告解させよう、
我らが仲間、我らが偉大な博士達が、
尼僧院の、
指導者になりますように。
（リフレーン）

［…………］林田遼右訳*

＊　林田遼右　四四、四五頁

このような他愛ない集まり、文学者の卵たちの集団はフランスの田舎に多く見られたという。この種の文学結社の起源はすでに一八世紀初頭にあると言われるが、酒の徳を讃え、料理を称讃し、色事の楽しみが歌われた。〈修道院〉の時代のベランジェには政治色はなかった。しかし一八一三年帝政末期、人々の生活は苦しさを増していたが、黙しているのが一般的になる中で、彼のシャンソンはだんだん風刺の色を帯びていった。彼の多くの作品中最も有名なシャンソン「イヴトの王」[＊]はこの年書かれた。豪華な宮殿に住み、国土を広げる事しか考えなかったナポレオンを指してはいるが、風刺の刃がそれほど鋭くないのが、歌いやすさにつながり、人々に愛されたのだろう。

＊　林田遼右　八〇、八一頁

昔々、あまり知られていませんが、／イヴトに王様がおりました。／朝は遅くに起き、夜は早くに寝て、／手柄がなくともよく眠り、／ジャヌトン（田舎娘）から、／木綿の質素な王冠を受けます。／そういう噂です。／おお、おお、おお、おお、ああ、ああ、ああ、ああ！／なんと善良なかわいい王だったのでしょう。／／四回の食事は、／わら屋根の宮殿の下で取り、／ろばに乗って、一歩一歩、／王国を巡って歩きました。／陽気で、気取らず、善を信じて、／お供をするのは、一匹の犬だけ。／おお、おお、おお、おお、おお、ああ、ああ、ああ、ああ！／なんと善良なかわいい王だったのでしょう。[……]

ベランジェは職を求めて転々とし、ようやく見つかった大学職員という定職も、彼の第一シャンソン集が刊行された一八二一年、反体制的であるという理由で辞さざるを得なくなり、それ以後定職につくことはなかった。しかしすでに一八二三年には彼のシャンソンは「真のオード」であり、アナクレオン、モリエール、ラ・フォンテーヌ、ヴォルテール、モンテーニュにも比すべきであると紹介され、シャンソン界の寵児となり、ベストセラー作家となった。だが一八三〇年七月革命後はシャンソン界からの引退を表明し、その後いくつかのシャンソンを書いたものの、死に至る二十数年の間文学活動から身を引いた。国会議員にも選出されたが、即辞職し、清貧のうちに生を閉じた。しかし国民詩人として国葬された。

ベランジェをドイツに紹介したのはアーデルベルト・フォン・シャミッソ（一七八一～一八三八）で、ゲーテもハイネもベランジェを称讃した。[*] もちろんミュラーはベランジェを知っており、彼の批評の仕事では「パリ発文学通信」でこのフランスのベストセラー作家を紹介しているし、ブロックハウスの百科事典にはベランジェの項を以下のように書いた。

＊　林田遼右　三一二頁

風刺がこれほど無邪気に、大胆に、素朴に、陽気になされたことはかつてない。ベランジェは並みの同業詩人仲間とは完全に一線を画している。狂暴ではなくなったかの人［ナポレオン］を罵倒したりはしない。かの人に権力があった時にも媚びたことはない。同盟軍によるフランス占領の間、ベランジェのミューズの領地が広まり、彼の祖国の境界は収縮した。フランスの過去の栄光、現在の屈辱が彼の歌に新しい流れを作った。これらの歌は悲しみの様相を伴っていることが多い。しかしベランジェの悲しみは高貴である。それは臆病な失望ではなく、力強い憤懣を表している。彼の祖国の運命を歌った詩歌の中に居るのはやはりフランスの愛国者である。

ベランジェが有名になってからは、グノーやベルリオーズらが曲を付けることもあったが、シャンソンの場合、まず詩が書かれ、それに付曲されるのはむしろ例外的で、大抵は民謡、流行歌など人々に知られているメロディに歌詞が付けられた。替え歌用の元歌ともなる民謡や歌謡を集めた種本も編まれていた。また詩は印刷されて発表されたが、シャンソンは、人々の前で歌われた。文字の読めない人でも、曲と共に歌詞を覚えることができた。

替え歌はもちろんドイツにも、多分どこの国にもあるであろうが、ジャンルとしてフランスのような形をとることはあまりないのではないだろうか。

フランスのシャンソンとポエムはどちらも韻文で書かれ、脚韻を踏むという形式上大きな違いはないが、大きな違いはシャンソンが歌われたのに対し、ポエムは読まれたことである。そして内容や素材が異なった。シャンソンには、正統的な文学作品ではあまり使われることのない俗語、隠語、卑語、方言なども使われ、表現も異なった。ベランジェは雅語と卑語を同時に使ったり、方言を取り入れたりする手法を駆使して、彼のシャンソンに深みを与えたが、彼の歌を受け入れたのは広い大衆であり、彼も広い大衆にむけて作詞した。そして生涯「貧乏人」の側に立ち続けた。

それに対しミュラーは下層階級から抜け出し、その詩は民謡となる程各階層の人々に愛唱されたが、彼の主たる読者は教養市民層だった。

政治的シャンソン、政治的風刺詩は、その政治的、社会的風土のなかで花を咲かせる。しかしその風土を離れると、花は萎む。花は散る。かくも熱狂的に受け入れられたというベランジェの詩も今読むと何を風刺したものなのか、その語彙にどんな意味が込められていたのか不明であるという。

ミュラーの「ギリシャ人の歌」や「酒宴の歌」が時の流れと共に精彩を失い、忘れ去られたのも頷ける。

ちなみに政治的風刺詩の興味深い受容史が伝えられている。

「マルクスが《民衆詩人》ベランジェを《偉大な》とか《不滅の》と形容するのは当然ともいえる。そのせいであろうか、一九一七年から一九四七年、ベランジェの本は、ソ連で四十六万九千部という刊行数であった。この間フランスでは、恐らく数千部いくかいかないかというところであろう」*

＊ 林田遼右　三一二、三一三頁

六　冬の旅　共同体の夢からの逃亡者　『冬の旅』

恋に破れた若者が旅に出る。季節は極寒の冬。そしてひたすら彷徨う。

ミュラーの代表作とされる『冬の旅』。この連鎖詩にも木々の梢のざわめきや月の光等ロマン派のモチーフが散りばめられてはいる。しかし今の時代にも通じる深淵な情念、この世にあることの疎外感、漂泊感、人生の無意味さが、心に迫る風景描写の中に綴られている。

すらすらと読み進むことができる。用語は日常的なもので易しい。描写は写実的である。しかし具体性に欠ける。比喩や暗喩の背後には何があるのだろうかと考えこんでしまう。

若者の素性も分からない。『美しき水車屋の娘』の主人公のように遍歴する職人なのだろうか。職人は親方の家に住みこむが、『冬の旅』の主人公も寄宿していた家の娘に恋をしたようだ。職人以外に住み込みの仕事として考えられるのは家庭教師である。恋する娘に首ったけでそれがすべてのように見える製粉職人に比べ、『冬の旅』の主人公の方が知的な感じなので、家庭教師なのだろうか。真面目で誠実、誇り高く、何か世間知らずな感じもする。シュレーゲル、フィヒテ、ヘーベル、シェリング、そしてヘルダーリンも家庭教師だった。しかし『冬の旅』を『美しき水車屋の娘』の続編、あるいは改訂版のように見る解釈もあり、そこでは『冬の旅』の主人公もやはり職人とされている。

26　森の中の旅人（道に迷ったフランス軍兵士）。切り株に止まったカラス

いずれにせよ、彼の経歴も、家族も、生育した土地も、その他何も分からないままでの進行である。しかし実は最後二四番目の「辻芸人（ライアーマン）」の終わりの節で彼の職業が明かされていると見ることもできなくはない。〈風変りな老人よ／お供しようか／わが歌に合わせて／ライアーを回してくれるか〉とあるので、彼は詩人かもしれない。そして彼が恋した女性の容姿も分からない。青い目な

のか、金髪なのか。

「幻の太陽」の三つの太陽とは何を表すのか。「回想」の鴉の投げる雪のつぶてとは何か。なぜライアーマンを同行者とするのか、等々。

読者は想像力を働かせて、その解答を見つけなくてはならない。具体的に書かれていない分、読者の自由な感情がとりあえず移入され、自由な解釈の道が開かれ、『冬の旅』をポピュラーな作品としたとも考えられる。

そんな『冬の旅』の様々な読まれ方、様々な意味付けを探り、今日まで読み継がれてきた道を辿ってみたい。

失恋の連鎖詩として

(1)『冬の旅』成立前史

恋に破れた若者が旅を続けるという設定からしても、『冬の旅』を失恋の歌と読むのは自然であり、従来そのように読まれてきた。そしてその旅とその作品誕生の動機となったであろう要素が、主としてミュラーの実体験の中に探られてきた。

日記の中の女性テレーゼと「ブリュッセルのソネット」

「ベルリン日記」中、最初の記載から八日後の十月十五日に、その時愛していたルイーゼの他に過去に彼の心を捉えた女性たちの追憶が浮かびあがる様子が記されている。

夕刻ルイーゼの書いた詩を書き写してから、ブリュッセル時代の思い出の品々を取り出した時のことである。

以前の愛がふたたび蘇るような気持ちになった。ことにテレーゼの巻き髪からは彼女の息づかいを感じたような気がした。思わず巻き髪に接吻し、そうすると自分でも不思議なのだが、テレーゼに接吻したような気持ちになった。素晴らしい！

謎の女性がここに初めて姿を見せる。この女性がミュラーのブリュッセルからの退出と関連する女性であるらしい。テレーゼという名はここだけに現れるが、その名を変えて後の小説『デボラ』の中心的な人物デボラとなって登場することにもなった女性である。

ミュラーは、書いてはすぐに発表するのが常であった。しかし生前発表されることなく、死後も家族によって隠匿されていた「ブリュッセルのソネット」と呼ばれる九篇のソネットがある。隠されていたのは、相応の理由があったに違いない。息子マックス・ミュラーの死後ようやく日の目をみることになるこの詩篇はブリュッセルで兵役中の二十歳のミュラーが、女性絡みの事件発覚後に書いたものらしい。暴露的であると同時に隠匿的でもあるテキストには、彼が陥った深い危機的状況が描かれている。ソネットの形式を踏みながら、反逆、憂愁、絶望、自虐、疑惑、自尊心などが、平静さを取り戻すための闘いの中に繰り広げられる。自我は詩の中で、アウトサイダーとして生き延びる道をさぐる。

最初のソネットはオレステスと題されている。ギリシャ神話の人物オレステスは子供の頃、母とその情夫により父アガメムノンを殺され、自身も命を狙われた。オレステスの復讐とその憤りや悲しみは、ミュラーの心情を映し出すものとしてどのように解釈したらよいのか、なぜオレステスなのか。抽象化した表現の裏にある事実関係や心情を探るのは、推測に推測を重ねるものとなり、その解明は困難である。

我が信仰は死んだ！　追放され　見捨てられ
地下に潜って生きるしかない
胸の痛みを打ち明ける人もなく
死しても黙しあの世で蒼ざめる
罪など犯してはいない
ただ確信からの行いであった
それが犯罪に仕立てられ
そして永遠の呪いがかけられた
ぼくはひとりの母親を血祭りにあげた
おお　彼女の甘美な名を尋ねないでくれ

ただぼくをそっとひとりで行かせて　行かせてくれ
かつて怒り狂った鬼女（フリア）（復讐の三女神）たちが群れをなして
オレステスの安らぎを奪ったが
ぼくは我が身に降りかかった疑念から逃れなくてはならない*

* WA Bd.2, S.271

ミュラーは解放の夢に駆られるように志願兵として参戦したものの、戦場で英雄の死を遂げることができないまま前線から退き、軍隊での公務の日常的な日課をこなす生活を強いられた。ナポレオンからの解放戦争に赴いた同志の仲間たちからも心が離れ、確固たる信念や戦意を共有することができなくなった詩的自我は、自らの神を求める。二番目の詩である。

お子様用の御伽噺であんた方が話してくれた
白鬚の老いたる神
比類なき民族に恩寵を与えるよう生き続けていると
あんた方の聖典にある老いたる神
あんた方が教会で厳粛な振る舞いで
敬虔な歌を歌って称える神
あんた方はその神に天上で供物を捧げ

神自身の土地から追い払うのだ
ぼくは神を否定する——もうあとには引けない
異端者　無神論者としてだ
とにかくぼくを名簿から消してくれ
敬虔な偽善者になれば気に入ってもらえるかも知れないが
あんた方が祈る時　ぼくの口はただ罵ることしかできない
そしてあんた方が罵るところで　ぼくは自分の神を探さねばならない*

* WA Bd.2, S.271

かくして自我は詩の中で、野を越え、山を越え、新しい戦いに挑み、血を流し、立ち上がり、絶望し、彷徨う。そして最後から二番目の、八番目のソネットで、過ぎ去った愛と向き合う。激しい恋の傷はすでに癒えているかのように見える。恋は追憶となっている。

ここでまた再会するはめになったら
ぼくの唇はきみに何を言えばいいのだろう
穏やかに慰めの言葉をかけるべきか
もう一度きみの心を悩ませるべきか
冷ややかな言葉で挨拶すべきか

ぼくらの心が互いに愛しているのが分かった
あの素晴らしい時についてはロをつぐむべきか
そしてぼくがきみの足元に横たわった至福の時についてもか
いや　ずっとぼくのところにいておくれ　あの時のきみのままで
あのかわいい　優しい　夢の中にいるような人
ぼくの心を慰める人
そしていつかぼくがこの世を去る時
ぼくの目が　ぼくの心が破れるみぎわに
この姿がもう一度ぼくの周りに浮かんでくれることを＊

＊　WA Bd.2, S.274

ブリュッセルの恋は戦場で兵士が陥ることがあると言われる激しい性欲の発露であったかも知れないし、初心な若者の初めての性体験が引き起こした出来事であったかも知れない。いずれにせよそれは戦時下のことであり、占領地での出来事であるため、平常時とは異なる反応と制裁が当事者たちに課せられた。かつ既婚女性との関係は道徳的、宗教的に許されざるものであった。それらの罪過をいかに償い、いかに逃れるかの格闘が詩的自我に課せられた。ミュラーがブリュッセルに配属されたのは一八一四年の春、ソネットが書かれた日付は八月初旬で、番号もつけられて整理された原稿であるから、スキャンダルは七月にはもう終わっていたと推測される。短い恋、つかの間の情事だった。

追ってくる鬼女(フリア)を逃れ、恋人との再会の場面を想うこの八番目のソネットは、恋愛とその後の格闘を書くことにより感情の言語化と記憶の整理をして、苦しい体験から距離を取ることを可能にしたものと見える。

そして二十歳のミュラーはブリュッセルからデッサウまで、何百キロもの道程の多くを、十一月と十二月の冬の日、徒歩で辿ったのであろう。

（2）恋人と愛のテーマ

テレーゼ追憶や、ベルリン日記に綿々と記されたルイーゼへの一途な思い、彼女のブレンターノへの接近による失意が『冬の旅』創作の基となったとの推測は可能である。その失恋の歌の筋書き——主人公は失った恋を嘆き、その思い出に浸り、失望し、死に憧れ、死にも見放され、新しい愛や他者とのつながりに希望をつなぐ——をもう少し詳しくたどってみよう。

最初の詩「おやすみ」は、恋人に別れを告げて彼女の家を出て行くところから始まる。しかし別れを告げると言っても、面と向かって別れを告げるのではない。人々が寝静まった夜そっとその家を出て行くのであるが、泣き泣き出ていくのではない。

〈追い出されるまで／長居をしてどうする／狂った犬どもは吠えさせておけ／奴らの主人の家の前で〉と自尊心を保つ。

そして次には別れを正当化するような愛の定義を持ち出す。〈愛は彷徨(さすらい)を好むもの／それが神の思し召し／この人からあの人へと／愛しい娘　おやすみ〉と続けて最後の節で彼女の平安の日々を願って静かに去って行くのだと結ばれる。

二番目の詩では、彼が彼女の元を去ることになった理由が明かされる。彼女も彼女の両親も貧しい彼が花婿となることを望まなかった。彼の矜持は傷つくものの、そのような判断を下す人々、裕福で市民的な夢を追う人々への軽蔑と拒絶も示される。

その後に続く詩では、凍てつく荒野をあてどなくさまよいつつ断ち切れぬ彼女への思いが綿々と綴られる。「菩提樹」では死への誘いが歌われるが、辛くもそれを逃れる。

連鎖詩の半ば過ぎで彼女の登場が終わった後も死への誘いは続き、「白髪の頭」「からす」「最後の望み」「道標」などで再度死への想いが綴られる。

しかし「旅籠」でそれは断ち切られた。〈旅籠＝墓場〉に空きはないと言われたからだった。墓場にさえ彼の居場所はなかった。

女性の愛にも、死にも、救済と安らぎを見出せなかった旅人は〈安らぐことなく　安らぎを求める〉旅をさらに続ける。「鬼火」にはニヒリズムも見られる。

しかし死からも見放され力つきたかに見えた彼の苦悩が、そのうち別の展開をはじめる。諦めのもたらす余裕とも、絶望に抗する反抗心ともなった心情の変化は、無理やりに孤独を求めていた旅人に外界へ眼を向けることを促す。「春の夢」で旅人は〈冬の

27　雪に埋もれた墓場

花〉を見出した。「勇気を」では、心が望むことも精神力で打ち消して、前進しようとする。

最後に置かれた「辻芸人（ライアーマン）」で、彼は初めて他者に語りかける。ライアーを回す乞食のような老人である。このライアー、またはドレーライアー、英語ではハーディー・ガーディと呼ばれる民族楽器は差別的な意味合いを持っており、乞食や旅芸人の楽器にされていた。ピーテル・ブリューゲルの絵にも出てくる楽器である。それを奏でる老いたよそ者、冷淡な社会の犠牲者「辻芸人」と共に旅を続けようというところで連鎖詩『冬の旅』は終わる。

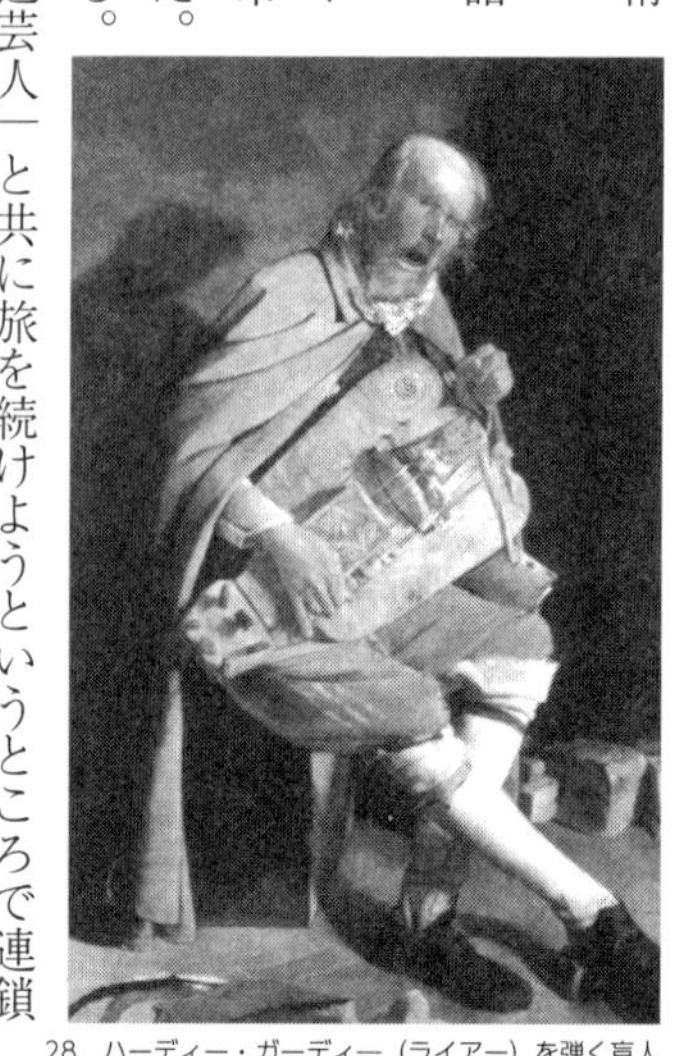
28　ハーディー・ガーディー（ライアー）を弾く盲人

そして、この旅する若者の愛に関しての心の動きはどうであろうか。「おやすみ」で〈夢見る君を起こすまい／安らぎの邪魔にならぬよう〉と恋人の元をそっと去って行った青年の市民的（ブルジョワ）な夢と安らぎに対する決別の意は、「村にて」でさらにきっぱりと表現される。

［……………］
犬が吠える　鎖が鳴る
人々は寝床で鼾をかいている

持たざるあまたの物を夢に見て
［………］
吠えてぼくを追い立てるがいい　おまえら覚めた犬ども
安らかなまどろみなど　ぼくには不要
すべての夢は見つくした
貪り眠る人たちの所でぐずぐずしてどうする

鼾をかいて眠る村人たち。日々の生活にどっぷりと浸かった普通の人々。彼らの小さな心配事や望みは、彼らの夢の中でも所有や享楽を追いかけている。旅する青年はそんな人々を軽蔑する。が彼の心の中にはそんな人々を羨み、安らぎを求める気持ちも混じっている。

しかし『冬の旅』の終盤近くの「春の夢」の夢には、そんな俗物的な――そこには彼の最愛の人も、彼自身の抱く自己欺瞞や思い込みも含まれる――夢とは異なる夢が描かれる。

美しい春の夢を見た青年がその夢から覚めると、時はまだ冬で薄暗く、鴉が鳴いていた。窓ガラスには氷の木の葉の模様があった。

［………］
ふたたび目を閉じると
胸はまだこんなにも熱くときめいている

窓辺の木の葉よ　緑になるのはいつのこと
ぼくが君を　愛しい人よ　腕に抱くのはいつのこと

〈ぼくが君を　愛しい人よ　腕に抱くのはいつのこと〉と呼びかけられた人は、過去の愛しい人とは異なる女性であろう。

〈愛は彷徨（さすらい）を好む／神は愛をそのようにお創りになった／ある人から別の人へと〉という「おやすみ」での表現。しかしこの青年の愛は猟色家のように女性から女性へと次々に女性を追い求めるものではない。去っていく女性を追うことはないが、忘れることもない。女性たちはそれぞれの形で彼の心に〈夢の像〉となってずっと留められる。

「凍結」では〈思い出のひとつも／ここから持ち帰れないのか／ぼくの痛みが口を閉ざしてしまったら／あの娘（こ）のことは誰に聞けばよいのか〉とも〈凍死したようなわが心／あの娘（こ）の姿がその中に冷たく凍てついている／いつかまたこの心が溶けだす時があれば／彼女の姿もすっと溶けてくる〉とも語られ、一度好きになった女性は、様々な事情で別れることになった後も、決して忘れることがないと表明されている。――異なる女性の中に同じ面影（永遠なる原型）を追い求めているように見える旅人の姿勢は、テレーゼ、ルイーゼ、そして氏名不詳の初恋の女性に対するミュラーの姿勢と重なる――。

そして旅人となった青年には（ミュラーと同様に）、愛されようと愛されまいと自分の想いを貫いて恋人に迫り愛を奪い取ろうとすることも、実らぬ愛を意志の力で成熟させようという考えもない。

『冬の旅』をミュラーの作品の中で最高傑作、ドイツ人の財産とも言える傑作とする評者は少なくない。しかしもちろん異なる評価もある。日本での異なる評価としては、例えば池澤夏樹は『詩のきらめき』の中で、「〈冬の旅〉からウェルテルへ」の章で次のように述べている。

> ドイツ・ロマン主義の典型だろうか。
> すべては主人公の心の中で終始し、生きることの不安や苦悩が現実から数メートル浮いた夢想・妄想の空間に展開される。
> 正直に言うとぼくは昔からこの種のものが苦手だった。若い未熟者の勝手な独り相撲に思えたのだ。*

* 池澤夏樹『詩のきらめき』五三頁

そして失恋の書としてゲーテの『若きウェルテルの悩み』と比較し、最後は「これを二十五歳で書いたのだから、やっぱりゲーテは凄い」とその章を結んでいる。

『冬の旅』を失恋の詩と読むならば、そう評することも可能であろう。

しかし恋人の面影が登場するのは作品の半ばまでで、それ以後彼女についての言及はなくなる。それでも旅人は彷徨い続ける。それ故、作者は叶わぬ恋の物語の体裁を借りて、そこに別の意図を託したのではないかという解釈が生じることになる。

逃亡としての漂泊　よそ者のテーマ

恋人の姿が作品の途中から消えてしまうことと並んで、旅する若者の、市民的な夢を追う人々に対する軽蔑と彼の自尊心の強さも、『冬の旅』を恋の詩の枠から外す要因となる。

この自尊心の強さは『冬の旅』の若者の特徴的な点である。彼は恋する女性に跪き、愛を乞うことはなかった。彼女の愛を得られないと知ると、自ら彼女の元を去っている。夜中にそっと、それなりの理由をつけて、自ら出て行くのである。――ベルリン日記に記されたルイーゼへの想いは、まさに彼女に跪くもので、ルイーゼが望めば神学部への転部も考えたミュラーだった――。そして小市民に対する社会批判的視点は、失恋により始まった旅という設定を越えて、彼の生きた時代、救いのない時代に向けられている。つまり『冬の旅』はすねた若者、失恋した若い男の自己憐憫の旅路ではなくて、社会的で政治的なメッセージを背後に隠し持つもので、「冬の時代」を描く文学であると推測される。この悲しみ、この疎外感は失恋によるものだけと考えるにはあまりにも大げさである。

執筆年代的にはミュラーは『冬の旅』執筆の頃、「ギリシャ人の歌」に心血を注いでいた。

休もうと身を横たえた今
初めて気付いた　この疲れ
険しい道のりも

歩いてさえいれば元気だったのに

［………］

ああ　おまえ心よ　闘いと嵐に挑んだ時
あれほど奔放で向こう見ずだった
この静寂のなかにいて　はじめておまえの虫が
熱く刺さるように蠢いているのが感じられる

29　修道院の廃墟のある冬景色

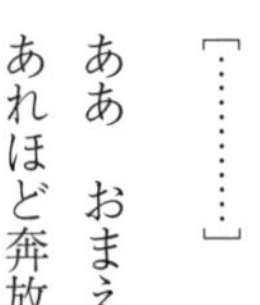

これは『冬の旅』の「休息」からであるが、ここで〈闘いと嵐に挑んだ時〉と書かれている闘いと嵐は、「冬の旅」の恋が、闘うことなく去っていった諦念の恋であったことからも恋愛のことを指しているとは考えにくい。ミュラーは「ギリシャ人の歌」執筆にまつわる緊張と疲労を「休息」の中、ひいては『冬の旅』全般に吐露しているのではないか。あるいは血と死の恐怖に満ちた実戦の体験が「失恋の歌」という衣をまとってこの連鎖詩に表現されたと読むことも可能であろう。

また『冬の旅』執筆の動機はイタリアの旅からドイツに帰った時のショックであったという解釈もある（ミュンヒェンに着いての陰鬱な予感を綴った手紙については「イタリアの旅」参照）。

何はともあれ、きっぱりと知らされるのは旅に出る若者が自身をよそ者（fremd）と感じていることで、最初の詩の最初の言葉で、〈私はフレムトとして来て、フレムトとして立ち去る〉と表明される。fremd は形容詞、または副詞として使われる語であるが、意味は、よその、異国（郷）の、他人の、なじみのない、見慣れぬ等である。

あたかも太鼓を連打する如く、フレムト、フレムトと繰り返すことで連鎖詩が始まり、強いインパクトを与える。

まずミュラー個人の感情としての〈生の違和感〉から見てみよう。ミュラーは親しい友人に宛てた手紙にもしばしば、自分が〈なじめない者になってしまった〉、〈よそ者のようにこの世を彷徨っている〉つまりフレムトであると書いている。

作品の中にもこのフレムトという表現はよく使われる。書き始めただけで完成させることがなかった戯曲「レオ。キプロスの提督」では〈私はいつもこの世のよそ者だった〉と始まる。「ブリュッセルのソネット」にも〈人生の旅は私を先へと導いていく／よそ者としてはるかに遠いところへ〉とよそ者のモチーフが現れる。

彼は子供時代〈自由気儘に〉育てられたとどの伝記作者も書いている。この自由は子供に自立心を与えたが、縛りも導きもないことは不安を呼び起こす。「おやすみ」には、〈道は自分で探すしかない〉とあるが、これは彼の子供時代からの〈行く道〉の選び方であり、心情だったのだろう。

しかしミュラーはよそ者意識につき纏われていた反面、束縛には強く反発し、自分が「順応する人間ではない」ことを誇りにしていたのもよく知られている。ミュラーはこの矛盾と共に生きた。そして〈来た時ぼくはよそ者で／去り行く今もよそ者だ〉という表現には、そこに受け入れられ、そこに故郷を見出すことへの期待があったのが伺える。

だが「冬の旅」に表現されている〈よそ者である、馴染まない　見捨てられた、救いがない〉といった感情は、ミュラー個人の感情に留まらず、社会が大きく変化する時、より多くの人に呼び覚まされる感情でもある。古い秩序と社会体制からの解放は人間性を尊重する、より良き社会に行きつくはずであった。しかし一八二〇年代ミュラーの生きた社会は、メッテルニヒの精神に導かれ、旧体制に後戻りし、解放的な勢力はすべて麻痺状態にあった。生きにくい、生きづらいという感情はその時代の通奏低音となっていた。

とは言うものの、人はいつの時代も、生きにくい世を生きている。ロマン派の時代、ロマン主義的厭世観の中心的概念として「世界苦（ヴェルトシュメルツ）（Weltschmerz）」という語をジャン・パウルが造語した。この世の不全性に対する深い悲しみを意味する「ヴェルトシュメルツ」という概念は一世を風靡し、英語、フランス語、スペイン語をはじめ多くの言語に取り入れられた。ミュラーと同時代の詩人たち、アイヒェンドルフ、ブレンターノ、レーナウなどの作品にも見られ、いわば人間すべてが抱く生の悲哀を表現する概念として用いられている。ミュラー自身も、性格的にメランコリックな面を持ち、友人への手紙で自らの心気症を訴えている。

丁度『冬の旅』を執筆している頃、彼はバイロンに心をひかれ、熱心にバイロンにとり組んでいた。バイロンはヨーロッパのヴェルトシュメルツ流行の創始者であるとされる。バイロンの闘争的リベラリズムと風刺的時代批判にミュラーは共感し、早速それを取り入れた。時代の動き、その文学的表象に鋭敏に反応するミュラーは、『冬の旅』を提示することでその波に乗ろうとしたという一面も考えられる。しかし『冬の旅』の旅人には、「ヴェルトシュメルツ」という当時の概念から創りだされたとするには深すぎる情念が渦巻いている。

他の作家や作品からの影響ということでは、バイロンの他にバロックの詩人たちからの影響が挙げられている。やはり『冬の旅』執筆中の一八二二年にミュラーはバイロンに関する論考と並んで、ブロックハウスの「一七世紀ドイツ作家叢書」に取り掛かることになった。『冬の旅』の暗さは、バロック文学の夜の暗闇の影響があるだろう。それら様々な要素を組み合わせた作品には、作者の意図した以上のものが現れることもあろう。

しかし、バロック詩人たち、そしてその後のロマン派の詩人たちの信じた光明、神による救済の約束をミュラーは信じていない。彼は死後の世界に憧れを託すことなく、現世に留まる。『冬の旅』の旅人、市民的な夢からの逃亡者は自己疎外、アイデンティティの危機をも先取りしている。

菩提樹と死のテーマ

二四の連作中一番有名なのは「菩提樹」（Der Lindenbaum）である。ちなみにこの菩提樹であるが、日本語で菩提樹と呼ばれる木とドイツ語のリンデは同一ではない。*

＊　菩提樹と呼ばれる樹木の種類は多く、一見しても素人がその違いを認識するのは難しいとされる。日本の寺院などに見られるのはシナノキ科ボダイジュ、北海道から九州にかけて見られるのはシナノキ科シナノキ。ヨーロッパのセイヨウボダイジュもやはりシナノキ科ではあるが、地方により異なるものが生息する。この詩で歌われるリンデはシナノキ科フユボダイジュで、ヨーロッパ全土に生育している。最大三〇メートルの高さに及び、樹齢は七〇〇年から一三〇〇年に及ぶという。

ドイツは樹の国、森の国であるが、多くの樹木のうちでもリンデは特に身近な木で、中世以来の詩歌では愛する男女の木、もう少し時代が新しくなると仕事を終えた村人たちの憩いの場にある木に数えられる。どの町にも、どの地区にもリンデを街路樹とする通りがある。六月、七月には薄緑の小さな花が下向きにぶらさがるように咲く。その薫りは香しく、金木犀のような強い薫りではないが、爽やかなリンデの薫りで季節を知る。花を乾燥させたものは、お茶としてブレンドされて日常的に飲まれもするし、薬用茶として医師が処方することもある。リンデの樹の周りを人々が踊る絵画も残され、ドイツ人の生活に深く結びついている。

　そんな風にリンデはごく普通の郷土の樹であるのだが、しかしミュラーのリンデ、『冬の旅』のリンデは異なる。シュ

Von der stauden/hecken und beümen under-
Von der Krafft und Würckung.
Lindenbaum.　Cap. LXXIIII.

30　薬草本に描かれたリンデ
（ボック　1546年）

ーベルトはその違いをしっかりと読み取り、その違いに沿った付曲をした。

リンデが疲れた旅人に呼びかけているのは死。これがミュラーの得意とする読み替えである。共同体の樹、明るく香しい樹リンデ。しかし今は冬で、落葉樹であるリンデはさわさわとそよぎ涼しい木陰を作った葉をみな落としている。

旅人はかつてのリンデの樹のもとを夜遅く通りかかった。

［…………］
すると菩提樹の枝がざわざわと音を立てる
ぼくに呼びかけるように
おいで　お若いの
おまえの安らぎの場はここだよ

冷たい風がまっこうから
顔に吹きつけ
頭から帽子が飛んだが
ぼくは振り向かなかった

今やあの場所から

遠く離れたところにいるのに
ざわざわという音がずっと耳に残っている
おまえの安らぎの場はあそこなのにと

『美しき水車屋の娘』の若者がさらさらと流れる小川に誘われ入水したように、疲れた旅人はリンデのざわざわという音に誘われる。――シューベルトの音楽はうっとりさせ、しかも襲い掛かるようなリンデの誘いを奏でる――極寒の夜、誘われるままその樹の根元に安らぎを求めたならば、その安らぎ **Ruhe** は凍死であったであろう。

一九世紀の北ヨーロッパの冬の寒さは当時描かれた絵画の冬景色を見るまでもなく厳しいものだった。冬は温暖化や暖冬と言われる昨今よりずっと強い力を持っていた。そこでは『冬の旅』にも見られるように、冷気と氷の持つ神秘的な力が象徴的な働きをする。旅人は歩き続ける。心に浮かぶのは別れた恋人の面影。そして人々の嘲りも。しかし彼女の元に戻るという選択肢はない。彼の矜持もそれを許さない。夢と追憶、自己憐憫と諦念。そんな時心をよぎる死の誘い。『冬の旅』五番目に置かれた「菩提樹」ではその誘惑をなんとか振り払い、そのリンデから遠く離れたところでもう一度リンデの呼びかけを思い出している。

トーマス・マンは彼の長篇小説『魔の山』で、主人公ハンス・カストルプの死への親近感を、ミュラーとシューベルトによる「冬の旅」の「菩提樹」に繋ぎ、『冬の旅』を不滅の名作にした。「ドイツが世界に送った人生の書」とも評されるトーマス・マンの長篇小説『魔の山』が出版されたのは一九二四年で、これはミュラーの『冬の旅』が収められた『旅する角笛吹きの遺稿詩集』第二巻が出た年の丁度百年後にあたる。『魔の山』の主人公ハンス・カストルプはスイスのダボスの結核療養所に留まることを余儀なくされたが、彼を慰めたものは、療養所に新しく備え付けられた最新型の高価なドイツ製蓄音機だった。彼が愛し、いつも最後に聞いたのはドイツ歌曲、シューベルトの「菩提樹」であった。

物語の最後は第一次世界大戦の戦場。ハンス・カストルプが他の青年たちと同じ様にびしょ濡れになって頬を紅潮させ、剣付き鉄砲を手に、鋲を打った重い靴を引きずっている。何も考えられない熱を帯びた興奮の中、息も絶え絶えの彼が口ずさんでいたのはサナトリウムでよく聞いていた「菩提樹」の歌だった。〈ぼくは幹に刻んだ／幾多の愛のことばを〉と、そこまで歌うとくず折れた。だがまたよろよろと立ちあがり無意識のように〈菩提樹の枝がざわざわと音を立てる／ぼくに呼びかけるように〉と続きを歌いながら暗い雨の中に消えて行くところで長篇小説が終わる。

日本人には菩提樹と聞くと寺の境内などに植えられたものの他は、近藤朔風訳詞の〈泉に沿ひて繁る菩提樹〉が連想されるのではないだろうか。菩提樹という木自体が日本ではあまり馴染みのないこともあろうが、音楽の教科書にも載って、音楽の時間に声を揃えて歌った年代の人には、「菩提樹」すなわち、ほとんど日本の歌のように親しい歌になった。

しかし日本で歌われる「菩提樹」はシューベルト作曲のものではない。日本に限らず世界各国でドイツ民謡の如く歌われているのは、ハイネの「ローレライ」の作曲家としても知られているフィリップ・フリードリヒ・ジルヒャー（一七八九〜一八六〇）による編曲である。＊ ジルヒャーの「菩提樹」は有節歌曲で各節が一番、二番として同じメロディーで歌われ、シューベルトのメロディーにある激高する中間部の暗さがない。つまり彼はミュラーの「リンデ」を、明るい普通のドイツの「リンデ」と読んだということである。また、リフレインを付けて、原詩の加工をしている。

＊　日本ではあまり歌われてはいないが、『美しき水車屋の娘』の最初の詩「遍歴」も「菩提樹」と並んで今ではドイツ民謡となっているが、民謡として歌われているのはシューベルト作曲のものではなくカール・フリードリヒ・ツェルター（一八〇〇〜六〇）作曲のメロディーである。

近藤朔風はジルヒャー作曲のテキストを訳した。ジルヒャーの原詩の理解に沿ったのみか、それをさらに理解しやすい歌詞に訳出した。菩提樹は〈安らぎの場はここだ〉ではなく、「ここに幸あり」と呼びかける。すると「郷愁の歌」という印象が残る。

［…………］
今日もよぎりぬ　暗き小夜中
真闇に立ちて　眼（まなこ）とづれば
枝はそよぎて　語るごとし
「来（こ）よ　いとし侶　ここに幸（さち）あり」

面をかすめて　吹く風さむく
笠は飛べども　棄てゝ急ぎぬ

遥か離りて　佇まえば
なおも聞こゆる「ここに幸あり」

遥か離りて　佇まえば
なおも聞こゆる「ここに幸あり」
「ここに幸あり」

過渡期の文学

ミュラーは同時代人がまだ誰も書かなかった共同体の夢からの逃亡者としてのよそ者を創出した。現代人の根本的感情ともなった「居場所のなさ」をすでにこの時代、その詩に託すことができたのはなぜだろうか。

『冬の旅』を出した頃、ミュラーは世俗的な成功を遂げていた。世俗的な意味で幸せな結婚生活を送り、教員という定職があり、大公図書館司書という地位にもついていた。その時なぜ連鎖詩「救いのない旅」だったのか。

「人間の実存的苦しみ」をミュラーがいち早く言語化したのは、彼独自の鋭い感受性にあったと思われる。暖かさに欠けた父母との関係、イタリアの旅で知ったドイツの狭隘など個人的体験と並び、崩壊してゆく身分社会のなかで捕らえられたのは「はぐれ者」としての自身の姿だった。そしてそれに加え、彼の倦まずたゆまず重ねていた文学的努力も見逃せない。ヨーロッパの諸言語に通じた彼は、それらの国々の文学の進展を見守っていた。同時に過去と現在の自国の文学への目配りも欠かさなかった。出版社との提携により課せられた業務は労苦の多いものではあったにせよ、それは彼にとって文学的借用をはじめとする創作上の糧となった。それらが新たな詩の世界を生み出す力を与えたと考えられる。過去の作品のイメージを引用して自由に組み合わせる姿勢はポストモダンの手法の予告のようにも見える。

女性による救済というロマン派の抱いていた女性像は、「冬の旅」にないことはすでに見てきたが、ここではミュラーの無神論について考えてみたい。

ミュラーが『ブリュッセルのソネット』を公にすることなく、遺族もそれを世に出さなかったのは、検閲を恐れてのことであったのは想像に難くない。〈ぼくは神を否定する—もうあとには引けない／異端者、無神論者としてだ／とにかくぼくを名簿から消してくれ！〉は強力なメッセージである。

そして無神論的信条は、公にしなかった『ブリュッセルのソネット』に留まらず、「冬の旅」の中にも現れる。

「勇気を」は

陽気に世の中へ飛び出そう
雨も風もなんのその
神が地上にいないなら
我ら自身が神々だ

と結ばれている。この詩が出版されたのは一八二四年のことである。

神など存在しないとする思想は、神の存在を信じる思想と同じだけ古いといわれる。しかしキリスト教が支配的であったヨーロッパで無神論思想が広く知られるようになったのは、一七八九年のフランス革命以後のことであり、ドイツではフォイエルバッハの『キリスト教の本質』(一八四一)が、マルクス、ショーペンハウアー、ニーチェらによる無神論の発展に影響を及ぼしたとされる。かの有名な「神は死んだ」というニーチェの言葉、伝統的宗教からの自然主義的美学的決別を決定づけるこの表現は一八八二年の『悦ばしき知識』の中に現れた。ミュラーとの隔たりはほぼ六〇年で、この間ドイツはドイツ統一を経て政治的、社会的に大きな変化を遂げている。敬虔なキリスト教信者であっても時として神の存在を疑ったり、否定したりする人はいたし、増加していたに違いない。だからニーチェの「神は死んだ」という衝撃的なメッセージが広く受け入れられたと言える。が、それをいち早く、大胆に表現したのは詩人ミュラーの卓越とも、偽りなき自然な心情の発露とも言える。かつ検閲の隙間を綱渡りできた幸運でもあった。

ミュラーはブリュッセルのソネット「オルテス」ではその立場をきっぱりと〈異端者　無神論者として〉と表現している。しかし「勇気を」の〈神が地上にいないなら／我ら自身が神々だ〉という表現は、無神論というよりも理神論（神の実在を合理的に再解釈しようとする論）と言えよう。

いずれにせよ「勇気を」でミュラーは初めて複数形の主語を用いて〈我ら自身が神々だ〉と彼の旅人に言わせているのであるが、この〈我ら〉とは誰だろう。彼が連帯していると考えるのは、フィヒテの唱えた自由な道徳的主体を体現しようとする同時代人のことだろうか、解放戦争に結集した同志たちのことだったろうか。この高揚した調子は「疾風怒濤」の詩人を擬したミュラーの演出と言えるだろう。

ある時は非常に大胆、しかしある時は非常に注意深かったのもミュラーの特徴である。

そのミュラーが身を挺してとも言える情熱で立ち向かったのが、ギリシャ独立戦争であったが、その時彼が拠り所としたのは汎ギリシャ主義とキリスト教であった。そこには無神論者としてのミュラーは存在しない。

歌の翼

自分は楽器もできないし、歌も歌えないが、詩を書くことは歌ったり演奏したりすることと変わらない。メロディーをつけることができたら、自分の詩は今よりももっと良くなるだろう。でも希望は捨てまい。自分が書いた言葉に耳をすまし、その調べを返してくれるあい寄る魂の持ち主がどこかにきっといるだろうから。

若きミュラーはそう日記に書いた（一八一五年十月八日）。『旅する角笛吹きの七七篇遺稿詩集』は敬愛し、師とも仰いだティークに捧げられたが、『冬の旅』の収録されたその第二巻の献辞は「ドイツの歌の巨匠カール・マリア・フォン・ウェーバーに捧ぐ　友情と敬愛の証として」となっている。ミュラーの詩は多くの作曲家により付曲され、彼の死後に付曲されたものも多い。著作権という概念はまだなかったので、生存中付曲されたものについても知らされることがなく、ミュラーは『美しき水車屋の娘』がウィーンの作曲家により作曲されたこともついぞ知ることがなかった。『冬の旅』の作曲が終わったのはミュラーの死の直後のことだった。

シューベルトは雑誌「ウラニア」（一八二三年）に載ったミュラーの「冬の旅」[1]一二篇を読んだ。偶然の出会いであった。彼の目線と同じような世界観と、同じような鋭い風刺に魅せられ、何週間かで付曲した。しかしその完成後ほどなく『旅する角笛吹き遺稿詩集　第二巻』を手にした。そこには「ウラニア」の一二篇を手直ししたものに、さらに一二篇を加えた全二四篇の『冬の旅』があるのを知った。そこでシューベルトはすでに作曲したものには手を加えず第一部とし、第二部には新しい一二篇を彼独自の順序で差し入れた。つまり音楽的配慮により「冬の旅」を組み替えたのである。[2]このシューベルト編による「冬の旅」は配列順序が異なるもののその雰囲気も、不愉快な現実に対する態度も、根本的にミュラーの『冬の旅』と同じである。強められ、深められたとは言えるが、異なるものではない。両者には現実の「痛ましい体験」があり、一人はそれを文学で、もう一人は音楽で表現した。ちなみにミュラーの『冬の旅』は **Die Winterreise** であるが、シューベルトの「冬の旅」は定冠詞なしの **Winterreise** となっている。ミュラー亡き後の一八二八年一月「冬の旅」の楽譜第一部が出版され、第二部の出版予告も出された。しかし第二部が実際に出版されたのは、一八二八年十二月末で、シューベルトはすでにこの世を去っていた。

1　一八二一～二二年の冬、ミュラーは一二篇の連鎖詩を書いたが、それはブロックハウスの「ウラニア」に一八二三年「冬の旅」として発表された。その後一八二三年の三月十三、十四日刊の「詩・文学・美術・演劇のためのドイツ草紙」にさらなる一〇篇が載った。最終的には上記の二二篇の配列順序が変更され、さらに「郵便馬車」と「惑わし」の二篇が加えられものが一八二四年『角笛吹き』の第二巻に収録された。

2　しかしこの配列組み換えによる齟齬も生じた。一例を挙げるなら「辻音楽師」はミュラーの詩でもシューベルトの曲でも最終の二四番目に置かれている。その前の二三番目はミュラーでは「勇気を」で、シューベルトでは「三つの太陽」である。ミュラーの詩では、「勇気を」での高揚を「辻音楽師」の〈連帯の予感〉に繋げることができる。それに対し「三つの太陽」は――「三つの太陽」とは北欧などで観察される、太陽が並んでみえる自然現象である――ここで主人公の若者から三つの太陽と呼ばれたものを信仰・希望・愛と捉えるとすると、彼はその三つを失おうとしている。するとそれに続く「辻音楽師」はさらに孤独の深みに落ちていく。フィッシャー＝ディースカウは、「辻音楽師」について、「このチクルスの気分の最低点であるだけでなく、シューベルトが書いたもののうちで最低点である。なぜならば、この曲における苦悩には『影法師』（『白鳥の歌』第一三曲）におけるような感情の爆発は許されず、生はただひとつのチャンスさえも持っていない。このリートは聞く人に麻痺させるような作用をおよぼす」とし、〈連帯の予感〉は失われたものとなっている。ディートリヒ・フィッシャー＝ディースカウ　四一六頁

ミュラーは「ギリシャ人の歌」のように、その主張により同時代人にすぐさま目を向けられ、喝采されるような作品も書いた。しかしここで問題にしたいのは同時代人からさして注目されなかった作品である。ハイネは他の同時代人が特に注目しなかったミュラーの詩作の新しさを発見し、自らの詩に取り入れた。旅の叙述の新しい視点をミュラーの『都ローマとローマの男女』に発見し、彼の紀行文学の中にも取り入れた。しかし『冬の旅』を名指して賞讃することはなかった。

つまり、『冬の旅』の持つ意味とその新しさを理解した読者は同時代の文学者の中にはいなかったと言える。

そんななか、音楽家シューベルトはそれを発見した。そして大いなる共感と感銘を彼の音楽に移したのである。

しかしシューベルトが彼の「冬の旅」を初めて披露した時、聴衆の反応は冷たかった。彼らはその音楽の暗さにただ唖然とした。わずかに「菩提樹」のみが幾ばくかの評価を得たと、数多くあるシューベルトの伝記にも解説書にも書かれている。シューベルトの音楽の新しさ――その独創性と特殊性

――とが人々に理解されなかったからである。「冬の旅」には後の作曲家、たとえばアーバン・ベルクらの手法を先取りした和音の展開がすでに用いられていたとか、グスタフ・マーラーを予告する旋律があるとか、後になって評された新しさがすでに織り込まれていた。

次世代の芸術を先取りした創作者のたどる茨の道を、ミュラーもシューベルトも通って行った。時代を先取りした創作者たちは後の時代になって驚きの目で見いだされる。

しかしミュラーのみならずロマン主義や後期ロマン派に属するとされる作家たちは、既に次世代の作風をその作品のうちに持っている。ティークは晩年になっても創作力が衰えず、ロマン主義からリアリズム小説の橋渡しの役を演じた。若いハイネは愛の詩人として出発したが、「若いドイツ」の革命詩人となった。

彼らが立っていたのは現代へのとば口だった。ミュラーはそれをいち早く感知した。彼の残したものをシューベルトの音楽は補完した。しかし補完されたものが今に通ずるものであることを証明するように、後の世の多くの人が『冬の旅』を引き合いに出している。シューベルトの付属物であるかのごとき風潮に対する反論でもある。ゴットフリート・ベンも、インゲボルク・バッハマンも、ロラン・バルトもアドルノも『冬の旅』に言及している。*

* Waniek : Banale Tiefe in Wilhelm Müllers Winterreise, S.141ff

七　夏の旅

旅するはミュラーの歓び――「ドレスデン郊外プラウエンシャーグルンドの春の花冠」「リューゲン島の貝殻」「ヴンジーデルからバイロイトへ」「一八二七年のライン旅行日録」

デッサウ脱出の試み

ミュラーは旅を好んだ。しかし旅をするより彼が当面、多分旅よりもっと切実に望んだのは旅の出発点である故郷デッサウから逃れることだったようである。

ローマからデッサウに戻り、自活できる職業につき、かつ作家としての道筋もついて、結婚もし、家庭を築いた。領主からも様々な面で優遇されていた。デッサウに根を下ろしたと見えるまさにそんな時、既に一八二二年、ミュラーは熱心に別の都市への移住を模索し、友人たちに援助を依頼していた。

結婚する前にすでに、父の死の少し前、ドレスデンの作家カール・フェルスターにデッサウには馴染めないと書いているが、最初に希望した移住先はドレスデンだった。ドレスデンには知り合った作家たちが何人もいた。ことにティークがドレスデンに住んでいて、彼の家で行われる文学的文化的な催しや会合は非常に魅力的だった。敬愛する音楽家カール・マリア・ウェーバーもいたし、劇場もあ

31　デッサウ遠景　1830年頃

ったし、田舎町デッサウにはないものがいろいろあった。しかしドレスデンに職を得るという目論見ははずれた。次にはベルリンに移ろうとしたが、それもやはりうまくいかなかったようである。その後ヴォルフェンビュッテルへの移住も考えたが、やはりデッサウに留まろうかと考え始めたのは死の一年前だった。

彼にとっての移住とは職を得てその都市で暮らすことだった。今の職よりも待遇が悪くならない職探しは困難で、支援者の努力にも拘らず、採用とはならなかった。面接まで進んでもうまくいかなかった。その間の事情については、ミュラーが援助者や仲介者となった友人たちと交わした手紙から推測することになるが、挫折の原因のひとつはミュラー自身の出自に対する根強い劣等感にあったらしい。面接官は大臣や枢密顧問官たちだったが、彼らと対等に話すことに不安があった。書くことにはもちろん自信があった。しかし話すという自己表現に関しては、職人の家で育った人と貴族として生まれた人との隔たりへの意識が、面接での成功を損なったらしい。

32 ドレスデン遠景 1825年頃

それにしてもなぜそのようにデッサウを出ることを望んだのだろうか。東部ドイツの田舎町、「すべての住民がすべての住民を知っている」という狭苦しさを抜けて都市の自由な風にあたりたかったのだろうか。それは理解できる。しかしヴォルフェンビュッテルはデッサウとたいして変わりなかったであろう。

手紙類から、彼には故郷デッサウで正当に評価されていないという不満があったのが読み取れる。作家としての成功は或る程度認められたものの、名門である妻の家族にとっては、ミュラーは身分の釣り合わない婿だった。デッサウの人々にはミュラーはいつまでも仕立屋の息子であったが、ミュラーの自意識は、時を経て、自らを上流階級に組み入れていた。ワイマルから出した妻への手紙（一八二六年八月二十六日）には〈預言者は故郷に入れられぬ〉という譬えをゲーテとの関連でひいているが、出自を知られていない土地に行きたいという欲求には消し難いものがあった。

古典文献学を専攻しながらもドイツ的なものに惹かれた学生時代から、ナショナリズムへの傾倒は顕著である。しかしその際、郷土愛的なものがないのも彼の特徴である。

満たされた旅

プラウエンシャーグルント

イタリアからに戻ってからもベルリン、ライプツィヒ、ドレスデンなどに何度か足を運び、比較的長い滞在もした。いわゆる新婚旅行は一八二一年七月から八月にかけてのドレスデンとライプツィヒへの旅であった。それ以後もそれらの都市へは何度も行った。出版社からの仕事を次々と引き受けたため、旅費の捻出もできるようになった。足りなくなると前借りをした。

招待されることも多くなった。

33　ドレスデン郊外のグラッシ邸の佇まい

伯爵カルクロイトは『同盟の華』の著者の一人で、ミュラーとは解放戦争以来の友だった。二人はミュラーがイタリアに滞在していた時、フローレンスで偶然再会した縁もあった。彼にドレスデン近郊のプラウエンシャーグルントにあるグラッシ邸に招待された。グラッシ邸はドレスデン合唱団の本拠地にもなっていたが、一八二〇年代のドレスデンの文学と文化の中心的役割を果たした別荘である。

ミュラーが客となったのは一八二四年の初夏のことで、幸福な二週間を過ごした。息子のマックス・ミュラーの書いた父の伝記には「イタリア滞在と並んで、彼の人生で多分一番幸福な時だった」とある。

プラウエンシャーグルントは、カスパル・ダヴィット・フリードリヒも描いているエルベ川を見下ろす峡谷のある一大観光名所でもあった。ミュラーは城のような構えの別荘に住み、そこからドレスデンの文豪ティークを訪ねた。そして人々との会食――豪華な美食だった――を楽しんだ。新しく始めた小説『一三番目の人』の執筆の時間もあった。

シュヴァープが彼の伝記で「ミュラーの詩のうちで最高に愛らしくかつ活気のある詩」と評した詩集「ドレスデン郊外プラウエンシャーグルントの春の花冠」も生まれた。「春の訪れ」「子供の春」「子供の歓び」「初夜」「春のご馳走」「救済」「朝の歌」「ペリパテスト学派の人」「鱒」「花嫁衣裳」「蜜蜂」「聖霊降臨祭」「フリードリヒ・カルクロイト伯爵への献詩」と題されたその一三篇の詩はそのタイトルからすでにミュラーの満ち足りた春の日を語っている。

『冬の旅』では主人公の心情すなわち詩人の心情とは言えない。そこには詩人の詩的、文学的作為が凝らされている。しかし「春の花冠」では詩人の偽らない心がそのまま歌われている。自然も『冬の旅』の自然とは異なり、心から享受するものだった。ミュラーは子供のようにこの春の日に浸った。

子どもの歓び

さあ古い埃を払って
あずまやをきれいにするんだ
黒い冬の葉っぱなど一枚たりとも
ベンチの上にないように

今日　ぼくの顔に
最初の白い花が飛んできた
春よ　ようこそ　ぼくはまだ生きている
苦しみを味わうことなく

そして　春と同じように　明るい眼差しで
神様がお創りになった美しい世界を見る
ぼくはちっちゃな男の子になりたい
そして声をあげて野原を走りまわりたい
［…………］

デッサウでは煩雑な業務に明け暮れ、忙殺される日々だった。しかし日常をばっさりと切り離し、開放的、享楽的な時間に浸ることができるのもミュラーの特技であろう。その時間の中で彼は子供に戻ったように、自然の恵み、人の情けを喜んで受け取った。ミュラー三十歳の春だった。

リューゲン島

翌年一八二五年七月から八月にかけてはリューゲン島へ旅した。この頃すでに健康状態は良くなかった。不調をかこちつつそれでも仕事を増やし、減らそうとはしなかった。だが今回も、旅に活力を与えられた。そしてこの旅も招待された旅だった。招待主はアドルフ・フリードリヒ・フルハウという作家で、ミュラーがフルハウの出したハンス・ザックス（一四九四〜一五七六）の現代語訳の書評を書いたのが縁だった。

リューゲン島はバルト海に浮かぶドイツ最大の風光明媚な島でカスパル・ダーヴィト・フリードリヒ*が「リューゲン島の白亜岩」（一八一八）にも描いているが、エルベ川を見下ろす峡谷のある一大観光名所だった。メクレンブルク゠フォアポンメルン州に属し、日本の佐渡島よりいくらか大きい。

＊ ドイツロマン派の風景画家 Caspar David Friedrich（一七七四〜一八四〇）にミュラーは強い共感と関心を抱いていた。フリードリヒの絵画にはミュラーの作品の解釈を促すような力が感じられる。

フルハウとミュラーは馬に乗り、リューゲン島を六日間縦横無尽に廻った。いわゆる観光名所巡りではなく、横道にそれた場所や隠れ家的な所を探して自由に旅したいというミュラーの「ロマンチックな旅人」の想いに沿った。冷たいバルト海に入り荒波にもまれる海水浴も楽しんだ。

この滞在から「リューゲン島の貝殻」と題され、最終的には一五篇となった詩が生まれた。島の風物や風習を題材とした詩で、註も付けられた。その中で後にハイネやフェルディナント・フライリグラートにも引用されたのは、ある時突然村や町が海底に沈んだという伝説を歌っている「ヴィレタ」という詩である。付曲もされ、後々まで歌われた。

深い　深い　海底から
夕べの鐘が　鈍く　か細く　響いて

34　リューゲン島の白亜岩
フリードリヒの描く人物は皆、後ろ姿である

いにしえの美しい魔法の都の
不可思議を我らに伝えてくれる

満ち潮のふところに沈んで
廃墟は水底にじっと佇んだ
錫製食器は火花のような金色の光を
鏡に反射させる

そして　明るい夕焼けの中に
その魔法の微光を一度でも目にした舟人は
あたりの岩礁に脅かされても
いつもその場所を求めて舟を漕ぐ

心の　深い　深い　奥底から
鈍くか細く　鐘の音のように　私の耳に届いてくるものがある
ああ　その響きは　その響きを愛した愛の
不可思議を知らせる

美しい世界がそこに沈んでいる
廃墟は水底にずっと立っている
天上の金色の閃光となって
私の夢の鏡にしばしばその姿を現す

すると私はその海底に潜りたい
その反映の中に我が身を沈めたい
するといにしえの魔法の都へと
天使が私を呼んでいるような気がする

フランツェンスバート

次の旅は一八二六年のフランツェンスバートへの湯治だった。二月に子供たちから感染した百日咳がなかなか治らなかった。それを知った大公はその夏、ルイジウム離宮の庭園内にある大公用の夏の家を提供してくれた。ミュラーはその栄誉と快適な生活を享受した。

因みに、ミュラーの肖像画として今日まで広く流通している肖像画はこのルイジウム離宮滞在中のものである。* 肖像画家フランツ・キューレン制作の鉛筆画は、非常に美しい。写真のまだない時代、

35　右：キューレンの描いた肖像画がその後ミュラー像として定着した
36　左：ヘンゼルの描いたミュラー。肖像画のうち多分一番若い時のもの

有名人のみならず、裕福な市民も肖像画を描かせた。肖像画家は、実際の顔を描きながら、そこにその人の業績、人柄などを美化して盛り込むことに心を砕いた。

＊ Michels: Wilhelm Müller. Eine Lebensreise, S.120ff

ミュラーの肖像画はそれ以外にもいくつか残されている。一八一七年に友人ヴィルヘルム・ヘンゼルの描いた鉛筆画や、その翌年学術研究旅行中ウィーンで知り合いローマまで同行した画家ユリウス・シュノルのもの（やはり鉛筆画、三二頁参照）は、まだ前途の見えない学生時代の顔である。一八二六年、キュレーンのミュラーは、口髭がなくなり、髪は巻き毛で、立襟をきちんと立てて仕立ての良い上着を着ている。ミュラーはすでに若い父親で、妻は名門の娘で、詩人としての名声も得、しかるべき社会的上昇を果たしていた。一八二六年にはミュラーはすでに眼鏡をかけていたが、キュレーンの絵に眼鏡は描かれていない。その後ミュラーの死後、妻アーデルハイトの依頼により制作され、グスタフ・シュヴァープ編の選集にも載った銅版画もまたその後建立された銅像もみなキュレーンに範をとったミュラーの顔、ミュラーの姿となった。

37 右：アーデルハイトと彼女の実家の意向に沿って描かれたミュラー像
38 左：理想化されない晩年の顔が描かれている肖像

これらの肖像画の他に油絵のミュラー像が存在する。ミュラーの死後に制作されたものと推測されるが、そこには画家のサインがなく、成立年も不明ながら、晩年のミュラーの疲労感漂う姿をより写実的に捉えている。*

* Meltzner: Wilhelm Müller im Portrait, S.125-137

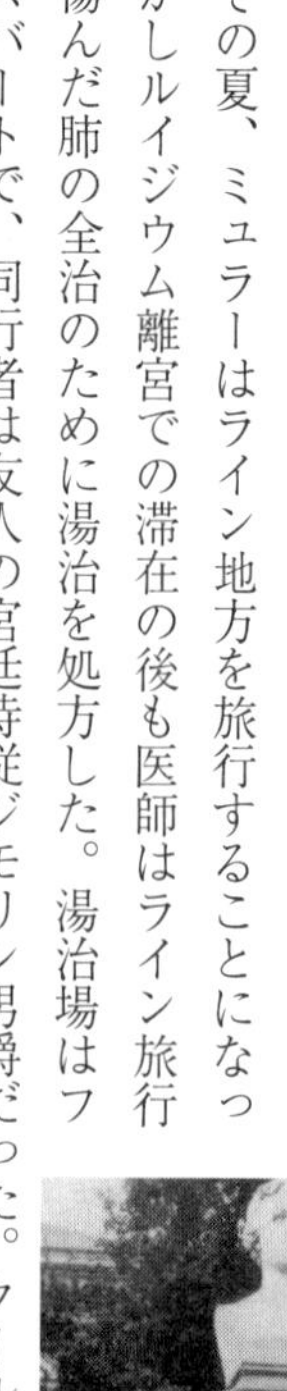

予定ではその夏、ミュラーはライン地方を旅行することになっていた。しかしルイジウム離宮での滞在の後も医師はライン旅行を許さず、傷んだ肺の全治のために湯治を処方した。湯治場はフランツェンスバートで、同行者は友人の宮廷侍従ジモリン男爵だった。クールラント出身の貴族で、幼い頃の何年かをデッサウで過ごしたジモリンは、ミュラーの妻アーデルハイトの幼馴染でもあったが、後ミュラーとも親しくなった。

39　現在はデッサウの市立公園に置かれているミュラーの胸像

フランツェンスバートはカールスバードやマリーエンバートと並んで貴族や文化人の訪れるボヘミアの瀟洒な療養地であり、湯治場である。ミュラーは浮き浮きと旅立った。妻には「旅に対しぼくは生まれつきとても幸運にできている。馬車に坐り町を出るや否や、若造みたいな単純爽快な気分になれる。残してきたものはそれでよし、そこに残っている。でもぼくの心がはずんでくると、それも一緒に楽しいステップを踏むんだよ」（一八二六年七月）とも「ぼくの健康状態は正真正銘すばらしい。フランツェンスバードは奇跡をもたらした」（一八二六年八月十日）とも書き送った。

湯治治療の三週間のスケジュールは厳しかったが、ミュラーはそれを守った。しかし粋人の男爵に誘われ、療養地のお楽しみの数々も味わった。上流階級の振る舞いや意識を磨いた。

帰途はヴンジーデル（ジャン・パウルの生地）、バイロイト（ジャン・パウルの墓）、ニュルンベルク、ルードルシュタット、ワイマル等を経由して知人友人の元に立ち寄った。「良い仲間、良い酒、良い料理」を堪能したが、はめを外すということはなかった。ワイマルではゲーテを訪ねた。

この旅からは一三篇の詩から成る「エガー郊外フランツェンスバートの歌 Lieder aus Franzensbad bei Eger」と旅行記「ヴンジーデルからバイロイトへの旅 Reise von Wunsiedel nach Bayreuth」が生まれた。ジャン・パウルは当時のドイツ文壇におけるシュトゥルム・ウント・ドラングや古典主義、ロマン主義いずれとも距離を置き、独自の文学世界を作り上げた作家であったが、前年一八二五年十一月に亡くなった。ミュラーはヴンジーデルを経由してバイロイトに行き、墓参りをし、ジャン・パウルが生前よく通っていたレストラン〈ロルベンツェライ〉を訪ね、女将ロルベンツェルから彼のことを聞き出し、その旅行記に綴った。

最期の旅

最後の長旅となったのは、一八二七年夏のライン河畔旅行だった。健康状態は深刻なものになっていた。医師はまた湯治を勧めたが、ミュラーはどうしてもラインの旅に出る、それが保養の旅だと意志を通した。ライン旅行は少年時代からの夢だったが、それまでは仕事と健康上の理由で実現できなかった。

今回の旅の道連れは妻アーデルハイトだった。

七月三十一日から九月二十五日まで続いた長旅では毎日日記がつけられた。全集に「一八二七年ライン旅日録」と題して収められているその日記は、ミュラーが書いた日もアーデルハイトが書いた日もあったが、どこを見たか、何をしたか、どんな印象を受けたか、誰と会ったか、何を食べたか、馬車の出発時刻、到着時刻が備忘録のように記されている。後の作品の資料とすることも念頭に置かれていたと思われる。大学時代を除いては、自分の生活を記すことがなかったミュラーであるが、この旅日記からは彼と彼らの生活と感情を垣間見ることができる。

文通でのみの付き合いだった文学関係者ともこの旅で初めて会えたのは大きな収穫だった。才気に満ちた人々との面談と会食は、彼ら二人に大きな喜びを与えた。

その意味ではこの旅は特に精神の「保養の旅」と呼べるかも知れないが、それ以外では、よくぞのような過酷な旅ができたものだという、想像を絶するような旅である。「保養の旅」とはほど遠い。まず初日の七月三十一日。朝の四時にデッサウを発ち、ライプツィヒ到着は午後二時。ホテルに宿を取った後、夜はオペラ「後宮からの誘拐」を鑑賞。

翌八月一日。弁護士リヒター家での昼食、夜七時の急行郵便馬車でライプツィヒを発ち、ナウムブルクの近くでの四時間休憩をはさみ、目的地フランクフルト到着は翌々日の八月三日夜八時。八月四日。午前中（小説家でもある）実業家デーリングを訪ねる。午後フランクフルト市内散策。ヒルシュグラーベンのゲーテの家見学。夜レストランで侍従ジモリンと会う。

そんな風に来る日も来る日も旅が続けられたのである。滞在はつかの間の一日か二日で次の目的地に向かう。フランクフルトの次はケルン、リューダースハイム、コプレンツ、ビースバーデン、ハイデルベルク、カールスルーエ、バーデンバーデン、シュトラースブルク、シュトゥットガルト、ヴァインスベルク、ヴュルツブルク、ワイマルを経てライプツィヒ、そしてデッサウに戻った。

馬車の旅は、狭い空間に、見ず知らずの人々と同席し、何時間もガタガタと揺られる。朝は暗いうちに出発し（馬車には郵便馬車、急行郵便馬車、特別郵便馬車、乗合馬車、貸し切り馬車、辻馬車、個人の馬車等があった）、やっと目的地に到着して、宿を探す。シュトゥットガルトではシュヴァープ、ウーラント、ハウフら同僚ともいうべき作家たちに会い、ヴァインスベルクではケルナー、ワイマルではゲーテに会っているが、その他、その土地、土地で会った人、名前が挙がっている人の数はなんと九〇名にも上る。旅の間も百科事典関連の仕事を続けている。

40 シュトゥットガルトのフリードリヒ広場。市の立つ日の賑わい

旅に出る前の何週間も病気だったミュラーはどうやってこの旅に耐えたのだろうか。日記の記載によれば、耐えたというのは不適切な表現で、彼らはこの上なく楽しんだ。友人と散歩したり、ロバに乗ったり、ボートを漕いだり、水浴びをしたと綴られている。そして美酒をたしなみ、食事を楽しんだ。アーデルハイトは飲み過ぎることがよくあって、夫から叱られることもあったが、二人はたいていほろ酔い加減で宿に戻った。

それでもアーデルハイトが風邪をひいてシュトゥットガルトには六日間留まることになったという予定変更もあった。しかし旅日記を読

む限り、全体としてはミュラーにとって、また二人にとっても、この旅は楽しい旅、元気な旅であったということになる。

だがシュヴァープは彼の「ミュラー伝」に全く別のことを書いている。

ミュラーとシュヴァープはこのシュトゥットガルトでの再会の一二年前にベルリンでフケーと一緒に一度だけ会っている。会ったのはその一度で、二人は詩人として互いに書評を書き合う付き合いをしていた。しかしそれが友情に発展したのはシュトゥットガルトの再会でじっくりと話を交わしてからのことで、彼がミュラーの死後著作集を編纂することになったのも、この友情に負っている。*

* ミュラーとシュヴァープの関係については以下に詳しい Leister: Wilhelm Müller und Gustav Schwab, S.9-32

［……］九月四日の早朝、まさかこの時間にとは思っていなかったのであるが、朝食中の部屋に彼が現れた。美しくはあるが、蒼ざめて、病的なその顔は、私が一二年間抱いてきた若々しい容貌とは結び付かなかった。誰だか分かるまでに数秒を要した。私は悲痛な気持ちを抑えなければならず、おずおずしながら対応した。しかし彼の爽やかな精神と、陽気で愛らしい奥さんが、そんな私の不安をすぐに吹き消してくれた。

日記最後の記載は旅の最終日九月二十五日でごく簡単に「ライプツィヒ発午前九時すぎ。デッサウに着いたのは夜九時だった」となっている。
しかしライプツィヒに着いた二十三日の夜は「オベロン」を見に行った。二十四日にはブロックハウスやヴェント等との会食があった。最後まで活動的だった。
デッサウに戻って五日後、九月三十日夜半に亡くなった。

旅日記が粉飾されたものとは考えられない。しかし謎に満ちた旅である。
領主は彼に無期限の休暇を与えた。無期限の休暇という寛大な措置はどのような時に出されるのだろうか。

妻アーデルハイトは二人の幼子を親戚に預けて夫に同行した。三歳と四歳の子を預けて母親が八週間の旅をするというのは不自然ではないか。

旅に出る前の春、ミュラーは床に伏していなければならないことがよくあった。胸苦しさ、不定愁訴、胃腸障害、リュウマチ等の症状があった。医師の勧める再度の温泉療法を拒み「ライン旅行」に拘泥する患者に対し、医師は、デッサウのエッガー泉の水を飲むことと、「ライン旅行」を温泉療法後の保養療法とする処方を出した。しかし医師として普通そんな旅を許すものだろうか。

浮かび上がるひとつの疑惑。ミュラーは死に至る病を患っていると人々が信じていたのではないか。だから人々は彼の最後の願い「ライン旅行」を叶えてやろうとしたのではないか。
シュトゥットガルトで再会した詩人たちは、シュヴァープのみならずウーランドもケルナーもミュラーに死の影を見ていた。

ミュラー自身も何かを予感していたのかも知れない。だからどんな無理をしても「ライン旅行」を遂行しようとしたのではないか。

すべてが推測、憶測、謎である。

ミュラーの旅は終わった。

数奇な運命に弄ばれた詩人ではなかった。創作の世界では市民的価値観に抗議の声は挙げても、私生活では放埓な行いもなく「道徳的に正しい」安定した家族生活を維持した「普通の人」だった。眼鏡嫌いのゲーテの酷評などごく僅かな例外はあるにしても、誰にも愛され、慕われる人だった。*

＊ミュラーの人柄と彼を知る人々の好意的な評価についてはMichels (Hrsg.): Wilhelm Müller. Eine Lebensreise, S.11

才能はあったに違いないが、真正な労苦を重ねた。過去の巨匠たちの作品を研究、借用し、今の社会の情景に大胆に置き換えた。大きく変動する世にあって、向上心、野心に溢れた若者だった。文学の力、言葉の力を信じていた。個人的なものであれ、政治的なものであれ、他者からの束縛に対しては断固として戦う意志を示したが、適応を厭わず、というよりも適応の努力を続け、人生を享受しようとした。労苦の積み重ねと精進からは時代の先端を行く作品が生まれたが、同時代人からの評価は、それらの作品には向けられなかった。だが彼の詩は民謡になり、詠み人知らずの如き歌となり、死後二〇〇年を経てた今も、人々に、それも世界中の人々に口ずさまれている。

一流詩人、二流詩人というランク付けに何の意味があるのだろうか。

ゲーテとミュラー

ミュラーが生まれた時ゲーテはすでに四十五歳で、文学界に確固たる地位を築いていた。長じて読書をするようになってからは、他の詩人や作家に比べ、ミュラーにとって、ゲーテの存在はとりわけ大きなものであったに違いない。最初の詩集を出版すると、ゲーテに送った。翻訳書クリスファー・マーロウの『ファウスト博士』も署名してゲーテの元に届けられた。『旅する角笛吹き七七篇遺稿詩集』には初めて手紙を付けてゲーテに送った。ゲーテに対する深い敬愛の念を強調し、非才にもかかわらずこのような試みをすることをご容赦下さいという非常に敬虔な手紙だった。巨匠からの返事はなかった。

ミュラーは多くの詩人たちに範を取り、借用も多い。ゲーテからのインスピレーションや借用はもちろんのこと。特に『美しき水車屋の娘』ではゲーテの先行作品に範を取っている。自身の感情を自然に投影して描写するという技法はゲーテの『若きウェルテルの悩み』以来多くの作家に使われたが、『冬の旅』にはそれが素朴で具体的に、表現力豊かに多用されている。

しかしミュラーは先人の作品から学ぶだけではなかった。学びの途上、不審に思われる点を見つけると、それを指摘した。たとえそれが大家のものであったにしてもである。ゲーテに対してもそれを行った。ゲーテが訳し「芸術と古代（Über Kunst und Altertum）」誌に載った二、三篇の現代ギリシャ民謡の翻訳が、現代ギリシャ語の知識を欠いた訳であるとハレの「アルゲマイネ　ツァイトゥング」で書評したことは本書Ⅱの第四章「ギリシャの旅」で述べた。そしてミュラーの「ギリシャ人の歌」をゲーテが酷評したことも前述の通りである。

ミュラーはゲーテを二回訪問している。最初は一八二六年、ジモリン男爵と共に行ったフランツェンスバートへの湯治の旅の帰り、足を伸ばして知人、友人のところに立ち寄ったが、その折ワイマルにゲーテを訪ねた。義父バセドゥの紹介状をもらっていた。妻アーデルハイトに八月二十六日の手紙でその模様を伝えている。

　木曜日の昼に僕たちはその老人と話し、今晩彼のところに招待された。君の夫はここで機嫌よく迎え入れられ、讃辞や敬意表明やあれこれへのお誘いを受けた。それから、デッサウの方がまだ救いがあるという話になり、それは〈預言者は故郷にも、また居住地にも、受け入れられない〉という古い格言がここでは偉大なゲーテにもあてはまるという話なのだが、それについてはあとで話す。なぜかと言うとワイマルは素晴らしい所だが、悪い面についてはデッサウよりもっと悪い。特に派閥と陰口はデッサウよりもっと酷く、新参者が道を切り開いて行くのは大変らしい。［……］

　ゲーテについては何と言ったらいいのだろうか。とても親切だったけれど、初めて会った人とはそういうものであるように、ちょっとぎこちなく、いくらか当惑した風で、自分で話すより、ぼくに多くを話させることになった。

後にゲーテはミュラーの訪問について述べている。

彼は不愉快だ。自惚れているばかりではなく、眼鏡をかけている。眼鏡は私にはこの上なく我慢ならぬ代物だ。[*]

＊ Borries: Wilhelm Müller, S.250

ミュラーは百科事典を初めとする根を詰める仕事で、すでに視力が弱っていた。そして多分ゲーテの眼鏡嫌いについて知らなかった。ゲーテはミュラーが書いた彼の現代ギリシャ民謡の翻訳についての批判を読んで、快く思っていなかったのかもしれない。いずれにせよミュラーはことのほか向こう見ずで自信たっぷりに振舞ったようである。

二度目は翌年、ライン河畔への長旅の帰途でのことで、妻アーデルハイトも一緒だった。旅日記によると九月二十一日の午前中短い訪問だったようである。「話題はほとんど自分たちの旅についてだった」との記述があるのみである。ミュラーの死の九日前。疲労困憊したミュラーの印象はよくなかったに違いない。

エッカーマンの『ゲーテとの対話』一八二七年九月二十四日の項には、その際のゲーテのミュラーの文学作品に対する評価からはじまり、ゲーテ言うところの「病院文学」を書くロマン派詩人一般への批判が綴られている。

ある有名なドイツの詩人が先日ワイマルを通り、ゲーテに自分の記念帖を渡していったそうだ。『それにはどんな弱々しいことが書かれているか、君には信じられないだろうね』とゲーテは言った、『詩人たちはみんな、まるで自分たちは病人で、世界全体が病院であるみたいに書いているのだ。彼らはみんなこの世の悩みとか苦しみ、あの世の喜びを語っている。もともと誰でも不満を抱いているのに、その上他人をそそのかして不満をつのらせるのだ。これこそまさに詩の濫用だ。詩は本来人生の些細ないざこざをなだめて、人びとが世界や自分の境遇に満足するように仕向けるために与えられているのだ。ところが今の世代は、本当の力をすべて恐れ、弱々しいものに惹かれる場合だけに、情緒豊かで詩的な気分になる』*

＊　エッカーマン：ゲーテとの対話（上）三四一、三四二頁

自分の記念帖というのは再版された『角笛吹き』のことであろうか。この時も最初の訪問時と同様、ゲーテはあまり喋らず、ミュラーに話させていたようだが、エッカーマンが相手となるとゲーテは饒舌である。一七九二年生まれのヨハン・ペーター・エッカーマンはミュラーの二歳上で年齢が近いだけでなく、貧しい出自ということも共通していた。しかし徹頭徹尾ゲーテに恭順なエッカーマンとは全く異なり、ミュラーはゲーテを崇めてはいるものの、隙あらば帝王を玉座から引きずり下ろしたいとでもいうような若者の野心があった。

ただゲーテもミュラーを評価したこともあったのは「イタリアの旅」の章で既述したが、ミュラーの死後のことだった。

ミュラーはゲーテに認められたかった。しかし彼に心酔していたとは言えない。彼がそんな作家になりたいと思っていたのはティークだった。ティークと知り合ったのは一八二〇年の夏のことだったが、以来彼の元に通い、友人関係と呼び得る繋がりを築いた。『旅する角笛吹きの七七篇遺稿詩集』はティークに捧げられた。晩年広い家に住むようになると、ティークのようにサロンを開いた。しかし目につくのは、ミュラーの、自分が信奉する人は、自分のことをも高く評価してくれている、という思い込みである。ゲーテとの会談での二人の持った印象が違うように、ティークの場合もミュラーは彼が思っているほどはティークから評価されていなかったらしいというのが、二人を知る文学関係者の証言である。[*]

* Borries: Wilhelm Müller, S.102ff

先般引用したハインリッヒ・ハイネの手紙は以下のように結ばれている。

［……］どうぞ私の言っていることをよくお考えください、私の信頼を決して疑わないでください、そして共に努力して一緒に歳を重ねましょう。私は自惚れの強い男なので、私の名前は、もう私たちがこの世に存在しなくなった後も、貴方の名前と共に呼ばれるものと信じています。――だからこの世でも私たちは愛で結ばれていましょう。私はこの手紙をもう一度読み直したりしません。貴方のことを思いながら、急いで筆を進めました。私は、言い過ぎたか、言い足りなかったか、などと思い煩う必要がないほど貴方のことが好きなのです。ハイネ拝*

＊　Heinrich Heine: Werke und Briefe. Bd.8　S.239

一八二六年六月七日ハンブルクで書かれたハイネの予言は当たらなかった。ハイネは生き続け、ミュラーは忘却の詩人となった。しかし全く忘れ去られたというわけではなく、記憶に留めようとする試みが脈々と続いてはいた。

一　シュヴァーブ「ミュラー伝」の功罪

ヴィルヘルム・ミュラーの生い立ちを記した最初の伝記はグスタフ・ベンヤミン・シュヴァーブ（一七九二～一八五八）による。シュヴァーブは二十三歳の時、北ドイツへの旅をし、ベルリンの酒場で初めてミュラーと知り合った。二歳下のミュラーはまだ学生だったが、共に詩を書き、ギリシャ古典、ドイツ中世文学、一七世紀のドイツ文学に共通の関心がある文学の友であることが分かった。その後、二人は書評で互いの作品を取り上げ、賞讃し、また忌憚なく批判した。一七世紀のドイツ文学に関しては叢書発行につき互いに援助しあった。しかし真の友情に発展したのはミュラーが最後の旅の途上シュヴァーブ家に滞在した時だった。ミュラーの死の三年後、一八三〇年には既にシュヴァープ篇の『ミュラー著作集』全五巻が出版されたのも、友情の証と言える。著作集の巻頭にはシュヴァープによるミュラーの略伝が置かれた。シュヴァーブはミュラーの妻、ミュラー夫妻共通の友人、ミュラーと親交のあった詩人らからの話を基にミュラーの生涯を記述した。* そこには「ミュラーは信じられないほど軽々と書いた。絶え間なく書き続けたり、根を詰めたりすることは全くなかった。短い人生でありながら書いた物の量があまりに多いことから、無理が祟って早すぎる死を招いたと考えるのは正しくない。彼は一日平均四、五時間以上書くことはなかったが、それも高等学校の上級クラスでの毎日二時間の授業に妨げられた。夜仕事をすることは全くなく、一日中仕事から離れて仲間たちと過ごすのを楽しむこともよくあった。特に散歩が好きで、生地でもある牧歌的な自然に囲まれた町でこの上なく美しい歌が書かれたのである」と述べられているが、ミュラーの人生、生活、創作活動に対するこの解説には唖然とする。

＊ Gustav Schwab: Wilhelm Müllers Leben, In: Vermischte Schriften von Wilhelm Müller, hrsg. und mit einer Biographie Müllers begleitet von Gustav Schwab, 5 Bde., Leipzig 1830, Bd.1, S.XVII- LXIII.

ミュラーは短い生涯を疾走した。ゆったりとしたヴァンデルン（逍遥）ではなかった。しかし疾走しながら目にしたものを、ヴァンデルンしながら目にした、というような調子で、ゆったりとしかし簡潔に書き留めたのは確かである。だがミュラーがどんなに無理を重ねて仕事を続けたかは、ブロックハウスとの文通を見るまでもなく、近親者や同業者には明らかなはずである。それなのになぜこのような「ミュラー伝説」が仕立てあげられたのか。

シュヴァープが「ミュラー伝」を書くにあたり、ミュラーの妻アーデルハイトから聞いた話はまた、シュヴァープが描きたいミュラー像と合致するものであったにちがいない。「ミュラーは過労死した」ということになれば、彼女や彼女の家族、そして親しい友人たちの目から見ると、ミュラーにとっての許し難い汚点となると考えられたらしい。金銭的困窮や虚栄心や野心からの働きすぎは、バセドゥ家やその周辺の人々には人聞きの良くないことであったのであろう。

ここで作られた「幸運な天才的作家」というのはその時代の理想でもあった。しかし人生を謳歌しながら軽々と創作するという詩人像は、二〇世紀になると、軽さ、さらには軽率さと解釈されて、浅薄な詩人というミュラー像が広まり、一九八〇年代までのミュラー受容史に大きな影響を与えた。

政治的なテーマを扱った詩歌が時代の変化と共に忘れ去られていくのは、「ギリシャ人の歌」のみならず、フランスの詩人ベランジェの例でも見てきた通りである。しかし時代と共に変化するのは文学の題材への興味だけではなく、その文学の生みの親である作家に対する読者の好みや期待もそれに数えられる。時代は理想とする、あるいは愛好する作家像を持つ。冒険と放浪の旅を重ねた、過酷な運命に弄ばれた、といった作家の履歴への関心がまずあって、そこから作品が読まれる、あるいは時代を隔てて再読されるのはよくあることである。シュヴァープのミュラーに対する敬愛により作られた「幸福な天才作家」としてのミュラー像は、時代の変化とともに貶められ、ミュラーに貼られることになる「二流詩人」というレッテルのもとになったと考えられる。

二　息子マックス・ミュラーの残したもの

ミュラーの息子フリードリッヒ・マックス・ミュラー（一八二三〜一九〇〇）が父の死に遭遇した時彼はまだ四歳になっていなかった。一八六八年、四十五歳の時（この年彼はオックスフォード大学の教授となった）、父の詩集を出版し、そこに略伝も書いた。また『ドイツ人名録』（ADB）にもヴィルヘルム・ミュラーについてかなり長い記事を書いた。これは一八八三年以降の執筆と見られる。

マックスによる父の略伝は、彼独自の筆によるものであると述べられてはいるが、シュヴァープのミュラー伝から多くをとり、そこに母から聞いた父のこと、父自身がブロックハウスの百科事典に書いたもの、親しかった友人たちの記憶に基づくもの等を加えている。ミュラーの兄弟の数も、母の死亡年も後の調査の数字とは異なる（母の死後ほどなくして父は再婚したため、世間体をはばかって改竄されたと解釈されている）。また、官能的な表現や、ミュラーの死や埋葬の模様は削除されている。その他にも、家族や友人の証言が、公文書の記録とは違っていたり、ミュラーの書いた手紙の内容と異なったりしている箇所は少なくない。作品の紹介、解釈も中庸を旨とし、「ギリシャ人の歌」は政治的というよりも、人間的なものであるとされている。

マックスには理想とする父親像があったし、妻アーデルハイトも夫に対する理想像への執着と個人情報を守ろうとする固い意志があったと推測される。日記や手紙が公にされたのは、マックスの死後のことだったが、その理想像からはずれた箇所は、手を入れて判読不能にされたり、破り取られたりしていた。

それ故、父の伝記執筆者として、また遺稿の管理者としてのマックスの評判は何とも芳しくない。

マックス・ミュラーはドイツに生まれ、イギリスに帰化したインド学者（サンスクリット文献学者）、東洋学者、比較言語学者、比較宗教学者、仏教学者だった。オックスフォード大学を一八七五年に退官してからも、東方聖書（東方聖典叢書）五一巻の編集刊行を一五年かけて完成させるなど多忙な日々の中、イギリスから故郷ドイツを度々訪問し、父ヴィルヘルム・ミュラー関連の催しに参加したり、研究者たちと連帯したりしている。大学在職中も母アーデルハイトや姉アウグステをしばしば訪ね、彼らへの深い情愛を示していることからも、ドイツと家族の結びつきを非常に大切にしていたことが伺える。

今日、外国に置かれたドイツ語学習のための機関はどこでも「ゲーテ・インスティテュート」と称されているが、インドではゲーテではなく、マックス・ミュラーの名が冠されているという。マックス・ミュラーは日本でも、彼の元で学んだ日本人、南条文雄、笠原研寿、高楠順次郎らの帰国後の活動を通し、宗教学やインド倫理学関連の高名な学者として知られている。が、日本のドイツ文学界でも一時期彼の本が読まれた。ただしマックス・ミュラーの専門とした分野の本ではなく、彼の小説である。何と彼は小説も書いているのである。自伝も書いたが、未完に終わった。* 父ヴィルヘルム・ミュラーの作品が日本で単行本として独自に翻訳出版されることがなかったことからすると皮肉な現象である。

* 但しマックス・ミュラーの死後、自伝は彼の息子により、また書簡や遺稿が妻ジョージナにより出版され、後者は和訳された。マックス・ミュラー『人生の夜明け』津城寛文訳　春秋社　二〇〇三

マックスの小説は「ドイツ人の愛――あるよそ者の書より」(Deutsche Liebe – Aus den Papieren eines Fremdlings) と題された、作者の子供時代の体験に基づく愛についての物語である。一八五七年ドイツで出版され、マックスがドイツ語で書いた唯一の本であるが、その後英訳もされた。相良守峯の訳者解説によると、この小説は「ゲルマンの詩魂を父とし、古代インドの叡智を母として生まれた愛児」* である。

＊　相良守峯訳『愛は永遠に』一一四〜一一六頁

和訳は二〇世紀初頭から何回かなされた。＊一九五〇年には相良守峯訳の『独逸人の愛』が『愛は永遠に』と改題され角川文庫から出版され、七〇年代まで読み続けられた。『独逸人の愛』は韓国でもドイツ文学関係の本としては一時期最も読まれた本であったと言う。

＊　『マリア姫』本間久四郎訳　文録堂書店　一九〇八、『独逸人の愛』相良守峯訳　太陽出版社　一九四四、『愛は永遠に』相良守峯訳　角川書店一九五〇、相良守峯編註の教科書版『独逸人の愛』郁文堂　一九二九、研究社　一九四三

日本での『独逸人の愛』の受容については「日本におけるヴィルヘルム・ミュラー」の項で述べたい。

三　アメリカのヴィルヘルム・ミュラー研究

ヴィルヘルム・ミュラー研究はアメリカで始まった。一八二七年のミュラーの死後、シュヴァーブやマックス・ミュラーによる出版を除くと、一九七〇年代までのミュラー関連の研究の多くはほとんどアメリカで、アメリカ人によりなされている。＊アメリカでのヴィルヘルム・ミュラーに対する関心がなかったら、彼はもっと深い忘却の淵に沈んでいただろうと思われる。しかしなぜアメリカなのか。一九〇〇年初頭多くのドイツ人がアメリカに移住したからだと聞いたことがある。しかしそれは事実

ではなかった。

＊ Baumann: Auf den Spuren Wilhelm Müllers, S.352-356

文学作品の受容とは、不思議な巡り合わせが重なって、作者や作品を支えているのだと痛感させられるのが、アメリカの独文学者セシリア・クローリー・バウマンの一九九四年ベルリンで開催された「第一回国際ヴィルヘルム・ミュラー会議」での発表である。[*] その記述から〈奇なる事実〉をたどってみたい。

＊ Ebd.: Auf den Spuren Wilhelm Müllers, S.343-356

なぜバウマンがミュラー研究者となったか。

その発端は、なんとオーボエだった！　彼女は子供の時からオーボエを吹き、大学ではオーボエを専攻した。そして卒業論文は「ロマン派における文学的シンボルとしての角笛」という題でロマン派の作家、アイヒェンドルフに重点を置いて書いた。一九六四年から六五年のことである。その後図書館で偶然にミュラーの詩集『旅する角笛吹きの七七篇遺稿詩集』を見つけた。そしてその二年後ノースウエスタン大学でドイツ文学を専攻することになり博士論文のテーマを探した。その大学の初代のドイツ文学科長はジェームズ・タフト・ハトフィールド（一八七一～一九三七）で、彼はそれまで日の目を見ることのなかったミュラーの作品や書簡を世に出した人だった。そして多くのミュラー関連資料をノースウエスタン大学図書館に寄贈していた。

バウマンはそれらの資料を基にミュラーに関する博士論文を書いた。そしてその後もミュラー研究を続け、一九八一年従来の誤りを正したミュラー伝出版に至った。*

* Baumann,Cecilia C.: Wilhelm Müller. The Poet of the Schubert Song Cycles: His Life and Works. Pennsylvania State University, 1981

ちなみにアメリカではミュラーの詩歌が好まれ、すでに一八〇〇年代にミュラーの詩が英訳されたり、引用されたり、ミュラーの略歴の紹介もされていた。そして一九〇〇年代には多くの翻訳や研究が出たが、ハトフィールドからバウマンに至るまで彼らは誰もドイツ系アメリカ人ではなかった。(しかしドイツ系アメリカ人はヴィルヘルム・ミュラーを誇りにしていた。一八八三年のドイツからの移民二〇〇周年記念には、ヴィルヘルム・ミュラーの代理として息子マックスが招待された)。

だがなぜハトフィールドがミュラー関連資料を多く持っていたのか。なぜ彼がミュラー研究者として重要な人物となったのか。

その発端はなんとサンスクリットだった! 彼は一八八三年に中国、日本、インドを巡る一〇カ月の旅をしたが、その間六カ月でサンスクリットをマスターした。アメリカに戻りラテン語で博士号を取得した後もずっとサンスクリットの勉学は続けた。一八九〇年ボン大学でドイツ文学を学び、ゲーテ、シラー、フェリックス・ダーン、ウーラント、ツンツェンドルフなどに関する論考と並んで、一八九五年と九八年に二本のヴィルヘルム・ミュラーに関する論文を発表している。

ハトフィールドとマックス・ミュラーの最初の出会いがどこであったかは定かでないが、二人ともサンスクリットに関わっていたし、オリエントソサイエティの会員だった。ハトフィールドはオックスフォードでマックス・ミュラーと彼の英国人の妻ジョージナに会っている。マックス・ミュラーは一八九八年にシカゴのサンスクリット会議にも参加している。ジョージナも同行していた。シカゴ大学にはフィリップ・スカイラー・アレン（一八七一〜一九三七）という一九世紀末からミュラーについて論文や博士論文を書いていたミュラー研究者がいた。アレンは言語学者としても名を成したが、ハトフィールドとも親しい関係にあった。彼らはサンスクリット会議の後、シカゴのジャーマンクラブで、マックス・ミュラー夫妻と会い、共にヴィルヘルム・ミュラーについても話したにちがいない。

一九〇〇年のマックス・ミュラー没後ほどなく、彼の妻ジョージナ・ミュラーからハトフィールドのもとにヴィルヘルム・ミュラーの未発表の遺稿が送られてきた。この遺稿がその後のミュラー研究の礎となった。

ハトフィールドは遺稿を基にアレンと共にミュラーが解放戦争中ブリュッセルで書いたソネット（一九〇二）や日記と手紙（一九〇三）を出版し、その後一九〇六年にライプツィヒで正書法をはじめミュラーの原典に忠実な詩集を出したが、序文にはミュラーの小伝も添えた。

また文芸評論家としてのミュラーの業績を掘り起こすために大きな貢献をしたのもハトフィールドだった。すでに一九世紀末からブロックハウス社とコンタクトを取り、何度もブロックハウス社を訪れ、ミュラーとブロックハウス父子の文通の公開依頼をした。ブロックハウス社は長年にわたりすげない返事を繰り返していたが、ようやく一九二七年、ミュラー没後百周年の年にそれは出版された。*

* Lohre (Hrsg.) : Wilhelm Müller als Kritiker und Erzähler.

ハトフィールドとアレンの学生、そしてそのまた学生たちからミュラー関連の修士論文、博士論文が生まれ、アメリカのドイツ文学でのミュラー受容は間断なく続けられた。

四　遺稿の旅

ヴィルヘルム・ミュラーの死後彼の妻、アーデルハイトは二人の子供を連れて、実家に帰った。しかし二、三年後にはそこを出て、小さな質素な家に住んだという。そしてその後、息子マックスがライプツィヒ大学に入学すると、彼女もライプツィヒに引っ越した。マックスがオックスフォードに移住する前も移住後もアーデルハイトは居を移し、オックスフォードに長期滞在したことも、娘の嫁いだ町ケムニッツに住んだこともあった。

遺稿がアーデルハイトの何度かの引っ越しの後、いつマックス・ミュラーの住むオックスフォードに渡ったかは定かでないが、ある期間はオックスフォードに置かれていた。

しかしマックスの生存中は、公にされることがなかった。というよりも、マックスは原稿を見せて欲しいというハトフィールドとアレンの依頼に対し「父の書庫は全焼した」という、事実と異なる返事を書いていた。

マックスの没後、「ベルリン日記」や未発表の詩は先述の通り、彼の妻によりアメリカに渡った。没後一〇〇周年記念の一九二七年には遺族によりそれまで出されなかった原稿（「ラインの旅日録」等）がデッサウに送られた。

それらの散逸した遺稿の他、生地デッサウで集められた遺品なども含めてのカタログ化がなされたのは、生誕二〇〇周年記念の一九九四年のことである。

以来、その遺稿たちはデッサウの州立中央図書館とその分館に安らいでいる。

だがなぜマックスは遺稿の公開を拒んだのだろうか。

ミュラー研究者たちにより長年の間推測されてきたその理由のキーワードは〈保身〉であった。イギリスの貴族社会に地位を得たマックスは父の出自と素朴な民謡詩人という事実を隠しておきたかった。さらには自由主義的な世界観を持つ父の子であることも、彼の英国での待遇に不利益をもたらすと懸念された等。

バウマンはそれに対して異議を唱えている。マックスには父の遺稿と向き合う「暇がなかった」というものである。マックス自身の遺稿も、東方聖書に関連するものだけではもちろんなく、膨大で、今日でもまだ全部は整理されてはいないという。父ヴィルヘルムはほとんど突然死であり、彼の原稿の類は整理されることなく必要に応じて取り出され、目が通されていたに違いない。整理にはエネルギーと時間が必要である、マックスは非常に〈人間的〉な理由により、父の遺稿の整理ができなかったとするバウマンの主張は頷ける。

しかしバウマンは別の問題をも示している。

世界的な事件に加え、多くのミュラー＝原稿がオックスフォードやその上日本にも移住したことは、ミュラー研究の障害となった。日本に渡った分は、残念ながら火災で消滅した。*

＊ Baumann: Auf den Spuren Wilhelm Müllers, S.344

世界的な事件というのはもちろん二回の世界大戦であるが、ここでバウマンが推測としてではなくきっぱりと述べているように、ミュラーの遺稿は本当に日本にも来ていたのだろうか。

マックス・ミュラーのサンスクリットおよび仏教学資料のコレクションを購入したのは岩崎久彌（一八六四〜一九五五）である。その間の事情については『岩崎久彌伝』に詳しい。*

＊ 岩崎家伝記刊行会編『岩崎久彌伝　岩崎家伝記　五』二八〇〜二八九頁

マックス・ミュラーは生前自ら蔵書の目録を作り、妻ジョージナに委ね、その内容と価値についても解説した。

予の書庫は装飾的書庫ではなく研究的書庫であり且つ予が半世紀間における講学の記念である。集成の図書は総じて学問の歴史において永く地位を留むべき価値のあるものがおおく、［……］目録に掲げたもの一萬二千冊［……］また目録に掲出したもの以外にオックスフォード大学出版に関わる書冊四百巻、東方聖書大集の全部、［……］その他二十種以上の学会雑誌、報告類は初刊より完全に揃っている。専門家の評価によれば、予の蔵書の価格は三千ポンドが至当であるとしている。予の希望は蔵書を公開書庫としてこれを一括して分散せず、遍く学者の需用に応ずることにある。*

＊　同上　二八一～二八二頁

マックス・ミュラーの死後、彼の妻ジョージナはこれをマックス・ミュラー文庫と名付け、売却を決め、かつての門下生、東京帝国大学教授高楠順次郎に文庫を日本に譲渡したいという手紙を書いた。高楠はその実現に向けて努力したが、大学には経費がなく、また、ドイツの大学でも文庫購入を希望していると伝え聞いたため、時の外務大臣加藤高明に相談した。加藤はこれを岩崎久彌に伝えた。岩崎久彌は同文庫の学術研究上の意義を認めて即座に快諾し、これを東京帝国大学に寄贈することにした。折しも岩崎久彌は渡欧することになっており、彼はロンドンでジョージナに面会し、文庫の受け渡しについての最終的な取り決めを行った。マックス・ミュラー文庫は一九〇一年九月に日本に到着した。代価、運賃、保険料を合算して邦貨三万六千円が支払われた。

大学に寄贈するにあたり、岩崎久彌は覚書を提出し、これを一括して他の図書と区別して保管し、散乱することのない形で、利用者の需要に応じることを求めた。

かくして大学図書館に収められたマックス・ミュラー文庫であったが、その二二年後、一九二三年九月一日の関東大震災のため、図書館諸共焼失した。岩崎久彌が東洋文庫を創立したのは震災の翌年である。

当時の大学図書館は研究に役立てるために内外の資料を購入または受贈により収集していた。東京帝国大学図書館は震災前七六万冊を蔵し、保存することに多くの労が割かれたという。

そんななか、「マックス・ミュラー文庫」の蔵書はすでに整理されていたのだろうか。マックス・

ミュラーは、きちんと蔵書目録を挙げているが、それでもその中にヴィルヘルム・ミュラー関連のもの、ウィルヘルム・ミュラーの未発表の原稿等は紛れ込んでいたのだろうか。寄贈後二二年を経ていたとすると、整理されていたのではないかと考えられるが、いずれにせよ灰塵に帰したものを証する手立ては残されていない。

五　デッサウの碑

アメリカでのミュラー受容は彼の死後も継続的に続いたのに対し、ドイツ本国には大きな空白があった。しかし故郷デッサウでは、ヴィルヘルム・ミュラーは忘れられることなく、節目の年にはミュラー関連の行事が行われた。

一八九四年のミュラーの生誕百周年の記念行事にはギリシャから大理石がデッサウに贈られて、ミュラーの記念碑が建造された。

一九二七年にはミュラー没後百周年が祝われた。この年にはミュラーがブロックハウスと交わした書簡集が出版され、また、一九三一年にミュラーの「ライン紀行」が出版されたが、その後はひっそりとした。戦争が始まったのである。

一九四四年デッサウは大空襲され、生家を初め多くのゆかりの建造物が破壊された。詩人を顕彰する余裕もなくなった。出版界の大きな打撃は紙の払底だった。七〇年代になってもデッサウの図書館蔵書のコピーをするには、デッサウの図書館からハレの図書館に送ってもらわなくてはならなかったとバウマンは書いている。ヴィザ取得を初めとして東ドイツでの研究には様々な困難が付きまとった。

それでも一九七七年にはデッサウで没後一五〇周年記念が祝われた。ミュラー記念号となった地方誌にはデッサウ市立図書館所蔵のミュラー関連蔵書のリストが載った。

困難な研究体制の中でもヴィルヘルム・ミュラーに対する関心が失われたわけではなかった。東ドイツの雑誌にはギュンター・ハルトゥングを初めとする研究者たちの論文が掲載された。だがこれらの論文が壁を越えて西ドイツに届くことは稀であった。デッサウが西ドイツだったら、戦後ミュラーは別の扱いを受けていたに違いない。

六　ドイツの碑　そして世界各地で

それでも西ドイツでは『冬の旅』関連での出版もあり――その中にはフィッシャー＝ディスカウを初めとする演奏家によるシューベルトの歌曲を論ずる著作も含まれる――ミュラーは完全に忘れ去られたわけではなかった。

しかし壁が開くと、歌曲の作詞者としてではなく、詩人ミュラーの姿を掘り起こして、この夭折詩人を忘却の淵からよみがえらせたいという東ドイツからの声が、ミュラールネッサンスとも呼ぶべき大きな流れに結集し、生誕二百年（一九九四年）には様々な企画が実現した。その筆頭にくるのは、旧東ドイツのドイツ文学者マリア-ヴェレナ・ライストナーによる全集の出版である。長年の労苦の賜物である厳密なテキスト・クリティークの上に立つこの全集はその後のミュラー研究になくてはならないものとなった。

デッサウでは生誕二百年を祝って、音楽会、演劇、展示会等が開催された。公園のミュラー像が磨き上げられた。

分厚いカタログ『ヴィルヘルム・ミュラー　人生の旅』（Wilhelm Müller. Eine Lebensreise）も作成された。

そしてベルリンに国際ヴィルヘルム・ミュラー協会が設立され、大きなシンポジュウムが持たれたのもこの年である。その成果も出版されたが、その活動は現在まで続いている。

これらの企画や催しを機に、ヴィルヘルム・ミュラーの詩集が新規に出版されたり、新聞やマスコミで取り上げられたりするようになった。文学史においても、ミュラー再評価の動きが見られるようになり、一九九一～九八年に出版された『ドイツ文学史』（Deutsche Literaturgeschichte, Deutscher Taschenbuchverlag）の全一二巻のうち、第五巻「ロマン派」には、ヴィルヘルム・ミュラーの項が立てられている。この文学史の一～五巻を夫と共に執筆したエリカ・ボリースは二〇〇七年に伝記『ヴィルヘルム・ミュラー　《冬の旅》の詩人』（Wilhelm Müller. Der Dichter der《Winterreise》. Eine Biographie）を出版した。これによりミュラーの生涯が、社会的、文学的背景の中でより精密に、より鮮明に浮かびあがり、新しいミュラー像が提示されることとなった。

ミュラー再発見の動きはその後も続き、研究者や解説者による新見解や補足は今も続いている。また、一九九五年に没したドイツの音楽家ライナー・ブレーデマイヤーは、『冬の旅』（一九八四）と『美しき水車屋の娘』（一九九五）に新しい付曲をした。

　そしてミュラー顕彰やその受容はデッサウやドイツを離れて、広く世界各地に広がっている。一九一〇年に建造されたフランツェンスバート（現チェコ）のミュラー像——ミュラーは一八二六年この地で湯治をした——は、第二次世界大戦で損傷したが、ライストナー夫妻の提案と寄付により修復され、二〇一三年に再除幕された。

　また、従来のミュラーに関する研究はミュラー作品の文学的評価にのみ関心が払われてきたが、新しい研究の動向として、彼の作品、そのうちでも特に「ギリシャ人の歌」との関連で、彼のジャーナリスティックな活動、具体的な経済的支援、ヨーロッパの国々に与えた影響に目を向け、政治的詩人としてのヴィルヘルム・ミュラーを読み直す流れが起こっている。

41　第5回国際ヴィルヘルム・ミュラー協会シンポジウム（2009年）はデッサウ開催

　さらに顕著なのはシューベルト・ミュラーの「冬の旅」、あるいはドイツ民謡となった「菩提樹」の様々な国に於ける独自の受容である。

　イギリス人のテノール歌手で、「菩提樹」

の演奏回数は千回を超えるというイアン・ボストリッジは、彼の著作『シューベルトの「冬の旅」』でギリシャ人シャンソン歌手のナナ・ムスクーリによるジルヒャーの付曲をもとにした意表をつくヴァージョンや、アメリカでのラップに改作された「菩提樹」を紹介している。

大きな門の前にある泉のほとりに、アハー
そこに一本の盛りのついた猿みてぇな菩提樹があってさ、
オー、ヤー
俺さまはその木陰で見たのさ、
甘い夢を、
いろんな甘い夢を、
この盛りのついた猿みてぇな菩提樹の下でさ、
オー・ヤー、オー・ヤー（岡本時子＋岡本順治訳＊）

＊　イアン・ボストリッジ　一一四、一一五頁

ボストリッジにより紹介されたものは氷山の一角で、編曲、改作、替え歌は数限りなくあるであろう。ドイツリートの範疇を離れた「菩提樹」や「冬の旅」が、新しい旋律と新しい詩的表現への道を開いて行く。

そして文学の世界でも『冬の旅』は「時代の苦しみと諦念」を表現した代表的な作品、かつ代名詞的なものになった感がある。現代作家により新しい「冬の旅」が書かれている。

その代表例はオーストリアのノーベル賞作家エルフリーデ・イェリネクの『冬の旅』[*]であろう。現代ドイツ語圏の文学で最も議論の的となっている作家の一人イェリネクの長大なモノローグからなる戯曲『冬の旅』は、二〇一一年ミュンヒェン・カンマーシュピーレ劇場で初演された。ヴィルヘルム・ミュラーの『冬の旅』をなぞり、その語句が散りばめられたこの作品は、イェリネクの自我が、狂気の沙汰と化した現代社会を彷徨う果てに、自身の過去——複雑な母との関係、精神病院に入った父——に到達し、作家としての自分の姿——いつも同じ歌をライヤーで奏でている——をアイロニーを込めて見つめる物語に仕立てられている。イェリネクの最も私的で、感銘深い作品のひとつに数えられる。

＊ Elfriede Jelinek: Winterreise. Rowohlt 2011

七　日本に於けるヴィルヘルム・ミュラー

日本では、ミュラーの息子、宗教学者マックス・ミュラーの小説がすでに一九〇八年には翻訳され、新訳も出版され、ほぼ一世紀にわたり読み続けられた。相良守峯の『愛は永遠に』への解説には彼のような梵語学方面の純然たる学究から、こういう玲瓏玉のごとき作品が忽焉として生まれたということは、何か奇跡的な感じをおこさせるのであるが、しかし彼の父が、あのシューベルトの作曲で有名な歌謡「冬の旅」および「美しき水車屋の少女」その他で世に聞こえている抒情詩人ウィルヘルム・ミュラーであったということを聞けば、読者も多少うなずくところがあるかも知れない。*

＊ マックス・ミュラー『愛は永遠に』一一四頁

とあり、ウィルヘルム・ミュラーがシューベルトの歌曲の作詞者としてはわが国に広く知れ渡っていたことが知られる。

小塩節は日本で発売されたシューベルトの『冬の旅』のCDの解説に『ドイツ人の愛』を引いている。

〔……〕ウィルヘルム・ミュラーは三文詩人だったというのが文学史上の定説である。しかしシューベルトはこう言っている、「詩がいいと、いい曲が生まれる。メロディがわき溢れてきて、実にうれしい。まずい詩だと一歩も進めず、カサカサの無味乾燥だ。ぼくは人に押し付けられた詩は山ほど断ってきた」と。

早逝したミュラーだったが、ひとり息子がいた。そのマックス・ミュラーはイギリスに招かれ、オックスフォードで言語学を講じ、イギリスのインド学やサンスクリット学に基礎を確立した人である。この碩学が生涯に一度だけドイツ語で本を書いた。(あとは英語だった) しかもそれは抒情詩的な短篇小説で「ドイツ人の愛」という。冬の野のようなきびしい人生の道にあって、まことに処世のまずい、何事につけ不器用な、内面にのみ深くこもっていくドイツ人の、いかにもドイツらしい愛の物語である。この不器用さと内面の深さ、誠実。これこそドイツ人の心であるし、『冬の旅』のこころではないか。*

* シューベルト歌曲集「冬の旅」岡村喬生 (バス) 高橋悠治 (ピアノ) 一九九一年　日本クラウン株式会社

日本に於けるドイツ文学の受容では、ドイツ的「内面性」が強調された時期がかなり長く続いていた。ドイツ文学は真善美を追求する文学であると言い慣わされたこともあった。『ドイッチェ　リーベ』もその路線に乗った受容であったと考えられる。

ミュラーの詩はシューベルト作曲の「美しき水車屋の娘」や「冬の旅」のレコードに付された翻訳で紹介された他、ドイツ詩紹介の中で代表作のひとつに挙げられることもあった。片山敏彦の『ドイツ詩集』には『美しき水車屋の娘』の中の詩「いずこへ」が訳されている。『ドイツ詩集』の冒頭ではドイツの詩全般について解説されている。

ほかの国の詩に比べて、ドイツの詩がとりわけわれわれの心に与える深い感銘は或る内的な真率な音楽性である。祝祭の前夜の星空にも似た気持ち、光の啓示を待ち望む心情の迫りと波立ちである。

詩句と音楽を一つに融す場所、それは民族の奥底にある。ドイツ人のばあいには、それはドイツ的心情(ゲミュート)の根底にあると言えるであろう。一民族のそういう情感の深みは本来「無名」のものである。というのは、そういう詩の源泉は名づけ難いほど深く民族そのものの心と結びあっている。それゆえに、有名な偉大な詩人といえども、無名な詩人の源泉から汲んで、無名な本質をおのずから担い、これを代表すればこそ有名な偉大な詩人になったのだと言うことができる。*

* 片山敏彦『ドイツ詩集』五～六頁

『ドイツ詩集』の「緒言」の日付けは昭和一八年春とされている。この詩集ではミュラーの詩の解説はされていないが、他の場所や、他の時に、他の人により、ミュラーの詩が取り上げられる場合も「内面性」の観点から「鑑賞」されることが多かったであろう。

いずれにせよ、日本のヴィルヘルム・ミュラー受容はシューベルトの歌曲、ことに「冬の旅」中心であり、ミュラーの叙情詩一般についてとかハイネとの関連とかに関する論考が早くから出されていたアメリカの受容とは、大きく異なる。

例外はあるが、作家本国での受容――ここでは、ドイツ文学界のミュラー忘却――が日本での、そして諸外国でのミュラーへの注目を妨げたと言えよう。

ミュラー・シューベルトの『冬の旅』への関心の広がりは電蓄、レコードの世界的普及に負うところが大きい。フィッシャー＝ディスカウやボストリッジら演奏家による「冬の旅」関連書籍の和訳も出された。また「冬の旅」や「美しき水車屋の娘」のCDに付された冊子では、内外の演奏家や音楽評論家による詩の解説が和訳されている。

そして今世紀になると、『冬の旅』関連の書四冊が出版された。三宅幸男著『菩提樹はさざめく』（二〇〇四）、南弘明・南道子著『シューベルト作曲　歌曲集　冬の旅　対訳と分析』（二〇〇五）、梅津時比古著『冬の旅　24の象徴の森』（二〇〇七）、『死せる菩提樹　シューベルト《冬の旅》と幻想』（二〇一八）。

みな音楽と関わりの深い著者による著作であるが、どれも『冬の旅』への熱い思い入れが詰まっており、歌曲としての「冬の旅」のみならず、原詩の精神を読み取ろうとする多面的な試みが展開されている。

ドイツ語圏でもミュラーの『冬の旅』の解釈については多くの論文が書かれ、また詩集に付された解説も数多いが、この連鎖詩ひとつひとつの詩について解釈し解説して一冊とするものは見当たらない（ボストリッジの『シューベルトの冬の旅』はこれに相当するが、英語での出版である）。『冬の旅』へのこの集中は日本での特徴的な現象で、『冬の旅』がいかに深く日本の人々の心を捉えたかを示すものであろう。

さらには『冬の旅』について書かれたもののみならず、『冬の旅』の和訳の多さも特徴的である。書籍・レコード・CDに付され印刷されたものの他、ネット上にも数多くの翻訳がのっている。難解な言語は用いられていないにもかかわらず、多様な解釈のできるミュラーの詩が、様々な翻訳の試みへと誘うのであろうか。あるいは「原作は古びない、しかし翻訳は古びる」の例証としての改訳であろうか。

そんな中、二〇一七年出版の渡辺美奈子著『ヴィルヘルム・ミュラーの生涯と作品――《冬の旅》を中心に』は、詩人の全体像を照らしだす最初の日本語の著作であり、ミュラーの生涯をたどりつつ作品の成立を詳述した労作である。

これらミュラーに関する和書と翻訳に本書も負うところが大きいことを付記し、感謝する。

ヴィルヘルム・ミュラー　小詩集

Wilhelm Müller Werke Tagebücher Briefe Band 1 より

目次

美しき水車屋の娘

（冬に読むこと）

詩人　プロローグとして

見目麗しきご婦人方　賢明なる殿方
良き物を見たり聞いたりがお好きな皆さまを
ピカピカ最新スタイルで
ピカピカ新品のお芝居にご招待いたしましょう
素朴に技巧をこらし　無造作に仕立てあげ
高貴なドイツ風粗削りに飾り立て
町の兵隊さんの激闘風に威勢よく
しかもいくらかはご家庭向きの信心深さもございます
お薦めの言葉はそれまでで
お気に召したら　さあ　いらっしゃい
今はまさに冬もたけなわ
しばしここで緑をご覧いただくのもよろしかろう
本日私の歌にありますは
すべて花咲く春でございます
野外（おもて）に出れば　自由な筋書きがどんどん進行
市門から遠く離れ　いい空気のところ
森や野原を抜け　緑の中　高台で　話は進みます
四面の壁の内側だけのお話は
皆さまは開いた窓から半分だけご覧あれ
芸術的にも皆さまにもそれだけで充分でしょう

しかし登場人物についての御質問とあらば
甚だ遺憾ながら　みなさまに
御披露できるのはたったの一人
若いブロンドの粉職人
と申しても　小川が最後の語りをやりますが
小川は人物とは言い兼ねます
というわけで本日は独り芝居（モノドラマ）とご了解
持てるより多くを与える者の名は泥棒と申します

そのかわり舞台の飾りつけは申し分なし
下の方には緑のビロードの壁を張り
壁には色とりどりの潤沢な花の刺繍がほどこされ
道もあり　橋もございます
太陽が上から明るく射しこんで
露と涙に遮られ
月もまた雲のベールを被って
沈鬱好きの顔を覗かせます
背景は高い森に囲まれて
犬が吠え　狩の角笛が威勢よく響きます
切り立った岩間から噴き出す新鮮な泉が滝となり
小川となって明るく銀色に谷を流れます
水車はごうごう音をたて、中の装置は
　　ガタガタ　バタバタ
近くの森の鳥の声すらほとんど聞こえません
そんなわけで　多くの歌がお耳ざわりであろうとも
飲み屋に居てもそんなものだと御観念
しかれども　水車場で何が最高きれいな物か
そこのところを一人芝居でお伝え申す
私の口から言ったなら　彼の出番がありません
ご機嫌よろしゅう　それではどうぞごゆるりと

遍歴

遍歴するは粉屋の歓び
　遍歴だ
遍歴する気がない粉屋
腕が悪いにちがいない
　遍歴だ

水が教えてくれたんだ
　水がだよ
水は夜昼休みなく
遍歴だけを考える
　水なんだ

水車を見てもよく分かる
　水車をね
水車は止まるのが大嫌い
水車は生涯疲れない
　水車はね

石臼はもともと重いもの
　石臼だ
陽気に石臼輪舞を踊り
もっともっとす速く踊りたい
　石臼が

おお遍歴　遍歴　俺の歓び
　おお遍歴
親方さま、親方さまのおかみさん
何も言わずに行かせてください
　遍歴に

いずこへ

岩間から湧き出す
小川のせせらぎが聞こえた
下の谷へと流れ出す
なんと爽やかな明るいせせらぎ

なぜそうなったか分からない
誰かが教えてくれたのか
よし降りて行くぞと
遍歴の杖を手に取っていた

下って行く　どんどん下って
小川に沿ってどんどん行く
すると小川はどんどん明るく
どんどん明るくせせらいだ

これが俺の行く道か
おお　小川　どこへ行くんだ　言ってくれ
お前のせせらぎを聞いていると
俺はうっとり　我を忘れる

待てよ　せせらぎとはちがうかな
これがせせらぎのはずはない
水の精が深い水底で歌っている
輪舞の歌にちがいない

歌わせておこう　な　職人よ　せせらぎ
　　　　　　　　　　　　続けさせとこう

そして陽気について行け
水車はぐるぐる回っているよ
澄んだ小川のどこにでも

止まれ

榛(はん)の木の木陰から
水車屋が光っているのが見える
小川がさらさらと歌う間に
水車の回る音がする

いいぞ　気にいった　気にいった
甘美な水車の歌よ
それになんて感じのいい家なんだ
窓はなんてピカピカなんだ

太陽は　なんて明るく
空に照っているんだろう
そうか　小川よ　いい奴だな
そういうことだったのか

小川への謝辞

そういうことだったのか
さらさら流れる俺の友
お前の歌　お前の響きは
そういうことだったのか

目指すは水車屋の娘さん
そういう意味なんだ
そうだろ　あたりだろ
目指すは水車屋の娘さん

彼女がお前に頼んだか
それともお前は俺を惑わせる
教えてくれよ
彼女がお前に頼んだか

何はともあれ
運だめし
探していたものは見つかった
どんなもんかはお楽しみ

仕事があるか聞いてみた
それで今や大満足
両手も心も
十二分に満たされた

仕事を終えて

腕が千本
あったなら
水車をごうごう
回してやる

風になって
森中吹き抜ける
石臼すべて
回してやる
水車屋のきれいな娘さん
俺の誠に気づいてほしい

ああ　なんとひ弱な俺の腕
持ち上げようと運ぼうと
切ろうと打とうと
若い衆みんなと変わらない
仕事を終えた静かな涼しい宵に
大きな輪になって坐っていると
親方がみなに言う
よくやってくれたな　満足だ
すると可愛い娘が言うんだよ
みなさん　おやすみなさい

知りたがり屋

花には聞かない
星には聞かない
花だって星だって言えっこない
俺の知りたいことなんか

俺は庭師ではなし
星のところは高すぎる
それでも小川には聞いてみたい
俺の心は嘘つきかと

おお　俺の愛の小川よ
どうして今日はそんなに黙ってんだ
たったひとつ知りたいだけなんだ
たった**ひとつ**の言葉だけ

はい　というのがその一語
別の一語とは　いいえ
そのふたつの言葉が
今の俺には世界のすべて

おお　俺の愛の小川よ
ちょっと　どうしちゃたんだ
俺は誰にも言わないから
言ってくれ　小川よ　彼女は俺を愛しているか

水車屋暮らし

彼女が小川の畔に坐って
蠅取り網を編んだり
日曜日に窓辺に飾る
草原の花を摘んだりしているのを見る時

彼女が小籠を手に
庭をいったり来たりして
緑の茨の茂みに
最初のベリーを探す時

俺の水車屋が狭くなる
四面の壁が迫ってくる
俺は今すぐ漁師か
狩人か庭師になりたくなる

石臼の愉快な口笛
水車のゴウゴウ音
機械がたゆまずパタンパタン
俺は門の外に押し出されそうだ

でも折を見て
彼女がお喋りしながら職人たちのところにやってきて

そしてこの家の賢い子らしく
それとなく観てまわる

分かりやすい言葉で誰かを褒めて
どうしたらもっとうまくいくかと
他の人にも気付かせる
すると人は彼女に感謝されようと努める

誰も自分が非難されているとは思わない
しかし彼女の言うことはいつも正しい
誰もが大目に見て欲しい
しかし彼女は見逃すことがない

彼女に出て行って欲しいとは誰も思わない
彼女はまた女主人でもあるのだ
そしてほとんど神の目みたいに
その姿はいつでも俺たちのそばにある

おっ　水車屋暮らしはそうしたら
歌みたいなもんだぜ
水車も石臼もパタンパタンも
一緒になって伴奏だ

何でもきれいなダンスになるぞ
上へ下へ　入って行って出て行って
俺の職業に神の祝福を
よき親方の家にも祝福を

焦燥

すべての幹に彫り付けたい
すべての小石に刻みたい
新しい花壇にはどこにも
おしゃべりクレソンの種を蒔きたい
白い紙切れにはみな書きつけたい

俺の心はおまえのもの　永遠に変わらないと
椋鳥の雛を育てたい
はっきりきちんと喋ってくれるまで
俺の胸の熱い思いを
俺の口調で喋ってくれるまで　そうしたら
明るい声であの娘の窓ガラス越しに歌ってくれる
俺の心はおまえのもの　永遠に変わらないと

朝風にそれを吹き込みたい
元気な林にそれを響かせたい
おお　どの花の芯からもそれが光ってほしい
香りがあちこちからそれをあの娘に運んでほしい
波よ　水車しか動かせないのか
俺の心はおまえのもの　永遠に変わらない

俺の目を見れば分かるはず
俺の頬が燃えているのが見えるだろう
何も言わなくても唇に書いてあるだろう
息をする度にあの娘に大声で言っているじゃないか
なのにあの娘は不安に駆り立つ思いなど　どこ吹く風
俺の心はおまえのもの　永遠に変わらない

朝の挨拶

おはようございます　水車屋のきれいな娘さん
すぐあっち向いちゃうなんて
何かあったんですか
俺の挨拶がそんなに嫌なの
俺が見るといらつくの
じゃあ　俺はここを出て行くより他ないです
ああ　遠くに立っているだけでいいんです
あなたの窓を見るのを許してください
遠くから　とても遠くからでいいんです

金髪の頭よ　出てきておくれ
朝の青い星のような目よ
出てきておくれ　あなたの家の丸い門を通って

とろんとした眠たげな目よ
露に濡れた花のような目よ
どうしてお日様を怖がるの
夜の深い思いやりだったんだろうか
お目々が　静かな喜びの後
閉じて　伏せて　泣いたのは

さあ　夢のベールを払いのけ
神様の明るい朝を
元気よく自由に見上げてごらん
雲雀（ひばり）が空を舞っている
胸の底から叫んでいるのは
愛の苦しみと不安

粉屋の花

小川のほとり　小さな花がいっぱい
空色の目で見ている
小川は粉屋の友達で
愛しいあの娘（こ）の目は空色
だからそれは俺の花

あの娘（こ）の小窓のすぐ下に
この花を植えよう
あたりが静まったら　呼びかけてくれるね
あの娘（こ）が頭を垂れて眠りにつく時なんだけれど
俺の言いたいこと　分かってくれてるね

そしてあの娘（こ）が目をつむったら
そして甘い　甘い　安らかな眠りについたら
そうしたら夢の顔をして囁いてほしい

あの娘に　俺のこと忘れないで　どうか忘れないでと
それなんだ　俺の言いたいのは

そしてあの娘が朝鎧戸を開けたら
愛に満ちた眼差しで見上げてやってくれ
お前たち花の目の中に溜まった露
それはおまえたちの上に落とす
俺の涙

涙の雨

涼しい榛の木の陰に
俺たちは仲睦まじく並んで坐っていた
さらさら流れる小川を
仲睦まじく二人で見おろしていた

月もまたやってきた
続いて星たちも登場
そして一緒に仲睦まじく
銀の鏡を覗きこんだ

俺は月など見ないで
星も見ないで
あの娘の姿を
あの娘の目だけを見ていた

俺は　満足げに流れる小川に映ったあの娘が
うなずいたり　眺めたりするのを　見ていた
岸辺の花たち　青い花たちも
あの娘にうなずいたり　眺めたりした

すると空全体が小川の中に
沈んでいくようだった
そして俺を一緒に下へ
小川の底へ引き込もうとした

すると雲と星の上を
小川が元気よく流れていった
そして歌と響きで呼んだんだ
職人さん　職人さん　ついて来な

その時　俺の目に涙があふれた
鏡の中に波がたった
彼女が言った　雨になるわ
さよなら　わたし帰る

俺のもの

小川よ　せせらぎの音をとめてくれ
水車よ　轟々いうのはやめてくれ
おまえらみんな　森の元気な小鳥たち
大きいのも小さいのも

おまえらのメロディーは終わりだ
今日はひとつの歌だけが
森の中へも外へも響き渡れ
水車屋の愛しい娘は**俺のもの**
俺のもの

春よ　おまえの花はこれで全部か
太陽よ　もっと明るい光はないのか
ああ　そんなことでは　俺はただ
俺のものという幸運の言葉を胸に抱えていても
この広い宇宙で誰にも分ってもらえないじゃないか

休止

俺のリュートを壁に掛け
緑のリボンを結びつけた
もう歌えない　胸はいっぱい
どんな韻を踏めばいいのか分からない

憧れのこよなき痛みは
戯れ歌にも吐き出せよう
甘美で細やかに嘆いてみせて
俺の悩みは相当なもんだと思っていた
それがなんてこった　俺の幸運はそんなに重いのか
この世のどんな音でも表せないほどに

さあ、愛するリュートよ　ここの釘に掛かって
休んでいてくれ

そよ風が弦の上を吹き
蜜蜂がその羽でおまえに触ったら
俺は怖くなり　身震いする
どうしてそんなに長いリボンを
垂らしてしまったんだろう
弦のまわりをひらひら揺れて　時々ため息のような
響きをたてる
我が愛の苦悩の余韻なのか
新しい歌の前奏なのか

リュートの緑のリボンに託して

「もったいないわ　こんなきれいな緑のリボン
ここの壁で色あせてしまうなんて
わたし緑が大好きよ」
今日俺に　そう言ったね　可愛い人よ
すぐさまほどいて　届けるよ
さあ　好いてやってくれ　この緑

君にぞっこんの恋人は白だけど
それでも緑に誉あれ
俺も緑は嫌いじゃない
俺たちの愛は常緑で
はるかな望みは緑に萌える
だから俺たち緑が好き

さあ、巻き毛に結んでごらん
この緑のリボンをお好きなように
だって緑　大好きだろ
そうすれば俺は　希望が緑に萌えるのが見える
そうすれば俺は　愛の王座のありかが分る
そうすれば俺だって　心から緑が好きになる

猟師

水車場のあるここの小川で　猟師なんかが
　　　　　　　　　　　　何探してるんだ
きかん坊の猟師は自分の持ち場に居ればいい
ここにはおまえの猟獣(えもの)なんていない
ここに住んでいるのは小鹿だけ　おとなしい小鹿
　　　　　　　　　　　　　　　俺のだぜ
やさしい小鹿が見たかったら
銃は森に置いてきな

吠えたてる犬なんか連れてくるんじゃない
角笛なんかブーブー吹くな
あごのモジャモジャひげを剃ってきな
さもないと庭の小鹿がほんとうに恐がるんだ

やっぱりおまえは森にいた方がいいぜ
水車と粉屋はそっとしておいてくれ
魚が緑の枝に何を望む
栗鼠(りす)が青い池にいてどうする
だからきかん坊の猟師は森の中に居れっていうんだ
俺は水車三基でたくさんだ
もし俺のいい娘(こ)に気に入ってもらいたかったら
知っておけ　おまえ　あの娘(こ)がなにを苦にしているか
夜　猪が森を出て
キャベツ畑に侵入し
畑を踏みにじり穿(ほじく)り返す
その猪を撃ってくれ　お前は狩人の英雄だ

嫉妬と誇り

そんなに　急いで　取り乱し　荒っぽく
　　　　どこへ行くんだ　愛する小川よ
あの生意気な狩人の奴が頭にきたから
　　　　追っかけていくのか
戻ってくれ　戻ってくれ　そしてまず
　　　　水車屋の娘を叱ってくれ
軽はずみで　はすっぱな　ちょっとした
　　　　浮気心を叱りに　戻ってくれ
ゆうべあの娘が門のところに立っているのを
　　　　見なかったか
首を長くして大通りの方を見張っているのを
猟師が狩りから陽気に帰ってくる時
行儀のいい子なら窓から首さえ出したりしない
小川よ　行ってくれ　あの娘にそう言ってくれ
　　　　いや言わないでくれ
頼むから　俺の悲しげな顔のことなんか
　　　　絶対言わないでくれ
あの娘に言ってほしい　あの男は岸辺で葦笛を作って
子供たちにすてきな舞曲や歌を
　　　　吹いてやっているんだよと

最初の痛み　最後の戯れ

それで俺は明るい色の葦笛を手に
小川の畔に腰を下ろし
可愛い子どもたちに
きれいな歌を吹いてやる
喜びは消え去った
苦しみに圧倒される
だから古びた幸せの
新しい歌を歌う

むかしの花はまだ咲いている
むかしの小川はまだサラサラと流れている
お日様が照っている
あの最初の日のように

明るい月の光に
窓ガラスが光っている
そして窓ガラスの向こうには
俺の最愛の人が坐っている

猟師が　緑の猟師が
そいつが彼女の腕の中
おい　小川　なんて愉快そうにサラサラ
　　　　　　　　　　　　流れていくんだ
おい　太陽　なんて暖かに輝いているんだ
俺は花を摘んであなたに花束を作りたい

最愛の人よ　紅白のクローバーの花束だ
それを俺のために窓辺に置いて欲しい
猟師の姿が見えないように

薔薇の花びらを
水車の橋にまき散らしたい
その橋が俺を運んでくれたんだ
あなたのところへ　俺の最愛の人よ

高慢な猟師が
花びら一枚でも踏みつけたら
ああ橋よ　崩れ落ちてくれ
緑の男　もろともに

そしてその男を肩に担いで
風を頼りに　海まで行ってくれ
娘がひとりもいない
遠くの小島を目指して

彼はあなたを決して忘れない
この粉屋とまたよりを戻してくれないか
あなたにとって難しくないとしても
最愛の人よ　忘れるということは

好きな色

緑のしだれ柳にわけ行って
緑の衣をまといたい
俺の彼女は緑が大好き
糸杉の森を探したい
ローズマリーが緑に茂る荒野を探したい
俺の彼女は緑が大好き

さあ　楽しい狩りに行こうよ
さあ　荒野も垣も通り抜け

俺の彼女は狩りが大好き
俺が狩る獣（えもの）　それは死
荒野というのは　恋の苦しみ
俺の彼女は狩りが大好き

芝生に俺の墓を掘り
緑の芝で覆っておくれ
俺の彼女は緑が大好き
黒い十字架　色鮮やかな花はなくていい
緑　まわりはみんな緑一色
俺の彼女は緑が大好き

いやな色

世界に向かって進みたい
広い世界へ出て行きたい
森と野原が

緑ばっかり　緑だらけでなかったら
緑の葉っぱはみんな
すべての枝から摘み取りたい
緑の草はみんな
泣いて枯らしてしまいたい

ああ緑　おまえは本当にいやな色だ
俺のことをいつも見やがって
高慢に　図々しく　いい気味だと
哀れな　白い粉まみれの男　俺のことを

嵐が吹こうが　雨が降ろうが　雪が降ろうが
あの娘の戸口に横たわりたい
そして夜昼かまわずかすかな声で歌いたい
さよならの一言を

ほら　森に角笛が響けば
すぐにあの娘の小窓が音をたてるんだ
あの娘が俺の方など見なくても
俺は中を覗ける

額からはずしてくれ
その緑の　緑のリボンを
さらば　さらば　俺に向かって伸ばしておくれ
その手をお別れに

忘れよ草　の花

何が俺を毎朝
森の奥へと連れ出すのだろうか
深閑とした森に
身を隠して何になる

野原にはどこにも

忘れな草の小さな花が咲いている
晴れ渡った空が
花の放つ青い光を見下ろしている

踏み込もうとすると
足が震えてすくむ
花のうてなが顔を揃えて懇願する
よく知っている目をして

どこの庭に
忘れよ草というのがあるかを教えてほしい
その花を俺は探さなくてはならないのだ
どんな道を辿るとしても

それは女の子の胸には飾れない
きれいな花とは言い難い
黒　その花の色は黒い
どんな花束にも合わない

緑の葉がない
花の薫りがしない
夜の湿った空気の中
地面をのたうっている

岸辺にも生えている
けれども下に小川は流れていない
その花を摘もうとすると
奈落に引き込まれる

それがまさに庭なんだ
黒い、黒い花ざかり
おまえはその上に眠りたいんだね
庭の門を閉めてくれ

枯れた花

あの娘にもらった
花みんな
俺と一緒に
墓の中に入れてもらおう

おまえたち花はみんな
なんて痛ましげな目で俺を見るんだ
まるで俺の行く末を
知っているみたいじゃないか

花たちみんな
なんて萎れはて　なんて色褪せてしまったんだ
花たちみんな
なんでそんなに濡れているんだ

ああ　涙では
五月の緑は作れない
死んだ愛を
ふたたび花開かせられない

そして春は来る
そして冬は去る
そして花は
草のなかでじっとしている

そして花は
俺の墓の中にある
あの娘にもらった
花はみんな

あの娘が散歩で
丘を通りかかり
あの人はわたしだけを愛していたと

心の中で思ったら

その時は花よみんな
咲き開け　咲き開け
五月が来た
冬が終わった

粉屋と小川

粉屋

いちずな心が
愛に死すと
花壇の百合は
みな枯れる

すると　人に涙を
見せまいと
満月も
雲に身を隠す

すると　天使たちが
目を閉じたまま
すすり泣き
鎮魂の歌を歌う

小川

それでも　愛が苦悩から
身をふりほどくと
星がひとつ　新しい星が
空に輝きます

その時　バラが三輪ぱっと開きます
半分赤で半分白いバラの花

棘の枝から咲き出して
もう枯れることのないバラが

すると　天使たちは
翼を切り落とし
毎朝地上に
降り立ちます

粉屋

ああ　小川　愛しい小川
俺のことをそんなに思ってくれている
ああ　小川　でも知ってるか
愛というものの行く末を

ああ　川底　あの川底の
冷たい安らぎ
ああ　小川　愛しい小川
歌い続けてくれ

小川の子守歌

安らかに　安らかに
目を閉じて
旅人よ　疲れた旅人　家に着いたよ
ここにあるのは変わらぬ心
私のところで寝ていなさい
海が小川を飲みほすまで

青い水晶の小部屋の
柔らかなしとねに
涼しく寝かせてあげよう
おいで　おいで
波立つことができるもの達
この若者を揺らして揺すって眠らせておくれ

緑の森から
狩りの角笛が響けば
大きな波音たてて　まわりで轟々唸ってやる
覗くんじゃない
青い花たち
お前たちは私の眠り人の夢を重くする

離れて　離れて
水車場の橋から
性悪女よ　影でこの人が目を覚まさないように
きれいなハンカチを
ここに投げなさい
それでしっかり目隠ししてあげるため

おやすみ　おやすみ
万物が目覚める時まで
眠って歓びを忘れなさい　眠って苦しみを忘れなさい

満月が登る　霧が晴れる
上に広がる大空の　なんて広いことだろう

詩人　エピローグとして

終わりはきっちりした数でという良俗にのっとり
最後二五番目の詩といたしまして
つまり一番賢いことを述べる
エピローグといたしまして
もう一度満場のホールに私の登場とあいなりました。
しかるにすでに小川が濡れた調子で弔辞を読んで
私の仕事をぞんざいに片付けてしまいました
あのような甲高い水オルガンの響きからは
各人それぞれ寓意を汲むのがよろしかろう
私は諦め　このことで仲たがいはなしといたします
反論は私の仕事ではございません

というわけでこの場で私の最後のお努めは
皆さましっかりお休みくださいと
　　　　　　　　　申すことのみでございます
手前どもの太陽と星を吹き消しました
暗闇の中ご無事でお帰りになり
軽やかな夢を見たいとお思いなら
水車と水の泡のことをお考えください
長い夜に目を閉じて
頭がぐるぐる回るまで

そして娘の手をとる人は
去り際に愛の担保を乞うがよろしい
そして彼女がしばしば拒んだものを
　　　　　　　　　今日与えてくれるなら
誠実な粉屋のことを誠実に思い出して頂きたい
手を握る度　接吻をする度
熱い心がほとばしる度に
若死した粉屋に愛をお与えください
皆さまの胸の中で末永い喜びをお与えください

ヨハネスとエステル
（春に読むこと）

クリスマス

窓からキラキラするものが見える
緑と金色と蝋燭の光
歓声を上げる明るい子供の声が
窓の鎧戸を通して聞こえてくる

教会の塔からは
ラッパの音が高らかに鳴り響く
この世に御子をお授けくださった
天上の父なる方を讃えよう

心よ　ぼくの心よ　ほんとうに幸せそうだね
心よ　ぼくの心よ　でも一人ぼっちなんだ
われらの贈り物　われらの祝福の言葉を
誰かに捧げられないものか

ぼくには一人の女性がいる
その人には惜しみなく与えたい
彼女の家の門は開いている
彼女の部屋がどれかぼくは知っている

でもその静かな家では
お祝いの明るい光は灯っていない
黒い普段着姿で
そこに彼女が坐っているがうれしそうにはしていない

ああ　彼女にはあの方はお生まれにならなかった
この聖夜に
歓びと平和と満足を
もたらして下さったあの方は

あの方の愛もあの方の苦しみも
彼女の心には入っていかなかった
彼女の繊細な心を
石の掟が支配している

クリスマスの夜の祈り

ああ愛よ　愛は十字架に架かった
ああ愛よ　愛はすべての人類の子孫のために
死を克服した
御身が我らのところに降ろされたこの聖夜
御身に助けを求める人々のことを
忘れないでください

ああ愛よ　愛は星を送った
遠く離れた西洋へと
王たちを呼ぶために
愛は　彼らの使者の口から
貧しい羊飼いに教えた
それが今　御身は沈黙を守っておられるとは

信心深いもう一人の羊飼いの女が横たわり
目を閉じてまどろみに沈んでいる
そして緑の樹々の夢を見る
彼女の小窓の前で
一人の天使が歌わなかったか
　エステル　私を入れておくれ
救世主がお生まれになったと

統合

もしぼくがあなたの目を
あなたの澄んだ　誠実な　信心深い星を

見ることが許されるなら
わたしの密かな哀しみが和らぐような気がする
愛と愛が遠く離れて沈黙させられている哀しみ

ぼくらの心は出会いたがっている
遠くを見つめて　涙と闘っている
ぼくらの愛を天使が祝福しようとしている
天使はぼくらの周りで柔らかく　暖かく
羽ばたいている

天使の名前を聞く勇気がない
天使を遣わしてくれた人の名前すら聞けない
でもまた泣いたり、嘆いたりはさせてほしい
ぼくが虚しい狂気に
目が眩んだりしているのではないのは
まごうかたなき事実

パッションフラワー

高らかに称えられた植物の
星のように美しいその花は
やさしく白く輝いてぼくらに
主の殉教を示している
咲き誇っているのを見る度ぼくは
おまえが彼女の窓辺に置かれているのを思い描く
おまえは虚しいほのかな光として
ただ色と香りの中で枯れていくのを望むのか

おまえに枯れることのない
秘めたる命を
救世主は吹き込まれたのではないか
おまえをぼくらの野に植えられたのではないか
おまえはその方の苦悩と
悲痛な愛死の表象だ
ぼくらがぼくらの魂を歓びにつけ苦しみにつけ

牧養するために

ひっそりと静まった時　おまえは
聖なる花よ　傷の秘密　棘の秘密を
彼女にふきかけたのではなかったか
血の中に沈めたのではなかったか
エステルは眠っている　そして夢は
清らかな心の厨子の中で閉じる
おまえの星のような花弁から
彼女に一筋の光を送っておくれ

プリム祭*

この喜びに満ちた日に灰色のドレスとは
彼女は一体何を考えているのだろう
猫も杓子もビロードや絹
金や宝石で光輝いていたいというのに

色鮮やかに祭りの飾りつけをした部屋には
高台にともった蝋燭の薫りと光が漂っている
彼女は歓びの明かりの中をひっそりと通り抜け
たった一人で窓辺に立つ

すると月の光が彼女の顔に
白いヴェールのようにかかる
そして静かな深い祝祭が
彼女の聖なる目から語りだす

ああ　ぼくが虚像を脱ぎ捨て
放埓に盲た仮面の欲望から自由になれるものなら
そして　真の自分の姿で　彼女の胸の聖堂に
手を合わせられるものなら

＊　ユダヤ歴アダルの月十四日に行われるユダヤ教の祝日。ユダヤの賢女エステルの故事にちなむ祭事

彼女の窓の前で

暗い夕べの歓びは
あなたの明るい窓の前にそっと立つこと
カーテンはまだ降りておらず
ぼくの目は天を見上げるように自由に遊ぶ

窓枠に沿って咲く花は
あなたの姿を花輪で囲み
ぼくの息はそよ風になって飛んでゆく
薄暗い霧のかおりと共に　輝く窓ガラスの方へと

そこにあなたは坐っている　とても静かにのびやかに
綺麗な頭を腕に載せて
ぼくはあなたのとても近くにいて　歓びと不安と
望みにあふれ熱く燃えあがる心を抱えている

あなたがこちらを見ている　あなたの目は知らない
あなたの視線の甘い魔法の力を
ぼくの目がその視線を酔ったように飲み込み
ただあなたの光でだけ明るく輝くのを知らない

あなたは知らない　ぼくの命のすべてが
あなたの太陽の周りを回る月のような
　　　　　　　ものだということを

ある時は誇り高き光線を放ち
ある時は深く身を屈めて泣きながら沈んでいく

鎮まれ、鎮まれ、わが心　激しい鼓動の意味はなんだ
上を見よ　天は遠くはない
星から落ちてくる炎は人間のため息を
主の王座の前へと運んでゆく

ラウバーヒュッテ*

こんにちは、優しい人よ
緑のテントの中にいるあなた
ここであなたが花開くのだとようやく分かった
ここであなたの世界の花が咲くんだ

ぼくは　まるで
約束の地に踏み込んだ気分だ
時の歩みの向きが変わり
逆戻りしたかのようだ

ぼくのいるところの樹々の葉は散った
ぼくのいるところの野に花はもうない
ここには春と夏が
兄弟として仲良くしているのが見える

この美しい家に
秋もまたやってきて
果実のために
花柄を探している

そして薫りとほのかな明かりは
力比べをしている
高いところに置かれた蝋燭が
星のように夜中ずっと光っている

そしてピカピカ光る水槽から
香煙が誇り高く昇る
薫りを失った
多くのバラが嘆き悲しむ

あなたはぼくを見る　恋人よ
するとぼくは何も言えなくなる

この魔法の場所に居ては
あなたはぼくの言わんとすることが
　　　　理解できないだろう

どんよりと曇った冷たい空気の中へ入って
あなたはどうやってぼくについてこられるのだろうか
熱と光と香りに満ちた
あなたの祖国を出て

＊一週間以上続くユダヤの収穫祭。この名称にあるヒュッテ（小屋）はユダヤ民族がエジプトを出て四〇年間砂漠で暮らさねばならなかった故事による。

真珠の冠

小さな冠が見たい
あなたの頭に載っているのを
夏の花のように色とりどりでなくてよい
緑の葉の縁取りもいらない

明るい　白い真珠で
編まれているのがいいだろう
あなたの黒い巻き髪の間を
それが星の光のように流れていく

頭を傾げてごらん　愛する人よ
長い髪を解いてごらん
真珠の冠だよ
透明で　澄んだ水のようだろう

あなたの胸は予感に震えてはいまいか
おお　予感の言うことを信じなさい
あなたの頭の上でぼくを泣かせてほしい
涙は洗礼を授けてはくれないのだろうか

マリア＊

マリア　とあなたに挨拶したい
ぼくの心はいつもあなたをそう呼んでいた
澄んだ小川の流れを見ると
ぼくは川辺にそっと腰をおろす
マリアだ　さらさらと波の音が言う
彼女の名前はマリアでなくてはならない
白い鳩が飛んできて
日の光を浴びて僕の上を漂う

愛する人よ　何も聞こえなかったのか
オルガンのような　そして滝のような音だった
歓声をあげて山と海を越え
聖なるヨルダン川が泳いで来る
その主の精霊が翼を羽ばたかせ
そして大声で叫ぶ　わが娘はどこにいる
愛の満ち潮の中に深く潜っていておくれ
あなたの名はマリアでなくてはならない

＊　この詩は小説『デボラ』にも収められている

ヨハネス君へ

君の胸から私が高々と歌い上げたんだよ
秘めたる愛の炎の歓びと苦しみを
そしてその響きに　私自身深く感動し
心臓の奥底まで　貫かれたように感じたんだ
春は近い　人々はもう家の中から
花を外に運びだして陽にあてている
私のミューズの冬の花も
間もなく小部屋を出ていく
春風は冬の花に生きる力を与え

若い緑と新しい蕾への衝動を
　　　助けてやらなくてはならない
冬の花が命と親交を結び
人々の称讃と感謝を得ようとするためにだよ

黒い苦悩と極彩色の歓びの花冠をつけて
冬の花は五月の香りと光の中　外へと出て行くんだ
冬が来て雪を緑と蕾に振りかけようとすると
緑と蕾はまた君の胸の中に逃れてくるよ

ギリシャ人の歌

古代文化遺産の友へ

ギリシャ人からギリシャ人への呼びかけ*

人々は多くを書き　歌い　語った
褒めたたえ　感嘆し　羨み　嘆いた
我らの父たちの名前　その名前の響きは美しい
どんな国民の讃歌にも似合う名前だ
自由と名誉と名声に熱い血潮を燃えたたせようとした者は
我らの古代文化遺産からその火を取った
その火は灰の山の中でまどろんでいる
その灰はかつてギリシャの英雄の血に染まった灰だ

何が君らを　君たち国民よ　そんなに臆病で心配性にしてしまったのだろう
君らが誓いをたてた精神は深い夜から立ち昇り
昔の偉大さそのまま　君らに手を差し伸べている
それが自由の国ギリシャなのだと君らには分からないのか
君らがよくその中でうごめいていた灰から昇る閃光
その閃光の残り火は君らの中にもあるとよく自覚しているはずだ
その閃光が朗らかに燃え上がり大きな炎を吹き上げる
臆病者たち　君らはそれを見る　そして恐しくなる
ああ　悲しいかな　友よ　君らはただ名前を弄んだだけだった
何もない空間に誇り高い矢を放ったのだ
そういう時は終わったのだといやになる程言われても
褒めたたえ　感嘆し　羨み　嘆いてきた
灰色の英雄時代の彼方に君らは何の夢を見ているのか
戻って来給え　君ら根っからの心酔者よ　その道では遠すぎる
古き物は新しくなった　遠方は君らのそばにあるんだ
君らがずっと夢みてきたものが　思いがけずそこに立っているんだ
君らの門扉がノックされる　君らは家の鍵を開ける
そこで君らが目にするのは夢みてきたものとそんなに変わらないのではないか

＊　ミュラーは一八二一年三月ギリシャ独立戦争が始まると、自らをギリシャ人の立場に置き、ギリシャ人同胞に呼びかける形態で詩作した

ファナリオット＊

我が父　我が母を　海で溺死させたのは彼らだった
二人の聖なる亡骸を大通りで引きずりまわしたのも彼らだった
美しい我が妹を部屋から追い立て
下女として市場で売ったのも彼らだった
波の音を聞くと　誰かが私を呼んでいるような気がする
そうだ　両親が深い遥かな墓穴から私を呼んでいる
復讐だと叫んでいる　それで私は腕を振り上げトルコ人たちの頭を波間に投げる
復讐が十分なされるまで　荒れ狂う波が収まるまで
だが涼しい夕べの風が私のこめかみに吹くと
ああ　風はおずおずと懇願するように私の耳の周りに低い声でため息をつく
ああ　それは奴隷の辱めを受けている妹のため息だ
兄よ　あなたの妹をけがらわしい徒党たちから逃げさせて
ああ　私が鷲ならば　空を飛べるものを

そして素早く鋭い目で町と田舎を一望し
妹を見つけ　敵の手から奪い
嘴にくわえて自由のギリシャに連れ戻すものを

＊　一七世紀後半から台頭したギリシャの商業貴族一般を指す語

アテネの乙女

窓の下に植えたバラの茂みに
花が咲き　私の部屋まで芳しい香りが漂ってくる
するとナイチンゲールが枝の上で愛と喜びを歌う
小鳥さん　しばし黙って　あなたたちは知らなかったの
聖なる十字のために戦い　自由な家庭を作るために
私の愛する人が槍と刀を持って戦争に行ったのよ
私が真珠の首飾りをしていたのを見たことあるでしょ
その首飾りは愛する祖国のために神父さまにあげたのよ
もう何カ月も私が髪飾りをしていないのを見なかったの
ここで一輪のバラをとても念入りに摘んでいたのを見たでしょう

小鳥さんたち　もうちょっとの間　恋人が戻ってくるまで
そして私たちに自由讃歌の新しい美しいメロディーを教えてくれるまで　黙っていてちょうだい
咲いていてね　バラの花　もうしばらく　そうしたら私はバラの冠を作って
歌と演奏と踊りで勝利の人々をお迎えするの
ああ　あなたが　私の最愛の人よ　もしもみんなと一緒に帰って来ないとしたら
ああ　歓喜と幸運から逃れて私はどこに隠れたらいいの
バラの茂みに坐って　ここで茨の冠を編んでいるのかしら
小鳥が一羽群れを離れて私のところで　私と一緒に嘆いてくれるかしら

マニ*の女

七人の息子に我が乳房から乳を飲ませた
七人の息子に聖なる剣を手渡した
我らの信仰と自由と名誉と正義のための剣を
万歳　息子たちはもう誰も下僕ではない
喜び勇んで戦に臨んだのだ
万歳　息子たちにはまだスパルタの血が流れている

息子たちが別れを告げた時　わたしの心は重くはなかった
言ってやったものだ　自由になって帰っておいで　自由でないなら帰るには及ばない
マニの母親たちよ　集合だ　探しに行こう
スパルタの廃墟に手がかりがあるかも知れない
そこで石を集めよう　我らの手に合う大きさの石を集めて
最初の臆病者の下僕に挨拶してやるために
血を流すことなく傷つくこともなく勝利して帰ってくる輩だ
奴の母親の家には花輪なんてかけてやるまい

＊　ペロポネス半島の南方にある三島のひとつ

ヒュドラ[*1]の翁

高い岩場に我身は立つ　はるか眼下に潮が満ちてくる
すると勇気が湧いて心が高々と舞い上がった
遠く陸と海の向こうに眼をやる
どこまでも　見渡すかぎり　鎖の触れ合う音はない
どこまでも　見渡すかぎり　新月旗[*2]は見えない

山上にも　塔にも　マストにも　聖なる十字[*3]がひるがえる
どこまでも　見渡すかぎり　どの胸もしっかりと息付いている
ひとつの信仰の炎に燃え　ひとつの愛と喜びのうちに
そして我らを束縛するものはすべて　我らを抑圧するものはすべて
心を煩わせるだけのものも　有頂天にするだけのものも
すべて火の中に投げ込んでやる　満々たる水の中に沈めてやる
それはすべての心臓を通ってひとつの聖なる灼熱の中で大きく波打つ
船の行くのが見える　誇り高い大波がごうごうと音をたてる
帆のなかで唸り声をあげるのは自由の嵐か
おまえたちとおまえたちの旅よ　万歳　おまえたちの美しい責任　万歳
竜骨からマストまでのすべての建造物に　万歳
おまえたちは洋々たる海を高貴な財宝を求めて舵をとる
おまえたち英雄の血の中に育つ勝者の花を持ち帰る
遠くで雷鳴がする　戦闘の挨拶だろうか
岩に打ち砕け散る寄せ波だろうか
この轟音を耳にすると心臓が裂けそうだ
戦うことのできる齢ではなし　息子もいない

＊1　ペロポネス半島の前の山の多い島、住民はギリシャで一番優秀な船乗りと言われる

＊2　トルコの国旗
＊3　青地に白い十字のギリシャの国旗

聖なる群れ＊

聖霊の声

友の心には友の心が繋がり　友の手の中には友の手があった
我らは一心同体となって死に抗した
皆が仰向けに横たわり　天を仰ぎ
胸には死の傷を負い　手中には赤い剣が握られていた
最後のギリシャ人と呼ばないでくれ　我らは最後でなくてはならないのか
我らは祖国に血と身体と生命を喜んで捧げる最後の人々なのか
最後のギリシャ人と呼ばないでくれ　恥ずべき称号は
我らの傷ついた心に鋼鉄と石よりも激しく食い込む
最後のギリシャ人と呼ばないでくれ　そんなことをしたらただではすまさないぞ
我らの身体は奴隷の地では決して安らげない
同胞よ　我らの望むように　墓を建ててはくれまいか

讃美する碑銘はいらない　記念像も建てなくいい
ただ闘ってくれ　我らが闘ったように　確固たる眼差しで死に挨拶してくれ
すると我らの血で自由が朝焼けの色になるのだ

＊ギリシャ中東部の古代都市国家テーバイの世紀前三七九年の故事に習い、一八二一年三月、Alexander Ypsilanti は五〇〇人の若いギリシャ義勇兵を「聖群」として率いたが一八二一年六月十九日トルコ軍により全滅させられた

ギリシャ人よりオーストリアオブザーバー紙*に

君は我らを煽動者（エンペーラー）と呼んだ　これからもそう呼んでくれ
高み（エンポーア）へ　高み（エンポーア）へ　ギリシャ人解放の言葉は　それだ
君の神の高み　君の権利の高み
君の父たちの高みだ　貶められた我ら一族よ
奴隷の鎖から　濁った牢獄の空気から　高みへ
自由な生気あふれるところへ勢いよく跳躍し　高みへ
高みへ　高みへ　眠れる者たち　死の夜の深淵から出て行け
復活の朝は紅バラ色に目を覚ました

君は我らを煽動者（エンペーラー）と呼んだ　これからもそう呼んでくれ
高み（エンポーア）へ　ギリシャ人解放の言葉は　永遠にそれだ
君にはその甲高い響きは全く受け入れられないかも知れないが
生ある限り塵埃の中でずっとこの世界を観察して欲しい
　＊ウィーンで一八一〇～四八年に発行された反動的な新聞

いにしえの亡霊　復活の日に

我らは深い眠りについていた　重苦しい夢を見た
ああ復活の日よ　長い躊躇の末ようやくやって来てくれた
我らは束縛と鎖と拘束の重苦しい夢を見ていた
夢の中我らの傷が心臓で燃えるように痛んだ
城塞が落ち　寺院が没するのを見た
廃墟に見慣れぬ旗がなびいているのを見た
異教徒の足が我らの霊廟の芝生を踏みにじるのを見た
我らの言語の響きがしだいに弱まり空中に消えていった
そして若者の心が我らの丘の上で誓った言葉も

乙女が焼きつくような痛みを我らに訴えた言葉も
理解できなかった　しかしはっきりと聞き取れたのは
土の天井から響いてくる奴隷の鎖の響きだ
万歳　それはもう終わった　万歳　我らは夢を見ただけだ
自由の歌が野山を越えて明るく響き渡る
我らの丘は花輪で飾られ　土は羽のように軽い
眠りでぼやけた霞は我らが睨めば消えていく
傷は癒えた　四肢は軽やか
目指すんだ　兄弟たち　闘いを目指して行こう　進軍ラッパが鳴っている

イギリスに向けてアテネの廃墟が語る

我らの感謝を受けてもらおう　自由の牙城　イギリスよ
汝は高々と聳える王宮の[*1]人の元に高貴な貴族（ロード）[*2]を　我らのために
その身を捧げるようにと遣わしてくれた　そして実際　貴族の振る舞いは騎士的だった
ギリシャ人よ　聞くがよい　鋭い筆致で彼の成し遂げたことの数々を
咲き始めた自由の花が踏みにじられて埃となる時

聖都アテネが野蛮な異教徒の餌食になる時
そんな時　まさにそんな時　ギリシャ人よ　分かるだろう　我らが傷つくことなく
荒くれた敵の剣の嵐のような武力のなかでも守られてきたのだ
我らの感謝を受けてもらおう　自由の牙城　イギリスよ
残念無念だ　君らの高貴な貴族が遣わされても駄目だった
どんな嘆願状も我らを救うことはできない　アテネの廃墟は
自由なギリシャ人と共に　よろめき　倒れ　滅びるだろう
我らは長年にわたり恥辱と非難と苦難を生きた
苦悩の日々にはまっすぐ立つのは難しかった
外国人が押し寄せて　不思議そうに我らを眺めた
我らはされるままだった　しかしそれは我らにはあまり問題にならなかった
彼らに測らせ　描かせた　だが精神を描いたり測ったりする人はなかった
彼らはそれで満足だった　すべての名前を知っていた
さらにある偉大な貴族（ロード）[*3]も来た　我らの腐朽した頭部から
感嘆のあまり絵画の装飾を奪って行った
獲物を持って帰り給え　万歳だ　我らはまだしっかり立って
とてつもなく長かった夜明けに　自由の朝焼けを見ようとしている
神々の像の代わりに我らは幟をかざして行く

その幟は　異教徒との闘いをギリシャ人の勇敢な息子たちに呼びかける
ああ　この息子たちが敗北するなら　我らが立っている意味はどこにある
君たちの本にはアテネの廃墟のことが書いてある
自由を奮おうともう一撃食わされたら　我らの壁は崩れ落ちてしまう
だからどの英雄の丘でも我らはもうひとつ石を投げるんだ

＊1　トルコのスルタン　モハメット・二世（1784～1839）
＊2　イギリスのコンスタンティノープル大使　Percy Clinton Sydney Smythe（1780～1855）
＊3　イギリス外交官で美術品蒐集者　Thomas Bruce（1766～1841）

ギリシャの望み

同胞（はらから）よ、外国人の庇護を求めて遠方に目をやるな
しかと見たいと思うなら　君たちの心の中と自分の家だけを見るがよい
君たちの自由のためにそこに聖なる保証が見つからなくても
今後も決して　同胞よ　保証は外からは決してやっては来まい
従僕の重いくびきを自分で肩にかけたのだ
自分でそれを担ってきたし　今日もまだ担っている

待っていたのか　褒め讃えられたギリシャよ
外国の手がそのくびきを首から持ち上げてくれるのを
自分で自分のために戦い　自分で自分を解放しなくてはだめなんだ
罪は君のもの　償いは君のもの、争いの後の月桂樹は君のもの
君のことを多くの人々が嘆き悲しむだろう　多くの人々が君に祈りを捧げるだろう
多くの人々が君のために力を貸すだろう　多くの人が相談にのってくれるだろう
それ以上何を望むのか　君のその自由の望みの上に要塞を築くな
望みが置かれている地面が建造物を壊し瓦礫の山としないように
君の過去の自由の名誉は新しい世界にふさわしい
なぜなら自由なる人は墓の中で　従僕のごとく忍耐強く眠っているからだ
改悛の情を抱いて君の武器をトルコ人の王座に置いてみたまえ
君の頭をおとなしく苦行中の奴隷のように下げてみたまえ
そうしたら　まさにそうしたら全キリスト教徒の力の及ぶところに住みたいと思うに違いない
そうしたら　そうしたらトルコ人が君を許すことを望むに違いない
平穏と平和をヨーロッパは望んでいる　なぜ君はその邪魔をした
なぜ狂気の如く自由を求めて独りよがりの混乱に陥った
主人の課する苦業を引き受けたから援助してくれる主人がいると思ってはいけない
トルコ皇帝の安楽椅子のクッションをもヨーロッパでは王座と呼んでいるではないか

ギリシャ人(ヘラス)よ、どこを見ている　息子よ　私が見上げているのは天上の神だ
神は　罪と罰の中の我が慰め　神は　闘いと死の中の我が牙城

バイロン

My task is done, my song has ceased, my theme
Has died into an echo.
CHILDE HAROLD

「三七の追悼砲　誰のためなのか
彼が敵から勝ち取った勝利が三七なのか
その英雄が胸に負った負傷が三七なのか
言ってくれ　その高貴の死者は誰なのか　広場や道路で繰り広げられる
人生の色とりどりの歓びを黒い喪章で覆い隠してしまったのは誰なのか
言ってくれ　我が祖国が失ったその高貴の死者は誰なのか」

轟音の鈍い響きが意味するものは勝利ではないし負傷でもない
ミソルンギの城壁からの響きは山や谷を越えて轟き渡る

そして戦慄的な目覚ましの声となって　追悼の発砲で驚きと痛みのあまり
茫然自失し硬直した心臓を揺さぶる
轟音の数が意味するのは　三十七歳なのだ
バイロン　バイロン　君の齢だ　ギリシャ人（ヘラス）が今日涙にくれているのはそれだ
君の生きた歳月なのか　いや、私が泣いているのはその歳月のためではない
この歳月は名声の陽光の中で永遠に生きる
鷲の羽ばたきの歌に載せ　羽ばたきは疲れて止むことなく
時の軌道をサラサラと流れ　流れつつ偉大な精神を目覚めさせる
そうではない　私が泣くのは別の歳月のためだ　君が体験することのなくなった歳月
君がギリシャ人（ヘラス）のために生きようとしたその歳月のためだ
轟音の響きは私にそのような幾多の年と月と日が無くなったことを知らせる
何という歌　何という闘い　何という負傷　何という転落
ビザンツの壁の上での勝利の興奮の最中の転落
君の足元には王冠を　頭には自由の花冠を

高貴なる闘士　あなたは闘った　どんな花冠だって被る価値がある
鋭い精神の両刃の剣で闘った
世界の端から端まで響き渡る高潔な言葉で闘った

日の出から始まり日没まで太陽と共に闘った
怒れる暴君の如く歯をむく虎と闘った
レルナス[*1]の沼地で一腹の蛇たちみんなと闘った
蛇たちは黒い泥土に住み　光はだから敵である
光が差し込もうなら　彼らは毒と胆汁を沸き立たす
君は自由のために闘った　ある世界の自由のために
そしてギリシャ人(ヘラス)の若い自由のために　喜んで死んでいく英雄のように闘った
自由は我らの山々の上にあるのだと人々が予感しているのを君は見た
谷間では彼らの子供たちが山の鞍部を歩かなくてはならない時のことだった
君はその時もう近寄る勝利の歓びで月桂樹がそよぐ音を聞いていた
その時君はもう大きな胸が勝利の歓喜で膨らむのを感じていた

そしていよいよ君が予見していたその時がやって来ると
君は驚かなかった　花婿が花嫁のところに走り寄るように
ギリシャ人(ヘラス)の腕に飛び込むと　ギリシャ人(ヘラス)は両腕を広げた
「ティルテオス[*2]は甦ったか　私の苦しみは終わるのだろうか
地上の王たちは私を恨みがましく見下し
彼らの廷臣たちは私を嘲弄し　彼らの司祭らは私をさげすむ

一人の歌手の戦旗が海を飛んでいくのが私には見える
デルフィンがその船の舷を踊って回る
白い波頭が誇らしげに竜骨の前に立ちあがる
すると船のマストに寄りかかり　彼は弦楽器を奏で始めるのだ
自由よ　と彼は私に向かって歌う　自由よ　と私は返事をする
自由が彼の頬に燃えている　自由が彼の眼差しから光を放つ
ようこそ　竪琴の英雄よ　ようこそ　甲冑の英雄よ
立ち上がれ　ティルテオス　立ち上がれ　息子を　どうか　戦場に連れて行ってくれ」

それで彼は船から降り　上陸した
そして唇を海岸の柔らかい砂に何も言わずに押し付けた
何も言わずに人々の群れの中を通って行った　まるで全く一人で歩いているかのように
人々は彼に向かって歓喜の声をあげて海の中まで大波のように動いて行った
ああ　彼がこの海岸に接吻した時　彼の身体には戦慄が走ったに違いない
死の天使の翼が我らの都市の塁壁にあったのだ
この使者を目にしても　英雄は慄（おのの）かなかった
もっと鋭い目で使者の目を捉えた　「私ならここにいる
もう**ひと**戦（いくさ）だけさせてくれ　勝利の歓びある**ひと**戦（いくさ）を

ギリシャ人（ヘラス）の自由のために　そうすれば君の長い夜の中へ
目配せしてくれたらすぐさま何の抵抗もなくついて行く、蒼ざめた友よ
私はすでに長い間この地上の芝居を大笑いと大泣きのうちに見おさめた」

底意地の悪い死よ　臆病者の絞刑吏よ　彼のこの願いを叶えてやらなかったとは
彼が剣を研いでいた時　背後から足音忍ばせて近寄り
悪疫の潜む息を彼の頭の周りに吐きかけた
そしてその胸の命の炎を彼の首から吸い取った
かくして彼は墜落も打撃もなくくずおれた
冬の嵐に折られた一本の樫の木のように枯れた
そして嵐は蛆虫どものたかる鬱陶しい時を振りかけた
森の主たる誇り高い女がそれを清めて花の死とした
それで彼は生命の花が咲き乱れるところに沈んで
息せき切って新しく走り出し　待ち望む市門の壁に向かって
目で道程を測り　目で目的地をすぐ掴んだ
目的地は緑色の勝利の賞品を手に　彼に向かって熱狂的な合図を送った

ああ　彼は勝利の賞品を獲得しなかった　彼の蒼ざめた頭の上にそれを置け

死よ　何の目的を達したのか　彼の冠は奪わなかったではないか
彼が自分で掴むよりも　もっと前に冠を与えてしまったのだ
そして月桂樹の緑は　彼の顔が蒼ざめた分　もっと緑に輝いてみえる
「三七の追悼砲　轟き渡る　世界中に轟き渡る
そして海の高波よ　荒涼たる海原を
我らの轟砲の反響を彼の祖国に運んでくれ
彼らは生者を追放しながら[*3]その死を嘆き悲しんでいる
ブリタニアは我らに言葉と行為で罪を犯した[*4]
彼の国の人々の犯した罪を我らに償ってくれたのはまさにバイロンなのだ
彼の棺の上で我らはブリテンに手を差し伸べる
自由な国民よ　手を打とう　我らの友　我らの守護者と呼ばせてくれ」

（「バイロン」は『ギリシャ人の歌』再版の際、付け加えられた）

＊1　ギリシャ神話によるとアルゴスの南の海岸の沼地にはヘラクレスに殺されたレルナスの蛇が住んでいた
＊2　紀元前七世紀のギリシャの詩人で将師
＊3　バイロンは祖国で社会的な葛藤に苦しめられた
＊4　反動的な外交官　Robert Stewart Viscount Castlereagh（1769-1822）はギリシャのために政治的軍事的仲介をすることを拒んだ

男声合唱団（リーダーターフェル）のための酒宴の歌（ターフェルリーダー）（抄）

ワイン王

我こそは忠実で勇敢な英雄で
我の仕える王様は
神の統（す）べたる広き世の
最も偉大な王様だ

我が従うその旗は
緑の枝
我が王国で
酌する度にひるがえる
我が顔色は
王の色
襟や袖のことなどは
我らの王は見ていない

極めて赤い王の色
宝石のように光っている
我らの敵の持つ色は
鈍く　冴えない　光らない

敵の将軍と王の名は
喉の渇きってところだね
焦げて焼けて
我らが王国を駆け抜ける

乾杯（ビバムス）　それ　乾杯（ビバムス）
それが我らの合言葉
戦場のトランペットは
我ら満杯グラスの響き

太鼓の音もある
砲弾の爆音もある
我らは机を叩き
足踏みだってやっておる

我らはしっかり装塡し
武器の扱いに長けている
大砲は瓶だ
高貴な液体でずっしり重い

いざ　いざ　勝利せよ
鼻と髭とは
兜の中より
グラスの中が安全だ

この荒々しい道の上
弾に当たって倒れても

どんな傷であろうとも
ちょっと眠れば治ってしまう

王様万歳　我が偉大なる王よ
王様万歳　王の玉座よ　万歳
高貴な苦行をつかまつる
すべての忠実な兄弟よ　万歳

よくない時代　いいワイン

時代が悪いとぼやくのは
きっぱりやめた
いいワインが
わが酒樽に詰まっているかぎり

新聞読みたいか
兄弟よ　じゃあビールだな

ブドウの果汁に比べたら
吸い取り紙には味がない

この世では
日ごとに　なんでもかんでも
もっとぼんやり　冷たく　弱く
なるらしい

しかれども樽のワインは
時の力がどんなでも
齢を重ねて
品位を高める

歳月が人間から
徐々に奪うもの
それが　ワインに与えられる
熱気と勇気とエネルギー

樽を抜いて
それをもう一度取り戻そう
歳月の飛翔の中に
すっかり消えてしまったものを

苦悩と争いの人生を
送る者は
古き樽から飲み干し給え
古きよき時代を

いっしょにやろう

ワイングラスを手にすると
ぼくは独りでいたくない
いっぱいに詰まった戸棚の隣で
ケチな輩が独りで断食しようとも
二番絞りのワインをねらって

盗人が黒い壁に忍び寄ろうとも
　ワイングラスを手にすると
　ぼくは独りでいたくない

　ワイングラスを手にすると
　ぼくは独りでいたくない
賢人が独りで叡智をきわめ
齢をとっていこうとも
教えに従い
生きて愛しようとも
　ワイングラスを手にすると
　ぼくは独りでいたくない

　ワイングラスを手にすると
　ぼくは独りでいたくない
修道士は小部屋でただひとり
地獄と取っ組み合っているのかな
焼肉のいい匂いが

彼の出っ腹を狙っている
　ワイングラスを手にすると
　ぼくは独りでいたくない

　ワイングラスを手にすると
　ぼくは独りでいたくない
お若い人　月の光に嘆くがいい
森は沈黙　孤独な我が身
妖精の教えを
この耳で聞きたかったのにと
　ワイングラスを手にすると
　ぼくは独りでいたくない

　ワイングラスを手にすると
　ぼくは独りでいたくない
胃腸の調子が悪い時
何を飲んだらよかろうか
小瓶から

匙ですくってこっそりなめる
　ワイングラスを手にすると
　ぼくは独りでいたくない

ワイングラスを手にすると
ぼくは独りでいたくない
いつかは独りで死ななきゃならん
遺産は多くは残さない
生あるかぎり盃は
仲間と集って乾杯しよう
　ワイングラスを手にすると
　ぼくは独りでいたくない

ノアの箱舟

我らの楽園を奪うのは
飲み物ではなく食べ物だ
ちょっと齧っただけなのに
アダムが失くしたものだって
ワインが我らに返してくれる
ワインと歌が返してくれる

この世はふたたび
食欲に屈し
罪の洪水に
生物が溺れた
しかしノアは生き延び
高貴な葡萄を植えた人

ノアは妻と子供をひき連れて
一番大きな樽に逃げこんだ
樽は洪水の上をプカプカ泳ぎ
誰も濡れなかった
それでワインも敬虔な者たちも
溺死を免れた

洪水がひくと
丸い家が山の上に
残された
全員そこから出てくると
こんにちは人生よと挨拶し
新しい葡萄の木を植えた

それでも蛮勇を奮って
聖なるワインを侮辱する奴は
洪水にのまれて
沈んでしまえ
乾杯だ　歌おう　兄弟たち
ワインと陽気な歌だ

新しい煽動家

君たち高貴なドイツの葡萄に
　我が歌は捧げられる
この愛すべき時代の英雄としては
　他のものが讃えられてはいるけれど

彼らの名前には
　韻がふめない
韻のない詩に
　詩人はいらない

時代精神に
　一度は酔ったこともある
酔いから醒めて
　飲み物を取り替えた

ドイツらしく自由で強くて純粋

ドイツの土地で
変わらないのはラインの岸辺の
　ワインだけ

ワインはドイツの美徳を
　ドイツの勇気を
単刀直入グラスの中で泡立たせる
　人はそれに讃同する

ワインはドイツの地区を巡り
　ドイツ魂を説教する
陽気な男の一団が
　ワインのグラスを重ねる時

同国人よと　ドイツ人みなが口を揃え
　ワインに恍惚と挨拶する
ワインは自分のドイツ同盟を
　昔から忠義深く維持している

お偉さんが変わるか
　精神が変わるかは聞くまいぞ
ドイツはひとつの国しかない
　ドイツの酩酊もひとつだけ

その彼が煽動家でないとしたら
　誰を煽動家と呼べるのか
マインツ*　聖なる連邦のとりでよ
　彼を監禁するのだけはやめてくれ

＊カールスバード条約下、革命的画策、煽動的結合を取り締まる調査委員会の所在地となった

ワインの中の自由

より良い所があるならば
この世からはおさらばだ

やれやれ誠に　居場所というものが
どこにもないのが　この時代

望遠鏡ではるか彼方
天体をぐるりと眺めまわし
どこかの星に
葡萄の木がないものか

まだどこにも見つからないのに
ヘルシェル*はもう死んじゃった
この世が我らをからかい悪ふざけなどしようなら
その苦境から我らはどこへ抜け出すか

兄弟たちよ　兄弟たちよ　頼むから
フラフラと出て行ったりしないでくれ
最良の自由な国家はすぐそばにあるんだ
我らの飲み屋の中だ

そこの地下室に我らは逃亡する
地下室は爆撃できない
いまいましい世の中だ　嵐をおこそうものなら
我らは反抗するぞ

自由もまた法の恩典を奪われたと
ここ上の方では言われているが、
あちら下の方スルタンの国では
自由はまだ呪縛を解かれてはいない

葡萄の木に花が咲く度
自由はまだ若いワインの中で発酵中
すると精神は束縛から解き放たれようと
グラスの中で赤く燃える

その泡立ちの中で
荒々しい推進力が荒れ狂う
純粋な精神　それは言い負かされることがなく

激しい論戦で勝利を収める

さあ　兄弟よ　栓を抜こう
そしてワインを自由にしよう
ワインの自由な精神が我らの口の
自由な歌の幕開けだ

＊　フリードリヒ・ヴィルヘルム・ヘルシェル（一七三八～一八二二）天文学者。天王星の発見者

美味いワイン　ラテン語うまい

美味いワインでラテン語上達
溢れるグラスを片手に坐ると
我はアポロ
すると鼻はどんどん高くなり
ほとんど雲の中まで昇っていく
辮髪　陰嚢袋　かつらが
あっという間に肌に生え
栄誉の飾りつけをしてくれる
何百年も褪せない飾り

美味いワインでラテン語上達
瓶が底をついてくると
もうアポロなんて小物に見える
世にも勇ましい頌詩（オーデ）よりもっと勇ましく
我は世界に突進する。
それから我が竪琴で
並みいる大国を捻じ曲げる
自由主義者と追従者には
査閲をかけてやる

美味いワインでラテン語上達
テーブルにこぼれるまで呑んだなら
我はもうタキトゥスで
規則正しく殺させて

それも一気にやってのける
指で川を描き
湖は広げた手で描く
注がれた我の赤ワイン
祖国のためにほとばしる

美味いワインでラテン語上達
テーブルがきれいに拭き取られたら
剣はその間しまっておいて
空瓶を前に
平和な会議の開催だ
国々をあっと言う間にこま切れにし
新たな縫い目で
古いぼろきれを繕ってやる
我は外交官てなもんだ

美味いワインでラテン語上達
最後の一滴を飲み干してみても
どれもこれも最高とは言いかねる
コルクの栓の匂いをかいで
薫りの批評をやってみる
我がチョッキのポケットは空っぽだ
酒屋のおやじは現金を愛す
もう一本頼むよ
それがだめなら注文は新世界

過去

陽気な飲み会の席で
ぼくはなみなみ注がれた杯の中に
明るい眼差しを向ける
周りでグラスの触れ合う音
そして友は歌う
ドイツのワイン　汝に誉あれ

すると、そうすると　ぼくの目前に現れるのは
金のブドウがうなずく様
澄んだ流れの中へと
波が愉快にざわめく様
そして漁夫らの夕べの挨拶に
葡萄園の女たちが耳をすます姿

月が静かな空から
地上の騒動を見て
喜んでいる
飾られた樽
歌と踊り
そして月は静かにご退出

色とりどりの明かりをともせ
至福の顔が
闇夜に包まれないように
明るすぎると思う幸福者は
素面の奴にからかわれないよう
暗い所を探せばよい

緑のワイン畑の囲いの中
愛のためにも道はいろいろついている
どれも愛にはふさわしい
曲がった　まっすぐな
広い　あるいは狭い道を経て
愛の約束の地（カナーン）へと続くんだ

兄弟よ、グラスを鳴らせ
われらの古きドイツのラインに
ラインとラインの若いブドウに
陽気に万歳の声をあげよう
今年もわれらに与えたまえ
新しい象牙色のワインを

未来

葡萄の茂る園亭で
たわわに実ったひと房の葡萄が目にとまった
葡萄は媚びるように陽の光と戯れ
待ちきれないようにこちらを覗いている
陽の光は花のような緑の粒を
鮮やかな金色に描いてゆく

すると　そうすると　ぼくが思うのは果汁のこと
その葡萄の粒が内に秘める
すばらしい力のこと
それでぼくはもうグラスを満たす
この葡萄から流れ出る
若々しいワインで

ぼくの友はみな重圧に耐えている
歓びの泉を
ぼくといっしょに浴びようとする
見給え　栓が抜かれて
酒精は上へと昇る
そして天は遠くない

満杯のグラスが音をたてている
新しい歌がうっとりするような甘い調べにのって
耳に押し寄せてくるのが聞こえる
耳をすまし給え　葡萄園亭で何かがざわめく音がする
見給え　葡萄の中で何かがうごめいている
歌だ　歌だ　どんどん出て来い

冬の旅

おやすみ

来た時ぼくはよそ者で
去り行く今もよそ者だ
五月はとても優しくて
花束いっぱい贈ってくれた
娘は愛を語ってくれた
母は結婚とまでも口にした
されど今　この世はとみに暗くなり
道は雪で覆われる

旅立ちの時は
選べない

この暗闇の中
自分で探すしかない道程だ
月明かりのなか影だけが
道連れとしてついて来る
遥かに続く雪野原
獣道（けものみち）をたどり行く

追い出されるまで
長居をしてどうする
飼い主の家の前で
狂った犬どもには吠えさせておけ
愛は彷徨（さすらい）を好むもの
それが神の思し召し
この人からあの人へと
愛しい娘（こ）　おやすみ

夢見る君を起こすまい
安らぎの邪魔にならぬよう

足音が耳に入らぬよう
そっと　そっと戸を閉める
行きしなに門のところに
おやすみとだけ書いておこう
君のことを思っていたと
君に分かってもらえるように

風見鶏

愛しい人の家の屋根で
風が風見鶏と戯れる
するとそれだけで妄想に囚われた
風見鶏が口笛吹いてこの哀れな逃亡者を
　　　　　　追い払うのかと

彼はこの家に聳えるこの標（しるし）に
もっと早く気付くべきだった
そうしたら決して求めはしなかった
この家に純真な女性の姿など

風は家の中でも人の心をもてあそぶ
屋根の上と同じだが　あんな音はたてずに
この家の人たちはぼくの痛みなど気にかけまい
娘は玉の輿にのったんだ

凍った涙

凍った滴が
頬を伝わり落ちてくる
泣いていたのに
気づかなかったとは

おい　涙　ぼくの涙
なんてなま温かいんだ

それが冷たい朝の露のように
硬い氷になってしまうのか

燃えるように熱い胸の泉から
それでもおまえは湧き出でる
冬の氷をあますことなく
溶かしたがっているかのように

凍結

雪の中　むなしく探す
彼女の足跡
ここはふたりで
歩き回った緑の野原

大地に接吻したい
この熱い涙で
雪と氷を溶かして
地面が見えてくるまで

花はどこだ
緑の草はどこにある
花々は枯れ果て
芝生もすっかり色あせた

思い出のひとつも
ここから持ち帰ってはならないのか
ぼくの痛みが口を閉ざしてしまったら
あの娘のことは誰に聞けばよいのか

凍死したようなわが心
あの娘の姿がその中で冷たく凍てついている
いつかまたこの心が溶けだす時があれば
彼女の姿もすっと溶けてくる

菩提樹

市門の前の泉のほとり
そこにたたずむ一本の菩提樹
その木陰でぼくは
あまたの甘い夢を見た

ぼくは幹に刻んだ
あまたの愛の言葉を
嬉しい時も悲しい時も
いつでもその木に引き寄せられた

だが今もまた旅ゆくさだめ
夜更けてそこを通りかかり
暗闇の中でそっと
目を閉じた

すると菩提樹の枝がざわざわと音を立てる
ぼくに呼びかけるように
おいで　お若いの
おまえの安らぎの場はここだよ

冷たい風がまっこうから
顔に吹きつけ
頭から帽子が飛んだが
ぼくは振り向かなかった

今やあの場所から
遠く離れたところにいるのに
ざわさわという音がずっと耳に残っている
おまえの安息の場はあそこなのにと

郵便馬車

街道から郵便馬車のラッパが響いてくる
なぜだ　こんなに高鳴るのは
　　わが胸よ
おまえ宛ての手紙など運んでくるわけがない
何をそんな奇妙にせき立てる
　　わが胸よ
そうか　馬車は町からやって来る
かつて恋人がいた町だ
　　わが胸よ
おそらくそちらをちょっと見たいんだな
町の様子を尋ねたいんだな
　　わが胸よ

あふれ流れる水

目から涙があふれて
雪の中にこぼれ落ちた
冷たい雪片がむさぼるように
この胸の熱い痛みを吸い込む
若草が萌えだそうとすると
そこからほんわり風が吹き
氷はばらばらと砕け
ゆるんだ雪は流れ去る
雪よ　ぼくの思いを知ってるね
おまえはどこに流れて行くのかな
ぼくの涙についていけばいいんだよ

すぐに小川にたどりつく

小川と一緒に町を通りぬけ
にぎやかな通りを出入りする時
ぼくの涙が熱くたぎるのが感じられたら
そこに　ぼくの最愛の人の家があるんだ

凍った川の上で

あんなに楽しげにざわめいていたおまえ
明るく奔放だった川よ
それがなんて静まりかえってしまったんだ
別れの挨拶もしてくれないで

硬く凍てついた氷の皮で
おまえは身を覆ってしまい
冷たく身じろぎもせず横たわっている
砂の中に手足を伸ばして

その氷の面にぼくは刻む
尖った石で
最愛の人の名前と
あの日　あの時刻を

はじめてことばを交わした日と
ぼくが立ち去った日だ
名前と数の周りには
途切れた輪を描いて囲む

わが胸よ　この小川に
自分の姿が見えはしまいか
小川の氷の下では
溢れんばかりに水かさが増してはいまいか

回想

両足の裏が燃えるように熱い
氷と雪の上を歩いて来ているのに
だが一息入れるつもりはない
町の塔が見えなくなるまでは

石にはすべて蹴ずくほど
大慌てで町を出た
鴉どもが雪のつぶてや雹のかけらを
帽子めがけて家々の屋根から投げつけた

迎えてくれた時はそんな風ではなかったよな
移り気な町よ
家々の窓辺がきらきら輝き
雲雀とナイチンゲールが歌合戦をしていた

こんもり茂った菩提樹は花をつけ
澄んだ水路が明るい水音を立てていた
そしてああ　娘のふたつの瞳が燃えていた
それでおまえは恋に落ちたんだよね　若者よ

あの日のことが心に浮かぶと
もう一度　振り返ってみたくなる
またもや　ふらふら戻って行って
あの娘の家の前にそっと立ってみたくなる

白髪の頭

霜が白く輝くものを
ぼくの髪に蒔いた
それで白髪の老人になった気がして
とても嬉しくなった

でもすぐに霜は溶けて
ぼくはまた黒髪になったので
自分の若さにぞっとした
柩に入るまであとどの位あるのだろう

夕焼けから夜明けまでに
白髪になることもままあるそうだ
そんなこと信じられるか　それにぼくの頭は
こんな長旅をしていてもそうはならなかった

からす

からすが一羽
町からついてきて
今日までずっと
ぼくの頭の周りを飛びまわる

からす　奇妙な生き物よ
ぼくと離れたくないのか
そのうちここでぼくを餌食として
この体をついばもうというわけか

よかろう　遍歴の杖を頼りに行く旅も
もうそう長くは続くまい
からすよ　最後に見せてくれ
墓場に至る誠実を

最後の望み

木々にはちらほら
紅葉が残っている
木々の前に立ち止まり
しばしば物思いにふける

とある一枚の葉に目をとめ
それに望みを託す
風がぼくの葉と戯れるから
体の震えが止まらない

ああ　その葉が地面に落ちたら
それと共にぼくの望みが落ちる
ぼくも一緒に地面に落ちて
ぼくの望みの墓の上に泣き伏す

村にて

犬が吠える　鎖が鳴る
人々は寝床で鼾をかいている
持たざるあまたの物を夢に見て
良かれ悪しかれ英気を養う

でも朝になればみんな消えてなくなる
まあいい　とりあえず楽しんだ
そして見残しは
また枕の上で探そうというわけだ

吠えてぼくを追い立てるがいい　おまえら
　　　　　　　　　　　　　　覚めた犬ども
安らかなまどろみなど　ぼくには不要
すべての夢は見つくした
貪り眠る人たちの所でぐずぐずしてどうする

嵐の朝

嵐がズタズタに引き裂いてしまった
空の灰色の衣
千切れ雲が舞っている
あちこちフラフラぶつかりあって

そして真っ赤な炎が
雲の間を動いていく
これぞまさに朝
ぼくの気持ちにピッタリだ

ぼくの心は見ている
空に描かれた自分の姿を
これは冬にほかならず
寒く荒れた冬そのもの

惑わかし

ひとすじの光がぼくの前を親しげに踊って行く
ぼくはその光をあっちこっち追いかける
追いかけるのは面白い　でも分かった
それは旅人をそそのかす光なんだ

ああ　ぼくのように惨めだと
色とりどりのまやかしにひっかかってみたくなる
氷と夜と恐怖の背後にも
旅人に明るく暖かな家と
その中にいる愛すべき女性を見せてくれるから
そんな惑わかしだけがぼくの救いだ

道しるべ

ほかの旅人が行く道を
なぜ避ける
雪に埋もれた岩山の
隠れた小径をなぜ探す

人目を憚るようなことなど
していない
どんな馬鹿げた思いゆえ

荒野へと駆り立てられるのか

路傍には道しるべが立ち
あの町この町を指し示す
でもぼくはあてどなく歩く
安らぐことなく　だが安らぎを求めて

とある道しるべが目にとまる
揺るぎなくぼくの前に立っている
この道を進まねばならない
誰も帰ってきたことのない一筋の道

旅籠（はたご）

ある墓場へと
ぼくの道は通じていた
ここに泊まろうと
思いついた

弔いの緑の花輪
それはたぶん目印なんだろう
疲れた旅人を
冷えた旅籠へと招くための

なんとこの宿の
部屋はすべて塞がっているというのか
ぼくは疲れ果て倒れんばかりで
死にそうな傷を負っているというのに

ああ　なんと無慈悲な旅籠だ
そうか　ぼくを追い返すのか
よかろう　先を行こう　ただ先だ
なあ　わが忠実な旅の杖

鬼火

岸壁の奥深い谷底へと
鬼火がぼくをおびき寄せた
どうすれば出口が見つかるか
この際それはどうでもいい

道に迷うのは慣れっこだ
どの道だろうと目的地には着くもんだ
人の喜び　苦しみは
すべては鬼火の戯れだ

涸れた山あいの沢の跡をたどり
くねくね　ゆっくり　降りて行く
どんな川もいつかは海に注ぎ
どんな悩みもいつかは墓場にたどりつく

休息

休もうと身を横たえた今
初めて気付いた　この疲れ
険しい道のりも
歩いてさえいれば元気だったのに

足は休もうかとは聞いてこなかった
立ち止まるには寒すぎた
背中も荷物の重さを感じなかった
嵐が後押ししてくれた

炭焼きの狭い小屋に
寝場所が見つかった
だが手足は安らぐことがない
傷が焼けるように疼くのだ

ああ　おまえ　心よ　闘いと嵐に挑んだ時

あれほど奔放で向こう見ずだった
この静寂のなかに居て　はじめておまえの虫が
熱く刺さるように蠢いているのが感じられる

幻の太陽

空に三つの太陽が見えた
長いことじっととそれらを見ていた
太陽たちもうつろにそこにじっとしていた
まるでぼくから離れられないように
ああ　君らはぼくの太陽ではない
他の人たちの顔でも見てくれ給え
確かに　ぼくにも最近まで三つの太陽があった
でも最良の二つは沈んでしまった
三番目も後を追って沈んでくれればいい
暗いところがぼくの気分にあっていいそうなんだ

春の夢

五月に咲く花のような
色とりどりの花を夢に見た
緑の草原を夢に見た
陽気な鳥のさえずりを夢に見た

すると雄鶏が時をつくり
ぼくは目を覚ました
あたりは寒くて薄暗く
屋根では鴉が鳴いていた

それにしても窓ガラスに
葉の絵を描いたのは誰だろう
真冬に花を夢見た男を
嘲笑っているんだろうな

つぎつぎと愛の夢をみた
きれいな娘の夢をみた
抱擁と接吻の夢を見た
歓喜と至福の夢を見た

しかしそこで雄鶏が鳴いて
ぼくの心が夢から覚めた
今ここに一人で坐り
夢のことを思い返している

ふたたび目を閉じると
胸はまだこんなにも熱くときめいている
窓辺の木の葉よ　緑になるのはいつのこと
ぼくが愛しい人を腕に抱くのはいつのこと

孤独

ひとひらの暗いはぐれ雲が
明るい空を流れていくように
もみの木の梢で
力なく風がそよぐ時

ぼくは我が道を
足取りも重くひたすら進む
明るく陽気な賑わいの中を通り抜けても
孤独（ひとりぼっち）で挨拶を交わすこともない

ああ　大気はこんなに穏やかだ
ああ　世の中はこんなに明るい
まだ嵐が吹き荒れていた時でも
ぼくはこれほど惨めではなかった

勇気

雪が顔に吹きつけたら
そんなものは振り払う
心が胸のうちを明かしても
明るく陽気に歌いとばす

心が何を言おうと聞いてはやらぬ
聞く耳など持つもんか
心が何を嘆こうと知るもんか
嘆くなど愚か者のすることだ

陽気に世の中へ繰り出そう
雨も風もなんのその
神が地上にいないなら
我ら自身が神々だ

辻芸人（ライアーマン）

ずっとむこうの村はずれに
ライアーマンが立っている
かじかんだ指で
懸命にライアー*を回している

裸足で氷の上を
ふらふらとよろめき
小さな皿は
いつもからっぽ

誰も聞こうとしない
誰も見向きもしない
ただ犬どもが唸っている
その老人をとりまいて

それでもなすがまま
あるがまま
ライアーを回す　ライアーは
鳴りやむことがない

風変りな老人よ
お供しようか
わが歌に合わせて
ライアーを回してくれるか

＊ライアーは指で弾いて音を出す古代楽器リラであるが、ここでの楽器はそれではなく、手回しライアーを指す

シューベルト「冬の旅」の配列は
〈第一部〉おやすみ　風見鶏　凍った涙　凍結　菩提樹　あふれ流れる水　流れの上で　回想　鬼火　休息　春の夢　孤独
〈第二部〉郵便馬車　白髪　からす　勇気最後の望み　村にて　嵐の朝　惑わし　道しるべ　旅籠　勇気　幻の太陽　辻芸人
そのうち第一部の一二曲はミュラーが最初に発表した詩句に付曲されている。

あとがき

思いもよらぬ伏兵にあった。コロナ禍である。行きたければいつでも行けたマールバッハのドイツ現代文学資料館、度々訪れていたので、どこにどの資料があるか分かっていたし、司書の方々とも顔見知りになっていたその資料館が私から消え去ってしまった。あと何回か行こうと思っていたデッサウも消えた。ヴィルヘルム・ミュラーの詩「ヴィネタ」の海底に沈んだ町さながらに。

それで最後の確認をしたいと思っていた箇所に思いを残しながら、この書を閉じることになった。

ヴィルヘルム・ミュラーの「冬の旅」を初めて知ったのは、中学生の頃だった。時は一九五〇年代、長野県の片田舎のことである。担任は歌の上手い若い数学の先生で、学芸会のプログラムにはいつも先生のドイツ歌曲独唱があった。先生はドイツ語で歌った。休みの日、友達と連れ立ってよく先生の下宿に遊びに行った。先生の部屋には電蓄があった、というか、電蓄しかなかった。先生はフィッシャー・ディスカウの歌う「冬の旅」を聞かせてくれた。何て悲しく胸迫る歌だろうと中学生は思った。

その中学生たちが老年になった頃、先生は八十歳をゆうに超えて、ハーモニカの先生としていくつも教室を持っておられた。同級会には皆勤された。

私は先生に質問した。

「先生、どうして、あんな希望のない歌を歌われたのですか。それもドイツ語で」

先生はしばし黙し、そして言った。

「ぼくが大学で音楽の授業をとった時、教授に言われたんだ。試験は原語で歌えばA、日本語の歌なら、うまく歌ってもBだって」

今私の住むところは東京都の外れ、山梨県と境を接する町で、家の真ん前は小学校なので、学校の音がいろいろ聞こえてくる。週日、その小学校の始まりを知らせる最初の電子音は、私の耳には「なじかは知らねど　心侘びて」としか聞こえないメロディーを奏でて、その一節だけで、すぐ終わる。ハインリヒ・ハイネの夕べの歌「ローレライ」で、私の一日も始まる。

音楽の、詩の、そして文化の受容は時として不思議な道筋を辿る。

外国文学の受容はその際、主として翻訳を通して行われることになるが、「翻訳者は嘘つきだとはよく言われることである」とは、岡本時子さんの『シューベルトの「冬の旅」』の訳者あとがきの最初の言葉である。

おお、私も嘘八百を並べてしまった……

それを原稿の段階から読んで下さった友、橋本綱、高井邦子、野口薫さん、また有益な示唆を頂いた神品芳夫先生、ありがとうございました。

そして拙稿を取りあげて出版までの労を取って下さった出版社未知谷の飯島徹氏と作業に関わってくださった伊藤伸恵さんをはじめとする社員の皆さまに篤く御礼申し上げます。文学作品を創るのは作家と読者、本を作るのは筆者と出版社であることを痛感しました。

二〇二一年　一月

ヴィルヘルム・ミュラー　年譜

一七九四年　十月七日　デッサウにてヨハン・ヴィルヘルム・ミュラー誕生　父クリスティアン・レオポルド・ミュラー（一七五二～一八二〇）　母マリー・レオポルディーネ（一七五一～一八〇八）三歳までに六人兄弟全員没
一八〇〇年～一八一二年　デッサウ　ハウプトシューレ（本課程学校）
一八〇八年　母没
一八〇九年　父　マリー・ゼールマン（一七六九～一八五三）と再婚
一八一二年　アビトゥーア
　七月三日　ベルリン大学哲学部登録（古典文献学、ドイツ文学、現代英語）
一八一三年　二月十六日　プロイセン軍義勇兵志願
　五月　グロース‐ゲルシェン戦をはじめとする三度の会戦に参戦
　八月三十日　クルム戦に参戦
　十月　プラハの兵站部隊配属
一八一四年　ブリュッセルの軍司令部勤務　陸軍少尉命名
　十一月十八日　ブリュッセル退出
　デッサウの実家に滞在後ベルリンへ　ベルリン大学復学
一八一五年　七月二十六日「ドイツ語のためのベルリン協会」入会（一八一七年七月迄）

一八一六年　一月　他四名と共著で詩集『**同盟の華**』（マウラー　ベルリン）刊行
三月　現代ドイツ語訳『**中世騎士恋愛詩精選　第一集**』（マウラー　ベルリン）刊行
五月以降　枢密顧問官フリードリヒ・アウグスト・フォン・シュテーゲマン家のサロンの常連客となる

一八一七年　八月　王立プロイセン哲学科学アカデミー委任によりアルベルト・フォン・ザック男爵に随行してギリシャと小アジアへの旅
八月二十日　ベルリン発
九、十月　ウィーン滞在
十一月六日　イタリアへ向かう（トリエスト、ヴェニス、フェラーラ、ボローニャ、フローレンス経由）
詩篇が「**歌人の旅**」（マウラー　ベルリン）に載る

一八一八年　一月四日　ローマ着
四月　ザック男爵と別れイタリアに留まる
四月中旬五月　ナポリ滞在、ポンペイ、パエストゥムへの小旅行
五月　ローマに戻る
六月末〜八月　アルバノ滞在
八月三十日　ローマ発
九月　フローレンス滞在
十一月　ミュンヒェン滞在
十二月　ドレスデンに二、三日滞在後デッサウに向かう
十二月二十八日　アンハルト・デッサウの大公会議へ任用申請
クリストファー・マーロウ『**ファウスト博士**』（マウラー　ベルリン）翻訳刊行

一八一九年　一月五日　デッサウの王立中高等学校の補助教員雇用の提案が届く
四月　教職就任　同時に王立図書館設立業務兼務

八月　ベルリン訪問

十二月二十日　ライプツィヒの出版社　フリードリヒ・アーノルト・ブロックハウスとの提携始まる

一八二〇年

一月～六月　「**アスカニア　生活と文学と芸術の雑誌**」（アッカーマン　デッサウ）発行（一～六巻まで）

一月十七日　王立図書館司書任命　教職の担当時間削減が叶う

四月　ライプツィヒ訪問

四月十一日　ライプツィヒのフリーメーソン支部《三本椰子ミネルヴァ》への入会申し込み　オリエンテーションは六月六日に行われた

六月　『**都ローマとローマの男女**』上下巻（マウラー　ベルリン）刊行

六月二十三日　父没

七、八月　約四週間ドレスデン滞在

十月　二、三日ベルリン滞在

十一月　『**旅する角笛吹きの七七篇遺稿詩集**』（アッカーマン　デッサウ）刊行

アーデルハイト・バセドゥ（一八〇〇～一八八三）と婚約

一八二一年

五月二十一日　アーデルハイト・バセドゥと結婚

七、八月　妻とドレスデンとライプツィヒへ旅行

十月　『**ギリシャ人の歌**』（アッカーマン　デッサウ）刊行

男声合唱団（リーダーターフェル）入団

十二月末　ライプツィヒ訪問

一八二二年

三月　『**一七世紀ドイツ詩人文庫**』（ブロックハウス　ライプツィヒ）の刊行始まる（一八二七年までに一〇巻、その後一八三八年までカール・フェルスターにより続行される）

『**ギリシャ人の歌　第二巻**』刊行

四月二十日　長女アウグステ誕生（一八六八年没）

七、八月　三週間ドレスデン訪問　帰途ライプツィヒに立ち寄る
十月七～十五日　マグデブルク音楽祭参加

一八二三年
一月　二十二、三日　デッサウ男声合唱団のライプツィヒ男声合唱団訪問
『新ギリシャ人の歌』（ブロックハウス　ライプツィヒ）刊行
三月　ライプツィヒ訪問
『新ギリシャ人の歌　第二巻』刊行
五月末～六月初旬　妻と共にドレスデン訪問
七月　二週間ベルリン滞在
シュトゥットガルトの出版社　ヨハン・フリードリヒ・コッタとの提携開始
十二月六日　長男マクシミリアン誕生（一九〇〇年没）
翻案笑劇「ペーター・スクヴェンツ氏　あるいはルンペルスキルヒの喜劇」が「**ドイツ小劇集年鑑**」（一八二三年第二号）に収録される

一八二四年
三月　**『最新　ギリシャ人の歌』**（フォス　ライプツィヒ）刊行
五月二九日～六月十三日　ライプツィヒ経由ドレスデンへの旅　プラウエンシャーグルントのグラッシ邸滞在
七月　フリードリッヒ・ゴットリープ・クロプシュトック生誕百年祭にクヴェドリンブルクへの旅
『ホメロス入門』（ブロックハウス　ライプツィヒ）刊行
八月　宮廷顧問官任命
『旅する角笛吹きの遺稿詩集　第二巻』（アッカーマン　デッサウ）刊行

一八二五年
三月末～四月十一日　妻と共にベルリン滞在
五月　伝記「バイロン卿」が「**同時代人　伝記と特徴**」新シリーズ　一七号に掲載される
七月二十八日～八月二十二日　アドルフ・フリードリヒ・フルハウに招かれ、リューゲン島散策　プトブ

ス、シュトラールズント、ロシュトック滞在　帰途ベルリンに寄る
八月三十日　マグデブルク訪問
『現代ギリシャの民謡』（フォス　ライプツィヒ）翻訳刊行
ゲオルク・ハッセルと共に「学問芸術百科事典」第二部門編集部担当
年末年始　ライプツィヒ経由でドレスデン滞在

一八二六年　**『ギリシャ人の歌　第一巻』**（アッカーマン　デッサウ）再版
一月　ハレ訪問
三月　百日咳罹病
五～六月　家族と共にデッサウ近郊のルイジウム離宮で過ごす
六月　**『ミッソルンギ』**（アッカーマン　デッサウ）（ヴァルター　ドレスデン）刊行
七月二十日～八月十五日　アレクサンダー・ジモリ男爵と共にフランツェンスバードにて療養
八月一六日～三十一日　ヴンジーデル、バイロイト、ニュルンベルク、バンベルク、コブルク、ヴァイマル、ライプツィヒ経由で帰還。
『旅する角笛吹きの遺稿詩集　第一巻』（アッカーマン　デッサウ）再版
十月三十日　図書館敷地内に新築された公宅に引越
小説**『一三番目の人』**（ウラニア文庫）（一八二七の発行年で）刊行
十二月　王室劇場監督

一八二七年　一月十五、十六日　エルプ音楽祭に参加
六月約二週間　病気
賜暇により全ての公職を離れる
七月　**『抒情詩の旅とエピグラムの散歩』**（フォス　ライプツィヒ）刊行
七月三十一日～九月二十五日　妻とのライン川旅行（ライプツィヒ、フランクフルト　アム　マイン、リュ

デスハイム、コブレンツ、ヴィースバーデン、ハイデルベルク、カールスルーエ、バーデン・バーデン、シュトラースブルク、シュトゥットガルト、ワイマル、ライプツィヒ）
九月三十日夜半　死去
小説　**『デボラ』**（ウラニア文庫）（一八二八年の発行年で）刊行

参考文献

Vermischte Schriften von Wilhelm Müller, hrsg. und mit einer Biographie Müllers begleitet von Gustav Schwab, 5 Bde., Leipzig 1830

Wilhelm Müller, Werke, Tagebücher, Briefe, hrsg. von Maria-Verena Leistner, 5 Bde., Berlin 1994, Abgekürzt WA

Wilhelm Müller: Roma, Römer und Römerinnen. Hrsg. von Wulf Kirsten. Berlin 1991

Wilhelm Müller: Die Winterreise und andere Gedichte. Hrsg. von Hans-Rüdiger Schwab. Mit einem Vorwort zu den Schubert-Vertonungen von Christian Elsner. Erw. Neuausgabe. Insel Verlag, Frankfurt a.M., Leipzig 1994

Wilhelm Müller: Die Winterreise. Mit Zeichnungen von Ludwig Richter und einem Nachwort von Winfried Stephan. Diogenes, Zürich 2001

Wilhelm Müller, Franz Schubert: Die schöne Müllerin. Die Winterreise. Textausgabe. Nachwort von Rolf Vollmann. Reclam, Stuttgart 2001

Wilhelm Müller: Die Winterreise. Hrsg. von Martina Bick. Hildesheim 2004

Baumann, Cecilia C.: Wilhelm Müller. The Poet of Schubert Song Cycles: His Life and Works, Pennsylvania State University 1981

Dies.: Auf den Spuren Wilhelm Müllers. Zur amerikanischen Rezeptionsgeschichte des Müllerschen Werkes. In: Bredemeyer/Lange (Hrsg.): Kunst kann die Zeit nicht formen. S.343-356

Borries, Erika von: Wilhelm Müller. Der Dichter der Winterreise. Eine Biographie. München 2007

Dies.: „Zu Wilhelm Müllers 'Bibliothek deutscher Dichter des siebzehnten Jahrhunderts'". In: Mitteilungen des Vereins für Anhaltische Landeskunde. Sonderband 2010. Hrsg. von Maria-Verena Leistner. Köthen 2010. S.83-96

Bostridge, Ian: Schuberts Winterreise. Lieder von Liebe und Schmerz. 4. Aufl. München 2016.

Biedermann Flodoard Frhr. von: Goethes Gespräche. Gesamtausgabe, neu hrsg. von-. 5 Bde. Leipzig 1909-1911

Bredemeyer, Ute/Lange, Christiane (Hrsg.): Kunst kann die Zeit nicht formen. I. Internationale Wilhelm-Müller-Konferenz. Berlin 1996

Eisenhardt, Günther: Beiträge zur Musikgeschichte der Stadt Dessau unter besonderer Berücksichtigung führender Musikerpersönlichkeiten und der Entwicklung des Chorwesens 1766-1900. Halle 1979

Feil, Arnold: Franz Schubert. „Die schöne Müllerin"/"Winterreise". Stuttgart 1975

Fischer-Dieskau, Dietrich: Franz Schubert und seine Lieder. Frankfurt a. M. /Leipzig 1999

Gruber, Gernot: Schubert. Schubert? Leben und Musik. 3. Auflage. Kassel 2016

Hatfield, James Taft: The Earliest Poems of Wilhelm Müller. Baltimore USA 1898

Hayer, Björn: "Jetzt bin ich aus mir selbst verwiesen worden". Marburg 2012

Hartung, Günter: „Wilhelm Müllers Griechengedicht". In: Bredemeyer/Lange (Hrsg.): Kunst kann die Zeit nicht formen. S.86-109

Ders.: „Müllers Verhältnis zum Judentum". In: Bredemeyer/Lange (Hrsg.): Kunst kann die Zeit nicht formen. S.195-222

Härtling, Peter: Winterreise. Darmstadt 1988

Heine, Heinrich: Werke und Briefe. Bd.8. Hrsg. von Hans Kaufmann. 2. Auflage. Berlin, Weimar 1972

Hentschel, Uwe: „'Rom, Römer, Römerinnen'. Ein moderner Reisebericht?" In: Maria-Verena Leistner (Hrsg.): Von Reisen und vom Trinken. Berlin 2007. S.19-26

Heyse, Paul/Kurz, Hermann (Hrsg.): Deutscher Novellenschatz. Dritte Serie, sechster Band. München 1903. S.1-148

Hillemann, Marco: Wilhelm Müllers publizistischer Philhellenismus. In: Hillemann/Roth(Hrsg.): Wilhelm Müller und der

Philhellenismus. S.149-177

Hillemann, Marco/Roth, Tobias (Hrsg.): Wilhelm Müller und der Philhellenismus. Berlin 2015

Hörisch, Jochen: „Fremd bin ich eingezogen". Die Erfahrung des Fremden und die fremde Erfahrung in der ‚Winterreise'. In: Athenäum Jg.1. 1991, S.41-67

Jablonowski, Ulla: „Wilhelm Müller in Dessau. Wirtschaft und Gesellschaft der kleinen Residenzstadt um 1800". In: Michels, Norbert (Hrsg.): Wilhelm Müller. Eine Lebensreise. S.33-39

Jelinek, Elfriede: Winterreise. Ein Theaterstück. Reinbek bei Hamburg 2011

Kirsten, Wulf (Hrsg.): Wilhelm Müller. Rom, Römer und Römerinnen. Berlin 1991

Leistner, Maria-Verena: „Der publizistische Wiederhall der Griechenlieder von Wilhelm Müller". In: Hillemann/Roth (Hrsg.): Wilhelm Müller und der Philhellenismus. S. 179-194

Dies.: „Wilhelm Müller und Gustav Schwab. Zur Geschichte einer Dichterfreundschaft". In: Jahrbuch der Deutschen Schillergesellschaft, 43. Jahrgang. Stuttgart 1999. S. 9-32

Dies. (Hrsg.): So zieh ich meine Straße. Ein Wilhelm-Müller-Lesebuch. Halle (Saale) 2002

Dies. (Hrsg.): Von Reisen und vom Trinken. Schriften der Internationalen Wilhelm-Müller-Gesellschaft III. Berlin 2007

Dies. (Hrsg.): Wilhelm Müllers Dessauer Lebens- und Arbeitswelten. (Mitteilungen des Vereins für Anhaltische Landeskunde. Sonderband). Dessau 2010

Lohre, Heinrich: Wilhelm Müller als Kritiker und Erzähler. Ein Lebensbild mit Briefen an F.A. Brockhaus und anderen Schriftstücken. Leipzig 1927

Mann, Thomas: Der Zauberberg. In: Große kommentierte Frankfurter Ausgabe, Bd. V.I, hrsg. von Heinrich Detering u.a. Frankfurt a.M. 2002

Meltzner, Folker: „Wilhelm Müller im Porträt – Hypothesen zu Urheberschaft und Entstehungszusammenhang eines unbekannten Gemäldes". In: Leistner, Maria-Verena (Hrsg.): Wilhelm Müllers Dessauer Lebens-und Arbeitswelten. S.125-137

Michels, Norbert (Hrsg.): Wilhelm Müller. Eine Lebensreise. Weimar 1994 [= Kataloge der Anhaltischen Gemäldegalerie Dessau. Bd. I]

Müller, F. Maximilian (Hrsg.): Gedichte von Wilhelm Müller. Leipzig 1868. Nachdruck Dessau 2006

Müller, F. Maximilian: „Wilhelm Müller“. In: Allgemeine Deutsche Biographie, Bd.22,1885. S. 685-696

Neumann, Peter Horst: Singend verkannt? Wilhelm Müller und das literarische Rezeptions-Dilemma der Sangverslyrik. In: Aurora 55. Sigmaringen 1995, S.169-181

Nickel, Sebastian: „Wilhelm Müller und die Dessauer Liedertafel“. In: Maria-Verena Leistner (Hrsg.): Wilhelm Müllers Dessauer Lebens-und Arbeitswelten. S.109-124

Polaschegg, Andrea: Der andere Orientalismus. Regeln deutsch morgenländischer Imagination im 19.Jahrhundert. Berlin /New York 2005

Roth, Tobias: Mit scharfen und zerbrochenen Zithern. Wilhelm Müllers Kriegslyrik, die Lieder der Griechen und der Kampf um Griechenlands Antike. In: Hillemann/Roth(Hrsg.):Wilhelm Müller und der Philhellenismus. S.1-43

Vollmann, Rolf: „Wilhelm Müller und die Romantik“. In: Feil, Arnold: Franz Schubert. „Die schöne Müllerin“/”Winterreise“. S.173-184

Waniek, Erdmann: „Banale Tiefe in Wilhelm Müllers Winterreise“. In : Jahrbuch des Freien Deutschen Hochstifts. Tübingen 1994, S.141-189

Wetzel, Heinz: Wintereinsamkeiten bei Caspar David Friedrich und Wilhelm Müller. In: Aurora 55. Sigmaringen 1995, S.183-216

Wieland, Rainer (red.): Müller-Schubert-Heine. Marlowe-Byron-Scott: Wilhelm Müller als Vermittler der englischen Literatur. Berlin 2002

Wittkop, Christiane: Polyphonie und Kohärenz. Wilhelm Müllers Gedichtzyklus „Die Winterreise“. Darmstadt 1994

Dies.: „Orpheus im Winter – Zur poetologischen Bedeutung des Leiermanns in der Winterreise“. In: Bredemeyer/Lange (Hrsg.): Kunst kann die Zeit nicht formen. S. 141-154.

岩崎家伝記刊行会編『岩崎久彌伝　岩崎家伝記　五』東京大学出版会　一九六一年
梅津時比古『冬の旅　24の象徴の森へ』東京書籍　二〇〇七年
同『死せる菩提樹　シューベルト《冬の旅》と幻想』春秋社　二〇一八年
エッカーマン著『ゲーテとの対話』全3冊　山下肇訳　岩波書店　一九六八年
岡本時子「連作歌曲集『冬の旅』から読む　シューベルトとミュラーの生きた時代――時代を越えた政治的メッセージ――」流通産業大学『社会学部論叢』第28巻　第1号　二〇一七年十月［55］　八一～一一二頁
片山敏彦『ドイツ詩集』みすず書房　一九七一年
坂本麻実子「音楽教育と近藤朔風の訳詩曲――没後100年に考える――」富山大学『人間発達科学部紀要』第10巻第2号　三三～四二頁
寺尾格『ドイツ演劇クロニカル』彩流社　二〇一九年
イアン・ボストリッジ『シューベルトの「冬の旅」』岡本時子・岡本順治訳　アルテスパブリッシング　二〇一七年
ジェラール・ド・ネルヴァル『ネルヴァル全集』旧版全3巻（1975－76）　新版全6巻（1997－2003）筑摩書房
同『ネルヴァル全集　Ⅲ　東方の幻』筑摩書房　一九九八年
野崎歓『異邦の香り――ネルヴァル《東方紀行》論』講談社　二〇一〇年
橋本綱「ネルヴァルの旅」東京大学教養学部外国語科編『外国語科研究紀要　フランス語科論文集』第22巻　第2号　一九七四年　五五～一二〇頁
林田遼右『ベランジェという詩人がいた――フランス革命からブルボン復古王朝まで――』新潮社　一九九四年
ハンス＝ヨアヒム・ヒンリヒセン『フランツ・シューベルト　あるリアリストの音楽的肖像』アルテスパブリッシング　二〇一七年
ディートリッヒ・フィッシャー＝ディースカウ『シューベルトの歌曲をたどって』原田茂生訳　白水社　二〇一二（一九七六）年

トーマス・マン『魔の山』（上下）関泰祐・望月市恵訳　岩波文庫　一九八八年
マックス・ミュラー『愛は永遠に』相良守峯訳　角川書店　一九五〇年　一九五五年（14版）
同『人生の夜明け』津城寛文訳　春秋社　二〇〇三年
南弘明・南道子『シューベルト作曲　歌曲集　冬の旅　対訳と分析』国書刊行会　二〇〇五年
三宅幸男『菩提樹はさざめく』春秋社　二〇〇四年
渡辺国彦「ヴィルヘルム・ミュラーのユダヤ人女性との恋愛に基づく作品から」東京音楽大学　研究紀要31　二〇〇七年　一三三〜一五四頁
渡辺美奈子『ヴィルヘルム・ミュラーの生涯と作品《冬の旅》を中心に』東北大学出版会　二〇一七年
同「ヴィルヘルム・ミュラーのノヴェレに投影された人物像」東北ドイツ文学研究　第59号　東北ドイツ文学会・日本独文学会東北支部　二〇一八年、六七〜八二頁

図版一覧

まつした たえこ

長野県生まれ
ベルリン自由大学文学博士号取得
成蹊大学元教授
著書に『評伝エルゼ・ラスカー－シューラー』（慶応義塾大学出版会）、編著書に『言葉と力』（三省堂）、訳書に『至福の烙印』（クラウス・メルツ著、白水社）、編訳書に『ミレナ　記事と手紙』（ミレナ・イェセンスカー著、みすず書房）等がある。

ヴィルヘルム・ミュラー読本
「冬の旅」だけの詩人ではなかった

二〇二一年五月二十五日印刷
二〇二一年六月　十　日発行

著者　松下たえ子
発行者　飯島徹
発行所　未知谷
東京都千代田区神田猿楽町二-五-九
〒一〇一-〇〇六四
Tel.03-5281-3751／Fax.03-5281-3752
［振替］00130-4-653627

組版　柏木薫
印刷　ディグ
製本　牧製本

Publisher Michitani Co. Ltd., Tokyo
ISBN978-4-89642-637-3　C0098